D1282311

Tous Continents

Pour rallumer
les étoiles

De la même auteure chez Québec Amérique

Adulte
Du Petit Poucet au Dernier des raisins, coll. Explorations, 1994.
La Bibliothèque des enfants, Des trésors pour les 0 à 9 ans,
coll. Explorations, 1995.
Maïna, coll. Tous Continents, 1997.
Marie-Tempête, coll. Tous Continents, 1997.
Le Pari, coll. Tous Continents, 1999.

Jeunesse
SÉRIE CHARLOTTE
La Nouvelle Maîtresse, coll. Bilbo, 1994.
La Mystérieuse Bibliothécaire, coll. Bilbo, 1997.
Une bien curieuse factrice, coll. Bilbo, 1999.
Une drôle de ministre, coll. Bilbo, 2001.
L'Étonnante Concierge, coll. Bilbo, 2005.

SÉRIE ALEXIS
Marie la chipie, coll. Bilbo, 1997.
Valentine Picotée, coll. Bilbo, 1998.
Toto la brute, coll. Bilbo, 1998.
Roméo Lebeau, coll. Bilbo, 1999.
Léon Maigrichon, coll. Bilbo, 2000.
Alexa Gougougaga, coll. Bilbo, 2005.

SÉRIE MARIE-LUNE
Les grands sapins ne meurent pas, coll. Titan, 1993.
Ils dansent dans la tempête, coll. Titan, 1994.
Un hiver de tourmente, coll. Titan, 1998.

Maïna – Tome I, L'Appel des loups, coll. Titan+, 1997.
Maïna – Tome II, Au pays de Natak, coll. Titan+, 1997.
Ta voix dans la nuit, coll. Titan, 2001.

Dominique Demers

Pour rallumer
les étoiles

QUÉBEC AMÉRIQUE

Catalogage avant publication de Bibliothèque et Archives Canada

Demers, Dominique
Pour rallumer les étoiles
(Tous continents)
Suite de: Marie-Tempête.
ISBN 13 : 978-2-7644-0521-5
I. Titre. II. Collection.
PS8557.E468P68 2006   jC843'.54   C2006-940678-2
PS9557.E468P68 2006

Conseil des Arts   Canada Council
du Canada   for the Arts

Nous reconnaissons l'aide financière du gouvernement du Canada
par l'entremise du Programme d'aide au développement de l'industrie
de l'édition (PADIÉ) pour nos activités d'édition.

Gouvernement du Québec – Programme de crédit d'impôt pour
l'édition de livres – Gestion SODEC.

Les Éditions Québec Amérique bénéficient du programme de subvention
globale du Conseil des Arts du Canada. Elles tiennent également à
remercier la SODEC pour son appui financier.

Québec Amérique
329, rue de la Commune Ouest, 3e étage
Montréal (Québec) Canada H2Y 2E1
Téléphone: 514 499-3000, Télécopieur: 514 499-3010

Dépôt légal: 3e trimestre 2006
Bibliothèque nationale du Québec
Bibliothèque nationale du Canada

Mise en pages: André Vallée - Atelier typo Jane
Révision linguistique : Diane Martin
Réimpression: février 2007

Imprimé au Canada

À ma sœur Marielle

Chapitre 1

Marie-Lune versa l'eau bouillonnante sur les feuilles de menthe poivrée, replaça le couvercle sur la théière, puis s'arrêta un moment pour contempler le lac. Sa surface était de velours sombre, délicatement chatoyante dans la luminosité de cette fin de jour d'été. Parfaitement immobile, sans aucune plissure, le lac s'était assoupi doucement, étranger aux derniers soubresauts du ciel qui n'en finissait plus de s'éteindre. Ce spectacle du crépuscule, pourtant si extraordinairement serein, n'arrivait pas à calmer Marie-Lune. Elle était seule avec cette agitation secrète qui la troublait depuis l'aube, seule avec la vilaine bête qui lui mordillait les entrailles.

Jean s'était endormi peu après que le soleil eut disparu derrière les falaises. Il ronflait tranquillement sur la véranda, son grand corps calé dans les vieux coussins d'un fauteuil en osier qu'il affectionnait particulièrement, la tête basculée vers l'arrière, comme s'il était occupé à compter les étoiles, crevé mais content. Sa journée avait été bien remplie. Deux accouchements difficiles. Un poulain aux grands yeux effarouchés et un veau chétif arrivé avant terme, mais terriblement décidé à survivre. Deux petites bêtes vagissantes qu'il avait aidées à naître avant de les rendre à leur mère.

Du revers de la main, Marie-Lune tenta de chasser la scène qui fleurissait en elle. Comme si les gestes avaient ce pouvoir! L'image s'imposait déjà. Un veau frissonnant collé au flanc de sa mère et cherchant furieusement une mamelle. Marie-Lune s'arracha à ces pensées, prit la théière, une tasse, et s'empressa de rejoindre Jean. Il arrivait que sa présence suffise pour chasser les fantômes. Mais pas ce soir, Marie-Lune le devinait. Elle installa la théière sur une table d'appoint, se pencha vers son compagnon, caressa sa chevelure sombre, effleura doucement sa poitrine, se redressa…

Une plainte aiguë creva le silence. Marie-Lune resta immobile. Ce cri de bête aux abois avait jailli de son ventre. Elle attendit, tous ses sens en alerte, comme si le bruit venait d'ailleurs. Jean remua un peu avant de replonger dans un sommeil profond. Alors, seulement, Marie-Lune s'effondra dans un fauteuil, à bout de forces et de courage. Depuis son réveil, elle avait tout mis en œuvre pour combattre la douleur, celle qui tous les ans, à la même date, infailliblement, l'étreignait. Elle s'était affairée comme jamais, simulant l'entrain, cherchant à s'étourdir dans l'activité, osant même donner à cette journée un air de fête – elle avait cuisiné un couscous royal et des brioches à la framboise – dans l'espoir d'oublier le triste anniversaire.

Tous les 1er juillet, c'était pareil. Une vague enflait quelque part en elle. La masse d'eau gonflait dangereusement, nourrie par des courants mystérieux, gagnant d'heure en heure de la puissance et de l'ampleur avant de déferler soudain, raclant les souvenirs, réveillant la douleur qui, année après année, n'en finissait plus de croître pour atteindre des proportions inhumaines. Une souffrance qui tordait les boyaux, coupait le souffle, émiettait le cœur. Marie-Lune l'avait attendue. Elle s'était préparée pour la bataille, prête à encaisser mais décidée à tenir bon.

Ne pas s'effondrer. *Les grands sapins ne meurent pas. Ils restent toujours droits. Ils rient des tempêtes et se moquent du vent…* Les mots venaient du roman qu'elle avait écrit. Elle-même n'en exigeait pas tant. Après toutes ces années, elle savait bien qu'elle ploierait sous le poids du chagrin comme à chaque 1er juillet. Elle avait appris à anticiper la violence de la charge et souhaitait seulement résister à l'arrachement, tenir le coup pendant la tempête. Après, ça irait. La douleur se dissiperait peu à peu, lentement mais sûrement, ressurgissant parfois violemment mais jamais avec autant d'acuité qu'en ce jour d'anniversaire.

Marie-Lune ferma les yeux et laissa le silence l'envelopper. L'appel d'un huard vint déchirer la nuit. C'était une plainte étrange, un peu inquiétante, tout à la fois douloureuse et chantante. Un cri sans pudeur, magnifique d'insistance, une fabuleuse exhortation à laquelle il semblait impossible de ne pas répondre. Marie-Lune resta un long moment sans bouger. Lorsqu'elle se releva enfin, longtemps après que le silence fut réinstallé, elle sentit qu'elle n'était plus totalement la même. Un peu comme si elle venait de rendre les armes. Et pourtant, elle n'abdiquait pas, elle ne reculait pas, elle ne cédait rien. Elle admettait, tout simplement, que sa douleur ne pouvait plus être tue. Pendant seize ans, bravement, silencieusement, elle avait supporté les assauts, toujours plus puissants. Aujourd'hui, elle admettait qu'elle était épuisée, que le combat était inégal, que sa souffrance était trop grande. À défaut de l'exorciser, elle avait besoin de l'exprimer.

Alors, mue par cette certitude nouvelle, elle se dirigea vers la petite pièce trouée d'une vaste fenêtre ouverte sur le lac, là où elle travaillait en silence de longues heures tous les jours. Elle alluma une lampe, prit un paquet de feuilles de papier bleu, son préféré, celui qu'elle réservait aux rares lettres manuscrites. Puis elle choisit son meilleur stylo, celui en bois de rose que Jean lui avait offert à sa première séance de signature. Elle s'installa à sa table de travail avec des gestes trahissant une longue habitude et écrivit soigneusement la date : *le 1ᵉʳ juillet 2004.*

Un sanglot éclata dans sa gorge. Elle ferma les yeux, inspira profondément et écrivit encore, en dessinant bien chaque lettre : *Cher moustique.* Elle ajouta lentement une virgule et c'est alors que les mots se mirent à débouler, explosant sur la page, tout à la fois désolés et furieux d'avoir été si longtemps réprimés.

Cher moustique,

Je ne connais ni ton nom, ni le son de ta voix, ni la couleur de tes yeux ou celle de tes cheveux. Je ne sais pas où tu habites. Mais je sais que tu as seize ans aujourd'hui. Parce qu'il y a seize ans, tu es sorti d'entre mes cuisses.

Crois-tu parfois que je t'ai oublié? T'imagines-tu que je n'ai plus mal de m'être arrachée à toi?

Mille fois, depuis ce jour où j'ai quitté l'hôpital le ventre vide et les bras tout autant, j'ai voulu communiquer avec Claire. Ta mère. Pour avoir des nouvelles de toi, pour savoir à quoi tu ressembles et quelle sorte d'être humain tu es devenu. Pour ne plus être condamnée à épier les enfants jouant dans la rue ou les écoliers dans leur cour de récréation, en me demandant si ce petit garçon, là, devant moi, ce n'est pas toi. Celui que j'ai couvé pendant huit mois. Claire t'a-t-elle raconté ta naissance? Tu étais comme ce petit veau que Jean (c'est le nom de mon compagnon) a aidé à naître aujourd'hui. Chétif mais terriblement entêté. Et bien décidé à venir au monde avant le temps. Pourquoi étais-tu si pressé de quitter mon ventre? Avais-tu hâte de voir si je te résisterais? si j'arriverais à t'abandonner?

Rassure-toi : je n'y suis jamais parvenue. Tu es toujours resté remarquablement présent. Dans mon cœur, dans mon corps, dans mes pensées. Au quotidien. Et à chacun de tes anniversaires, la douleur s'est ravivée, toujours plus criante. Chaque fois, je me sentais prête à tout en échange de nouvelles de toi. Et pourtant, pendant des années, j'ai résisté. Je ne me sentais pas le droit de troubler ta paix et celle de tes parents. Ces parents que j'avais moi-même choisis. De tous les parents en démarche d'adoption, ils étaient les meilleurs. Je te jure. J'avais moi-même étudié leur dossier après avoir obtenu une permission spéciale.

Parce que j'hésitais tellement à t'abandonner. Avec Claire et François, il me semblait impossible que tu ne sois pas heureux. Si je t'ai résisté si longtemps, c'est par amour. Crois-moi.

Mais pas uniquement… J'avais peur aussi. Je ne me sentais pas la force de survivre à un autre arrachement. Comment pourrais-je accepter de rester dans l'ombre après avoir vu ta photo, avoir appris ton nom, avoir su quand tu avais fait tes premiers pas, dit tes premiers mots, ri pour la première fois? Loin de moi. C'était trop terrible à envisager. Il me semblait que la souffrance aurait été trop immense après.

J'ai résisté pendant longtemps et puis un jour… Non. Attends… Laisse-moi te raconter depuis le début. Veux-tu? Ça me paraît essentiel, pour que tu comprennes un peu et pour que tu saches qui je suis.

J'ai accouché de toi alors que je n'avais pas encore seize ans. Ton père s'appelle Antoine. Je l'ai aimé aussi fort qu'on peut aimer. Il ne t'a malheureusement jamais vu. Nos cœurs étaient bien accordés mais pas nos vies. On s'est quittés avant ta naissance. À cette époque, j'étais en deuil de ma mère, ta grand-mère. Elle venait tout juste de mourir, grugée par un cancer, avant même d'avoir pu me dire au revoir.

Je ne t'ai vraiment pas abandonné aux premiers venus. Dans le dossier que la travailleuse sociale m'avait prêté – la chemise de carton était verte, je me souviens –, Claire avait écrit : « Il y a des gens qui cherchent la gloire. D'autres, la richesse. Ce que nous voulons le plus au monde, c'est un enfant. »

Ces mots m'avaient conquise. Mais pour être sûre, j'avais exigé de rencontrer Claire et François. La travailleuse sociale avait accepté. L'entrevue avait eu lieu dans une petite salle impersonnelle. J'étais en miettes ce jour-là et Claire m'a consolée. J'ai découvert qu'elle avait des bras de mère, doux comme des ailes d'oiseau.

Après t'avoir confié à Claire et à François, j'ai voulu mourir. Mais avec de l'aide et du temps, j'ai réussi à refaire surface. Jean était là. Il m'attendait. Je l'aimais déjà. Je l'aime toujours d'ailleurs. Et il est présent, là, tout près de moi, encore aujourd'hui.

Tu avais huit ans et demi, je me souviens d'avoir fait le calcul, lorsqu'une promesse de bébé, un minuscule embryon, est venu s'installer au creux de mon ventre. J'étais… vraiment contente. Et il me semblait que je méritais ce bonheur. Trois mois plus tard, un petit paquet de chair informe et sans vie s'est détaché de moi. On appelle ça communément une fausse couche. Les médecins utilisent l'expression « avortement spontané ». Moi, je l'ai vécu comme une punition.

Tu t'étais installé au pire moment de ma vie, sans demander ma permission. Et tu t'étais accroché. Furieusement. Magnifiquement. L'autre avait été planifié, attendu, espéré. Et il n'a pas daigné s'agripper. Comme si mon ventre ne constituait pas un terreau d'assez bonne qualité. Comme si ce nouveau bébé n'avait pas *envie d'y pousser. Comme si je n'étais pas une mère à la hauteur.*

À l'époque, j'écrivais déjà. Des poèmes, des nouvelles. Je n'avais encore jamais soumis mes textes à un éditeur, mais je travaillais pour plusieurs d'entre eux à titre de réviseure. Écrire me rendait heureuse. Tout simplement. Sans doute qu'au plus profond de moi je rêvais de devenir écrivaine, mais je n'osais pas me l'avouer. Cela me semblait bien trop présomptueux. Et bien trop impossible.

Un matin, je me suis levée très tôt. Le lac était encore éclairé par la lune, mais des rubans d'aube s'effilochaient délicatement au sommet du mont Éléphant. Je me souviens très bien de ce moment. J'ai ouvert l'ordinateur et je me suis mise à écrire comme on se jette à la mer. Avec beaucoup d'abandon et très peu d'espoir.

J'ai raconté ma vie. Les mots coulaient. C'était bon. Au bout d'un moment, je me suis arrêtée. J'ai relu les premières lignes et j'ai eu une attaque de pudeur. Alors, pour continuer, je me suis déguisée. C'est facile. Il suffit de changer de nom. J'ai choisi « Marie-Soleil ». C'est ainsi que j'ai raconté mon histoire, en changeant parfois des lieux, des scènes ou des gens pour ne gêner personne. Et en taisant aussi quelques vérités trop douloureuses ou peut-être honteuses.

J'ai écrit pendant des jours, sans faire de plan, sans réfléchir, parce que le scénario était déjà tout tracé. Et à mesure que j'écrivais, je respirais mieux. J'ai pleuré en racontant la mort de maman et mes derniers moments avec toi. Mais c'était quand même bon. Je renouais avec Fernande comme avec toi. J'apprivoisais l'horreur et je redécouvrais l'enchantement. Ce jour, par exemple, où Antoine m'avait enlacée sous le grand tilleul dans la cour de la polyvalente. Cet autre où tu avais remué en moi pour la première fois. Ce jour béni où Jean nous a sauvé la vie. Et ce matin où tu as ouvert les yeux et où j'ai eu l'impression que tu me reconnaissais, moi…

Après la dernière phrase, le dernier point, quand j'ai eu fini de me raconter, quand j'ai eu lu, relu, récrit, relu et récrit encore mon manuscrit, Jean l'a lu à son tour et il a décidé que ce texte serait publié. C'est lui qui a tout manigancé avec l'aide de Léandre, mon père, ton grand-père… Ils ont soumis le manuscrit à des éditeurs et l'un d'eux a accepté de publier « ce premier roman autobiographique d'une jeune écrivaine prometteuse ». C'est ce qui est écrit en quatrième de couverture.

Mon roman a eu beaucoup de succès. Je ne m'y attendais pas parce que je l'avais écrit sans trop d'effort. J'étais porteuse d'une histoire triste. Je l'ai racontée simplement en laissant jaillir l'émotion. Les lecteurs ont été touchés. C'est tout. Ça ne fait pas de moi une grande écrivaine.

Mon manuscrit venait d'être publié lorsque tu as fêté tes douze ans. C'est à partir de ce jour que mon inquiétude s'est mise à croître. Je m'étais déjà fait du

*souci pour toi avant, mais jamais autant. J'étais acca-
blée par un pressentiment. Quelque chose me disait
que tu n'allais pas bien. Peut-être avais-je simplement besoin d'une raison un peu plus noble, moins
strictement égoïste, pour assouvir ma faim de toi.
N'empêche. J'avais terriblement besoin d'être rassurée. De savoir que tu étais vivant. Et heureux.*

*J'ai décidé de franchir la frontière : j'ai tenté de
joindre tes parents. Ils m'avaient laissé leurs coordonnées. Je leur ai écrit, mais la lettre m'est revenue. J'ai
appris que vous aviez déménagé. Je t'avais imaginé
grandissant dans l'érablière que Claire et François
m'avaient décrite. Et tu n'y étais pas. Ça m'a affolée.
Alors je t'ai cherché. Et cherché. Et cherché encore. Sans
succès. Finalement, j'ai demandé l'aide des services
sociaux. Josée Lalonde, la travailleuse sociale qui
m'avait mise en contact avec tes parents avant l'accouchement, était encore là, heureusement. Et elle se
souvenait très bien de moi. Elle m'a promis de faire
tout ce qu'elle pouvait pour acheminer ma lettre à tes
parents.*

*C'est ainsi qu'a débuté une longue attente. Au fil
des mois, je me suis mise à imaginer le pire. Un drame
était-il survenu ? Un accident ? Un décès ? Entre-temps,
Josée, mon alliée, avait changé d'emploi. Je n'avais
personne à relancer.*

*Un an, presque jour pour jour, après avoir entamé
ces démarches, j'ai reçu une enveloppe des services*

sociaux. À l'intérieur, il y avait une lettre de ta mère. Une poignée de mots seulement. « Notre fils grandit bien dans une famille normale. Permettez-moi de vous demander de ne pas chercher à en savoir plus. Pour son bien à lui. Je suis persuadée que vous comprendrez. »

Je n'ai pas compris. Je ne comprends toujours pas d'ailleurs. Je devinais que ma requête pouvait être dérangeante, mais je n'arrivais pas à accepter ce refus et je ne pouvais concevoir d'être reléguée à ce statut d'étrangère. J'avais confié à Claire et à François un bébé extraordinaire. Pendant douze ans, ils t'avaient eu juste à eux. Je n'en réclamais qu'une toute petite part. Et j'acceptais, tout en sachant combien cela me coûterait, de ne pas tenter de te rencontrer. J'avais simplement besoin de savoir à qui j'avais donné naissance. Je voulais remplacer le mot moustique par un prénom. Et parvenir enfin à me construire une image de toi.

Ma colère – non ! – ma rage a duré des semaines. C'est l'épuisement qui a eu raison d'elle. C'est fou comme ça gruge les tripes, la rage, comme ça dévore toute notre énergie jusqu'aux dernières miettes. Peu à peu, je me suis calmée. Jean m'a encore beaucoup aidée. Même s'il avait mal. Et pas seulement pour moi. Il t'aimait lui aussi. Il aurait souhaité en savoir davantage sur le petit être à qui il avait sauvé la vie. Deux fois ! Pendant la grossesse, alors que j'avais failli te perdre dans un accident, et à l'accouchement, lorsque tu avais décidé de naître avant le temps. Jean t'a tenu dans ses bras quand tu étais bébé. Il me l'a avoué il y a quelques années. Il avait presque soudoyé une des infirmières de la maternité pour gagner cette faveur.

Après cette lettre de Claire, Jean et moi avons tenté de concevoir un autre enfant. Sans succès. Mois après mois, mon ventre restait vide. Nous avons consulté un bataillon de spécialistes, subi une foule de tests en clinique de fertilité. Résultat? Rien. C'est fou, hein? Ils n'ont rien trouvé qui cloche. La machine de reproduction est parfaitement fonctionnelle. Ce n'est pas si rare, semble-t-il. Le corps a ses mystères que la médecine ne sait percer…

Un gynécologue a suggéré qu'il s'agissait peut-être d'une «incompatibilité mystérieuse entre les partenaires». Je l'aurais mordu! J'aimais Jean. Profondément. Et il m'aimait tout autant. Comment diable pouvions-nous être incompatibles alors même que nos organismes étaient parfaitement constitués, nos corps parfaitement consentants et nos âmes en si parfaite communion? C'était trop injuste.

Aujourd'hui encore, je n'arrive pas à faire le deuil de toi, ni celui d'une autre maternité. Je ne veux pas te troubler et encore moins te faire du mal. Je souhaiterais simplement combler un peu ce vide effroyable, ce trou atroce, qui me creuse les entrailles depuis ton départ. Peut-être devrai-je me résigner à vivre avec cette faille secrète. Je suis, comme toi, de la race des survivants. Alors, sûrement que ça ira…

Non... C'est faux. Je suis plus qu'une simple survivante. Même si je l'oublie. J'ai Jean. Un lac. Des oiseaux. Des montagnes. Du ciel. Des mots pour occuper mes journées. J'atteins, le plus souvent, un certain équilibre, une sorte de bonheur un peu fragile. Mais quelque part au fond de moi sommeille encore un besoin désespéré d'enchantement. Quelque part au fond de moi, une petite voix me rappelle parfois qu'on n'est pas né simplement pour mettre un pas devant l'autre mais pour courir, chanter, voler. J'y ai toujours cru. Je ne parviendrai peut-être jamais à y renoncer tout à fait.

C'est ce que je te souhaite, mon moustique. Du fond du cœur. Une part d'enchantement, avec tout le bonheur du monde en plus.

Ton autre mère,

Marie-Lune

Chapitre 2

— As-tu vraiment encore faim, ma chérie? questionna gentiment Claire alors que Christine se versait un troisième bol de céréales.

Gabriel ne put réprimer un sourire. Sa sœur n'avait rien d'une ogresse, mais sur la boîte de Spécial K aux fraises séchées, on annonçait que quelque part parmi les flocons – probablement tout au fond du sac hermétique – était enfouie une baguette magique comme celle d'Éliza la petite fée, l'héroïne d'un dessin animé qui enflammait présentement l'imaginaire des enfants de huit ans, particulièrement ceux de sexe féminin. Pour ajouter à l'opération charme, Éliza apparaissait sur la boîte de céréales en brandissant sa fameuse baguette qui promettait de s'illuminer dans le noir.

Christine releva la tête, croisa le regard de son grand frère et esquissa un petit sourire coupable. Puis elle remarqua le visage de sa mère, indéfectiblement complice, et un éclair d'espièglerie illumina ses yeux bridés.

— Veux-tu des céréales, Gabi? demanda Christine, enjôleuse.

Gabriel songea qu'il n'avait peut-être pas encore fait le plein de calories pour traverser la matinée. Il tendit un bras vers la boîte de céréales, exauçant ainsi le vœu secret de sa sœur qui ne pouvait se résigner à quitter la maison en laissant la baguette d'Éliza au fond de la boîte de Spécial K. Mais au dernier moment, Gabriel se ravisa.

— Non. Je n'en veux pas, déclara-t-il brusquement, lui-même étonné de sa réaction.

Il se leva en enfournant rapidement les restes d'une tranche de pain grillé dégoulinant de miel et partit, laissant sa mère et sa sœur déconcertées.

◆

L'autobus scolaire ralentit à la hauteur de l'adolescent, même s'il avait dépassé l'arrêt. D'un geste, Gabriel signifia au chauffeur qu'il ne souhaitait pas monter.

— C'est ça : marche, Veilleux ! Ça déniaise, cria Alex Lemay, un grand efflanqué toujours prêt à intervenir pour se faire remarquer alors que l'autobus abandonnait Gabriel derrière.

Tout le long des quarante-cinq minutes de marche rapide que durait le trajet jusqu'à l'école, Gabriel s'efforça d'évacuer le sentiment d'exaspération qui l'habitait. Il était de plus en plus souvent victime de ces attaques soudaines où la contra-riété se mêlait à une colère sourde et diffuse. Il revit la mine déconfite de Christine. Pourquoi avait-il été si tranchant avec elle ? Il pénétra dans la cour de la polyvalente des Sources au moment où la cloche sonnait, ce qui lui valut un com-mentaire sarcastique de Brutus, le préfet de discipline. L'ex-quart arrière vedette des Taureaux, l'équipe de football de la polyvalente, – une photo de l'individu était d'ailleurs encore accrochée dans le hall d'entrée de l'école –, s'était transformé en trentenaire bedonnant qui réussissait à en imposer aux élèves de premier cycle avec ses allures de dur et son ton de gardien de prison mais n'impressionnait plus guère les finissants. Gabriel avait toujours eu du mal à respirer le même air que cet être fat et obtus.

— Veillé tard, Veilleux ? Organise-toi comme tu veux, le jeune, mais moi je niaise pas avec les retards. T'es averti. Compris ?

Gabriel repoussa nonchalamment une mèche blonde qui lui chatouillait le front et continua d'avancer, comme s'il n'avait rien entendu, vers la porte principale dont le seuil était constellé de mégots de cigarettes. Il était bien à l'abri dans sa bulle, hors d'atteinte, presque sourd et un peu aveugle. C'est ce qui exaspérait tant son entourage – Claire, Christine, François, ses profs, son entraîneur, ses rares amis aussi, des copains surtout –, cet univers de silence, ce monde parallèle, dans lequel il parvenait à trouver refuge. Plusieurs s'en plaignaient ouvertement. Tant pis.

Pendant qu'il farfouillait dans sa case pour repérer les cahiers, manuels et autres ouvrages de ses cours du matin, une brusque poussée le projeta vers l'avant et sa tête heurta la porte entrouverte de sa case. Une giclée de sang fusa jusqu'à ses tempes. Gabriel referma les poings, serra les mâchoires, inspira profondément et compta jusqu'à dix. Lentement.

L'assaut n'était pas personnalisé. Il en était parfaitement conscient. Les jeux de coude, les coups d'épaule, les crocs-en-jambe, les bousculades sournoises, tout cela faisait partie d'un code tacite, une démonstration quasi obligatoire de pouvoir, dont il n'était ni partisan ni dupe. «Répliquer, c'est s'abaisser», lui enseignait Claire depuis la tendre enfance. Objectif : zéro violence. Au fond de lui, Gabriel adhérait à ce beau principe ; au fond de lui, il y croyait. Mais ce fond était de plus en plus loin. Gabriel avait de plus en plus envie de riposter. Ces petits assauts presque quotidiens attisaient en lui une rage sourde qui parfois n'avait plus rien à voir avec l'offense. Une rage intime, diffuse, qui lui collait aux tripes. Et la violence de ce sentiment qu'il réprimait de plus en plus difficilement le troublait beaucoup.

En route vers le cours de maths, une cascade de rires le fit émerger de sa bulle. C'était Emmanuelle Bisson, la princesse des Sources, suivie de son cortège de fidèles amis-admirateurs. Rédactrice en chef du journal étudiant, vedette de la ligue d'impro, championne de basket. Un corps menu, délicieusement parfait, des yeux très perçants, une tignasse de forêt d'automne en feu. Beaucoup de prestance, une gentillesse trop exquise, une énergie presque glorieuse. L'ensemble ressemblait à une approximation un peu dégoûtante de la perfection féminine adolescente. Tout dans cette fille exaspérait Gabriel.

◆

L'avant-midi s'étira mollement. À l'heure du lunch, Zachary Renaud et Maxime Dupré s'étaient installés devant Gabriel à la cafétéria. Ce dernier venait de déballer un lunch que Claire avait insisté pour lui préparer : végépâté dans un pain intégral, crudités, fromage, noix et tarte aux pommes et à l'érable maison.

— La moitié de mon club contre ton morceau de tarte, avait tenté Zachary.

— Pas question. Pour mériter le dessert, il faut se taper le sandwich aux graines de moineau, avait protesté Gabriel, catégorique.

Maxime semblait s'amuser de l'échange, mais il n'aurait troqué sa grosse frite sauce et sa barre Oh Henry pour rien au monde.

— O.K. Je vais me taper ton lunch de tapette, décida Zac. Depuis le temps que tu me manges ces affaires-là au nez… Je suis curieux!

Il échangea un regard avec Max avant d'ajouter :

— En espérant que je ne me mettrai pas à parler avec une voix de fille après avoir bouffé ça.

La boutade arracha un semblant de sourire à Gabriel. Il manquait totalement de confiance en lui dans une foule de domaines, mais avec son mètre quatre-vingts et ses quatre-vingt-huit kilos, il n'avait rien d'une fillette, ça, il en était sûr.

Une fois le repas expédié, ils avaient flâné dehors jusqu'à la cloche. La conversation avait tourné autour du père de Zac, le docteur Renaud, spécialiste en orthodontie. Zac soupçonnait son père – «le vieux christ!» – de tromper sa mère avec son hygiéniste dentaire, «une poupoune avec des seins refaits à rabais».

Pendant que Maxime rappelait à Zachary que sa mère était majeure et vaccinée et que rien ne l'empêchait de tromper son mari elle aussi, Gabriel se souvint d'une expression qu'il tenait de sa grand-mère paternelle : couler comme de l'eau sur le dos d'un canard. La formule semblait avoir été inventée pour lui. Il se sentait parfaitement imperméable. La conversation entre ses deux compagnons lui faisait l'effet d'une lointaine rumeur qui ne l'atteignait pas.

— Dis-le si on te dérange, lui lança soudain Zachary, et Gabriel eut un peu honte d'être un si piètre ami.

◆

Le dernier cours de l'après-midi était bio. Pierre Joffe, l'enseignant, avait une bouille de père Noël. Des joues luisantes, de petits yeux rieurs surmontés de longs sourcils touffus, une barbe presque blanche, une tignasse assortie et une panse bien rebondie qui s'agitait drôlement lorsqu'il éclatait d'un de ses rares rires explosifs qui semblaient sourdre du fond de son ventre. Malgré cette apparence joviale, Joffe était un enseignant plutôt sévère et très exigeant. Rien à voir avec sa mine bon enfant! Quelques jours plus tôt, il avait encore sermonné Gabriel :

— Un étudiant doué qui se laisse aller. Ça fait mal à voir!

Gabriel avait quand même du respect pour cet homme rigoureux, passionné par sa matière mais peu populaire auprès des élèves. Joffe n'était pas soucieux de plaire, il ne faisait aucun effort pour avoir l'air *cool*, ses propos n'étaient jamais racoleurs et, en prime, il n'était pas un très bon orateur. Ce jour-là, comme souvent, il semblait réciter une litanie. Le ton était monocorde, sans inflexions particulières, le débit lent et constant, sans surprise ni pause, parfaitement somnifère. Gabriel n'écoutait que très distraitement. Quelques mots, pourtant, captèrent soudain son attention, l'incitant à fournir l'effort nécessaire pour extirper un peu de sens du discours de l'enseignant. Les mêmes mots refirent surface : canard, couvée, appartenance, identité… Gabriel se redressa lentement sur sa chaise.

— Le phénomène d'imprégnation a été étudié par le biologiste Carl Lorenz, racontait Joffe. Lorenz a décrit comment des oisillons sont fortement affectés, à la naissance, par le premier être vivant qu'ils rencontrent. Dans le cas d'une espèce comme le huard, par exemple, le mâle et la femelle participant à la couvaison, l'oisillon est marqué – ou, si l'on veut, imprégné – par ses deux parents. Il les suit tout naturellement partout. Il sent qu'il leur appartient.

Un élève émit un rot sonore. Il y eut quelques gloussements. Tout à son exposé, Joffe ne s'en formalisa pas. Gabriel songea combien le ton uniforme du prof trahissait mal son enthousiasme pour sa matière. Tout était dans le regard, soudain plus perçant, plus pétillant, et dans le mouvement des bras, les gestes plus rapides et plus amples.

— Lorenz a démontré la puissance de cette forme particulière d'attachement en étudiant le cas d'oisillons abandonnés à la naissance par leurs parents biologiques, poursuivit

Joffe. Ainsi privés de la vue de leur géniteur, les oisillons s'attachent au premier être vivant qu'ils rencontrent, quelle que soit l'espèce. Lorenz a établi que les vingt-neuf premières heures de vie sont cruciales. Un oisillon imprégné par un humain durant cette période le suivra partout comme s'il était de la même espèce, comme si c'était lui son géniteur.

Joffe tendit une photo à l'élève le plus près de lui en le priant de faire circuler l'image. La scène était pour le moins étonnante : un vieillard qui semblait se prendre pour une cane, suivi d'une traînée d'oisillons.

— Tu parles d'un vieux con ! lança Lemay en refilant rapidement l'image à son voisin, comme s'il y avait risque de contamination.

À l'instar de plusieurs profs, Joffe était un peu imprévisible. Une telle boutade pouvait passer inaperçue un jour et motiver une expulsion le lendemain. L'enseignant resta un long moment silencieux. Son regard, étrangement grave, parcourut lentement la salle avant de s'arrêter sur Lemay. De longues secondes s'étirèrent, si bien qu'un certain malaise s'installa dans la classe. Gabriel était en proie à une grande agitation intérieure. Ses mains étaient moites et son cœur battait bien trop vite et bien trop fort.

— Le con, c'est toi, Lemay, lâcha brusquement Joffe en articulant bien chaque mot. On ne te demande pas d'être un génie, mais ce serait bon que tu saches reconnaître ceux qui en sont.

L'attention de la classe était maximale. Joffe avait traité un élève de con! Du jamais-vu. Quelque chose dans le ton de l'enseignant interdisait toute réplique. Lemay était figé. Et Joffe n'avait pas terminé. Il s'exprimait avec une fougue inhabituelle, comme si cette histoire d'imprégnation constituait un sujet d'ordre personnel.

— La découverte de Lorenz est fondamentale et pas seulement pour la biologie. En psychologie et en philosophie aussi. Elle alimente le vieux débat entre l'inné et l'acquis, entre l'héritage génétique dont nous sommes porteurs à la naissance et notre capacité d'apprendre des comportements, de changer, d'évoluer. Le phénomène d'imprégnation ne nous aide pas seulement à comprendre la vie des canards et des oies, il jette un précieux éclairage sur les comportements humains, l'attachement d'un bébé à sa mère, par exemple.

Gabriel avait l'impression que son cœur allait bondir hors de sa poitrine et que tous ses compagnons de classe pouvaient entendre le vacarme des pulsations à ses tempes. Un mot, un chiffre, lui martelait la cervelle. Vingt-neuf heures. Une journée et quelques poussières pour créer un attachement d'une puissance inouïe.

L'envolée de Joffe fut interrompue par la cloche. Une certaine pudeur incita plusieurs élèves à compter deux ou trois secondes avant de ramasser leurs affaires et de quitter bruyamment les lieux. Ils sentaient qu'il s'était passé quelque chose, même s'ils n'avaient pas très bien compris quoi. Quelques-uns restaient impressionnés par cette photo d'un vieil homme à l'air savant drôlement flanqué d'une flopée d'oies. D'autres avaient surtout été frappés par la véhémence soudaine de leur prof.

Gabriel Veilleux fut le dernier à se lever. Il aurait aimé trouver en lui le courage de parler à Joffe. Il pensait avoir deviné ce qui donnait tant d'ardeur au discours de l'enseignant. Joffe et lui étaient de la même espèce. Gabriel en était presque sûr.

— B'jour! marmonna l'adolescent avant de quitter la classe.

En refermant la porte derrière lui, à la demande de Joffe, Gabriel Veilleux comprit que cette leçon de biologie allait modifier le cours de sa vie.

Chapitre 3

La lointaine clameur d'une volée d'outardes arracha Marie-Lune au manuscrit qu'elle lisait. Elle tendit le cou alors que le concert d'aboiements s'approchait et aperçut bientôt de longs rubans d'oiseaux zébrant le ciel. Par la baie vitrée qui occupait un mur complet de son bureau, les trois autres faisant office de bibliothèque, Marie-Lune continua d'observer le spectacle d'automne à grand déploiement auquel elle assistait depuis quelques semaines déjà. La magie des saisons ne l'atteignait plus comme avant. Pourtant, le mont Tremblant, le pic Johannsen et le mont Éléphant rivalisaient d'éclat pour éblouir les contemplateurs. Dans quelques jours, la forêt atteindrait son paroxysme de beauté. Puis, l'or, le cuivre et le carmin flamboieraient encore pendant quelques jours avant que les couleurs ne commencent à s'éteindre.

Marie-Lune inspira profondément et laissa ses pensées errer entre la berge et l'île, ce morceau de forêt échoué au milieu du lac Supérieur. L'automne demeurait sa saison préférée. Il lui rappelait encore son premier amour – l'odeur d'Antoine, son parfum de terre et de feuilles mouillées, la forêt de ses yeux, la ferveur de ses étreintes – sans évoquer

la suite catastrophique, la rupture et l'horrible fin qui appar-
tenaient à d'autres saisons.

L'été avait été chaud et lourd. Marie-Lune l'avait traversé
avec l'impression d'être conviée à une fête où elle restait
spectatrice, étrangère aux rires des enfants s'ébrouant dans
l'eau comme aux exclamations des touristes arrêtés le temps
d'une photo au bord du lac, en route vers le parc du mont
Tremblant. Ces débordements joyeux lui révélaient trop
cruellement sa propre morosité. L'arrivée de septembre, avec
ses grandes plages de silence, en semaine surtout, lui avait
permis de s'installer plus confortablement dans une routine
sécurisante : lire un manuscrit, remplir les mangeoires des
geais ou celles des mésanges et des sittelles, réviser un roman,
préparer un sandwich, marcher un peu le long du chemin
Tour du lac.

Les bons jours, elle poussait jusqu'à l'ancienne maison
de Sylvie, son amie d'enfance, une véritable tombeuse qui
s'était transformée en mère dévouée le jour où elle avait rencontré Thomas, son mari, qui était déjà père de deux garçons
avant de la connaître. Une maison de carte postale avec une
grande véranda de bois ouvragé donnant sur le lac. Après
avoir accueilli la famille de Sylvie, puis un couple âgé, elle
abritait maintenant une jeune famille avec des jumeaux, un
garçon et une fille, deux puces de maternelle avec des sourires
à faire fondre les pierres. Souvent, Marie-Lune rebroussait
chemin plus tôt, à la hauteur de la maison bleue, celle de son
enfance, achetée par un couple d'actuaires qui s'accrochait
à leur investissement sans véritablement profiter des lieux.
Ils y séjournaient au plus deux semaines l'été et quelques

week-ends skiables l'hiver. Marie-Lune ne leur pardonnait pas d'avoir refusé de lui revendre cette maison trop pleine de souvenirs et elle avait encore beaucoup de mal à leur adresser de simples salutations polies lorsqu'elle les rencontrait au dépanneur en juillet.

Le plus souvent, elle ne croisait personne. De toute manière, les relations entre riverains étaient plus cordiales qu'intimes. Plusieurs avaient choisi de s'établir à deux heures de route de Montréal parce qu'ils avaient soif de silence et besoin d'établir une distance respectueuse entre leurs voisins et eux. La plupart étaient assez réservés, malgré des dehors chaleureux, mais éminemment serviables. Même celui qu'on surnommait « le colonel », un vieil homme autoritaire et intransigeant qui supportait mal que tous ne pensent pas comme lui. Cet anglophone né à l'Île-du-Prince-Édouard, un ancien quincaillier qui n'avait jamais servi dans l'armée, s'activait sans cesse pour toutes sortes de causes, depuis le référendum pour empêcher la construction d'un casino en passant par la lutte pour enrayer le myriophylle, une plante particulièrement envahissante qui proliférait dans le lac. Les vieux racontaient que le colonel n'avait jamais manqué une seule réunion du conseil de ville en trente ans. Et c'était sûrement vrai. À l'instar des autres riverains, le colonel était toujours prêt à donner un coup de main, mais il défendait jalousement son territoire, aussi bien ses deux acres de terrain dans une baie étroite que sa vie privée.

Marie-Lune avait parfois l'impression de vivre dans un roman, entourée de personnages qu'elle devinait sans véritablement les connaître, qu'elle croisait mais ne fréquentait pas et elle aimait se répéter que tout était bien ainsi. Sylvie s'était souvent moquée de sa « vie de vieillarde recluse » et Marie-Lune savait que ces railleries ne trahissaient pas seulement l'étonnement mais une réelle inquiétude. Au cours de leur dernière conversation téléphonique, Sylvie avait éclaté : « J'ai plus d'activités et d'excitations à Kangiqsujuaq dans la baie d'Ungava que tu en as au bord de ton lac à deux heures de Montréal. Tu vis comme si, au moindre contact avec le reste du monde, tu risquais l'infection mortelle ! Comme si, au lieu de trente ans, tu en avais soixante-douze ! Comme si tu n'étais pas la Marie-Tempête, la Marie-Tonnerre, la Marie-Ouragan que je connais, moi. »

Au retour de ces promenades, après un arrêt au dépanneur où elle achetait parfois un journal et où, invariablement, Louis-Georges, le propriétaire, lui résumait le dernier bulletin météorologique en même temps qu'il lui rendait sa monnaie, Marie-Lune retournait à ses manuscrits. Quelques heures plus tard, elle s'accordait une nouvelle pause, mélangeait un peu d'eau et de sucre à l'intention des oiseaux-mouches ou préparait un dessert pour le repas du soir, puis reprenait ses lectures jusqu'au retour de Jean.

Marie-Lune contempla encore un moment le ciel pâle, déserté par les oiseaux, avant de replonger dans le roman d'Élise Thouin. Elle parcourut encore une vingtaine de pages puis rangea le manuscrit dans la boîte marquée « rejet » où trois autres textes étaient déjà empilés. Vendredi, elle les renverrait aux auteurs accompagnés d'une lettre type approuvée par l'éditeur pour qui elle travaillait maintenant en exclusivité. À ce refus de publier trop poli et terriblement impersonnel, elle ajoutait souvent quelques lignes pour guider l'auteur vers un autre éditeur convenant mieux à ses écrits ou encore pour lui suggérer de travailler tel ou tel aspect de son écriture. À la jeune auteure du manuscrit qu'elle venait d'abandonner, elle expédierait la lettre dans sa formulation originale. L'écriture était fade sinon carrément maladroite, l'univers sans surprise, le propos anodin et l'histoire banale. Bien plus encore que la technique et les trucs du métier, il manquait à ce projet d'écriture la part de lumière sans laquelle une œuvre n'est qu'un amas de mots.

Une question agaçante s'imposa à Marie-Lune. Pourquoi diable consacrait-elle tant d'heures à lire des manuscrits souvent ennuyeux? Et pourquoi travaillait-elle autant? Carmen Blanchet, la directrice des éditions L'achillée mille-feuille, celle-là même, la seule, qui avait cru en son propre manuscrit alors même que Jean et Léandre l'avaient expédié à sept éditeurs, avait tenté de l'intéresser à la direction lit-téraire.

— D'autres que toi pourraient se taper la première lecture de manuscrits et même si tu as un œil de lynx pour la révi-sion, je pourrais te trouver d'autres utilités, lui avait-elle encore répété un mois plus tôt.

Mais Marie-Lune préférait lire les manuscrits reçus et réviser les textes avant publication plutôt que jouer les mar-raines littéraires. Bien sûr, elle avait parfois envie de trans-gresser la frontière et d'émailler le manuscrit entre ses mains de suggestions pour couper, clarifier, modifier, attacher les fils perdus, resserrer une trame trop lâche. Mais quelque chose la retenait. Comme elle se retenait de courir. Elle optait pour la marche maintenant, au lieu de foncer à bride abattue comme jadis.

Un bruit suspect la libéra de ces réflexions. Elle se leva, un peu inquiète, sortit de la petite pièce où elle était enfermée depuis plusieurs heures déjà et découvrit Jean dans le vestibule, tout sourire. Il tenait un plat encore fumant déposé dans un carton.

— Livraison express, annonça-t-il. Vous aviez bien commandé un pâté au poulet de grain garni de petits légumes?

Marie-Lune se hissa sur le bout des pieds pour l'embrasser.

— Un cadeau de ta mère?

Jean acquiesça.

— Elle trouve que tu devrais te remplumer. Et je suis bien d'accord, déclara-t-il en tâtant la taille et les hanches de sa compagne avec l'air de dire qu'il avait bien peu à se mettre sous la main.

Marie-Lune décida d'ignorer le commentaire. Elle avait perdu un peu de poids au cours des derniers mois. Jean travaillait souvent tard, retenu à la clinique par toutes sortes de dossiers, et ces soirs-là, le plus souvent, elle se contentait de grignoter du fromage et des fruits.

— Qu'est-ce que tu fais au lac en plein milieu de la journée? demanda Marie-Lune.

— Une visite au chenil du lac Carré… et l'envie de te retrouver, admit-il. Je te dérange en plein travail ?

Pour toute réponse, Marie-Lune enlaça son amoureux, appuya sa tête contre sa poitrine et resta ainsi blottie pendant un moment.

— J'ai faim ! déclara-t-elle bientôt.

— Tant mieux parce que j'ai aussi un dessert-surprise, mais seulement si tu finis ton assiette.

◆

Après le départ de Jean, Marie-Lune retourna dans son antre avec son « dessert-suprise » : un magnifique bouquet de chrysanthèmes rouge framboise. Jean avait dévoré la grosse part de gâteau moka que sa mère lui avait emballée, mais Marie-Lune n'avait pas la dent sucrée. Les gâteries fleuries la touchaient davantage. Au moment où elle s'installait à sa table de travail, un couple de huards, tout près, disparut, comme s'il eût été alerté par sa présence. Marie-Lune ouvrit une grande enveloppe matelassée, en tira un nouveau manuscrit et, comme chaque fois, souhaita secrètement que l'huître recèle une perle.

Pendant le lunch, entre le pâté et le thé, Jean avait à nouveau énoncé le vœu de la voir écrire.

— C'est un peu fou d'aider ton éditrice à trouver de nouveaux textes à publier alors que tu pourrais en écrire toi-même, non ? avait-il suggéré avec des traces d'impatience dans la voix.

— Non, avait répondu Marie-Lune un peu sèchement parce que l'insistance de Jean l'agaçait.

Il n'avait rien ajouté, mais le poids de son regard avait troublé Marie-Lune et l'avait forcée à se défendre mieux.

— Je ne suis pas une écrivaine, avait-elle commencé en espérant que cette fois l'explication fournie suffirait à clore le sujet. J'ai écrit une seule histoire dans ma vie et c'était la mienne. Un écrivain, c'est quelqu'un qui crée un univers, juste avec des mots. Au cinéma, pour atteindre le même résultat, ils investissent des millions, ils réunissent une armée de créateurs et d'artisans et ils font appel à un tas de technologies hypercomplexes et ultra-sophistiquées. L'écrivain, lui, invente un monde avec pour seul support les vingt-six lettres de l'alphabet.

Marie-Lune s'arrêta pour reprendre son souffle. Jean l'écoutait attentivement, le sourire en coin, heureux d'avoir réussi à réveiller sa passion.

— J'admire profondément les vrais écrivains, poursuivit Marie-Lune. Même quand leurs textes sont bourrés de défauts, même quand leur œuvre n'est pas parfaitement réussie, j'admire ceux qui ont ce talent inouï, cette capacité fabuleuse d'inventer un monde. Et ce n'est pas mon cas. Comprends-tu ?

— Non. Je ne comprends pas. Mais c'est peut-être normal. À l'université, je n'ai pas étudié les œuvres de grands écrivains mais les organes et les systèmes internes des chats, des chiens, des chevaux et des rats. Et pourtant, je suis persuadé

46

– m'entends-tu, Marie-Lune? – absolument persuadé que tu pourrais, toi aussi, créer un univers sur papier, avait-il répondu d'un ton terriblement assuré en gardant son regard d'eau noire posé sur elle.

Marie-Lune balaya une mèche de cheveux auburn du revers de la main comme si ce geste eût pu chasser en même temps le souvenir de cette conversation. Elle entreprit de s'attaquer au prochain manuscrit et découvrit, sur la première page, un mot de l'auteur, écrit à la main, exhortant son premier lecteur à la plus grande sollicitude. « Promis », murmura Marie-Lune tout bas en tournant la page. Le texte sur la seconde page était imprimé. Une phrase seulement, citée en exergue et signée Guillaume Apollinaire : « Il est grand temps de rallumer les étoiles. »

Marie-Lune eut l'impression d'un direct en plein ventre. Des pages glissèrent sur le sol. Elle ferma les yeux. Cette petite phrase lumineuse, porteuse d'un espoir infini, lui ravageait les entrailles. Rien au monde ne lui semblait plus vrai. Rien au monde ne lui semblait plus juste. Rien au monde n'aurait pu mieux traduire le sentiment qui l'habitait et devant lequel elle se sentait si terriblement impuissante.

Chapitre 4

Heureusement, on était jeudi. Gabriel n'aurait pu supporter qu'on soit mercredi, parce que le mercredi, la salle d'haltérophilie était prêtée à un club de mise en forme, Les As, un nom que Lemay aurait sûrement jugé con. Un peu avec raison : il s'agissait d'une vingtaine d'adultes, des presque vieillards souvent, la cinquantaine avancée, préoccupés par le raffermissement de leurs chairs. Le mercredi était donc jour de relâche pour le Club d'haltérophilie des Basses-Laurentides.

En entrant dans le gymnase, Gabriel sentit que sa respiration devenait plus régulière. Il était bien dans cette salle surchauffée et mal ventilée qui empestait la sueur avec des relents de cuirette humide et d'acier. Gabriel se laissa tranquillement envelopper par la rumeur de la salle, le bruit des corps au travail, ce concert de gémissements, d'exclamations et de soupirs avec, en toile de fond, le murmure des discussions, jamais trop dérangeantes. L'ensemble était ponctué par de sourdes explosions : le fracas des barres lestées de poids retombant sur le sol.

L'arrivée de Gabriel fut saluée par quelques hochements de tête et une tape amicale de Guillaume Demers, l'entraîneur, ex-champion canadien, le premier à avoir réussi un arraché de cent cinquante kilos. Guillaume supervisait régulièrement une trentaine d'haltérophiles, dont deux médaillés des jeux du Commonwealth et trois espoirs olympiques, en prodiguant des conseils et en faisant claquer de petites bulles, une en moyenne toutes les vingt secondes, avec trois gommes Chiclets qu'il renouvelait d'heure en heure. L'an dernier, Jeffrey Scott, un des meilleurs leveurs au Canada, un athlète universitaire issu des Territoires du Nord-Ouest, boursier de l'Université de Toronto, avait déménagé ses pénates à l'Université McGill à Montréal et se tapait quarante-cinq minutes de route tous les soirs jusqu'à la polyvalente des Sources simplement pour profiter de l'encadrement de Demers. C'est Jeff qui, quelques semaines plus tôt, avait eu l'idée de cacher le paquet de Chiclets de celui qu'il appelait affectueusement « coach ». Demers avait rôdé comme un ours en cage pendant près d'une heure, visiblement en manque, jusqu'à ce que Scott épate tout le monde en faisant réapparaître le fameux paquet avec des airs de grand prestidigitateur. L'entraîneur, qui n'avait pourtant pas si mauvais caractère, avait clairement fait comprendre qu'il n'avait pas jugé l'incident drôle.

Gabriel avait appris l'existence du Club d'haltérophilie des Basses-Laurentides cinq mois plus tôt, par l'intermédiaire d'une pub dans le journal étudiant. À l'époque, il n'aurait même pas su expliquer la différence entre musculation et haltérophilie, une distinction fondamentale dans l'esprit de tout leveur de poids qui se respecte. Gabriel ne comprenait toujours pas ce qui l'avait attiré dans l'annonce. Il avait déjà pratiqué le handball, le racquetball, la natation, le judo et le karaté, sans jamais vraiment se reconnaître dans aucun de ces sports. Pourquoi soudain l'haltérophilie ?

Cinq mois plus tôt, un soir de mai, il était entré pour la première fois dans ce gymnase surchauffé. Dehors, il faisait encore jour et l'air délicieusement chaud sentait bon l'été pour la première fois de l'année. Des copains l'avaient invité à un barbecue arrosé de bière et agrémenté de filles. Au lieu de se joindre à eux, Gabriel était resté trois heures dans l'antre humide à forcer, à souffler, à ahaner et à s'arracher le cœur jusqu'à ce que ses jambes, son dos, son ventre, ses bras refusent de soulever une autre barre, quel qu'en fût le poids.

Ce premier soir, Guillaume Demers l'avait accueilli avec une nonchalance étudiée. L'entraîneur adorait jauger de nouveaux candidats, toujours excité par la perspective de débusquer un athlète en puissance parmi ces néophytes maladroits, mais par habitude aussi bien que par principe, il se refusait à manifester son enthousiasme. Après avoir enseigné quelques rudiments à Gabriel, insistant surtout sur la sécurité, Demers l'avait invité à lever une première barre. Trente kilos. L'adolescent s'était exécuté un peu timidement, mais dès ce premier essai, Guillaume avait reconnu une belle puissance musculaire. Il était resté attentif à Gabriel durant toute la durée de l'entraînement, continuant de faire des commentaires aux autres athlètes, mais en gardant toujours un œil sur le petit nouveau, bien décidé à ne rien perdre. Le talent s'était confirmé. Trente-cinq kilos, puis quarante. Et une technique vite assimilée, déjà étonnamment précise. Un « naturel ». Du bonheur pur ! Demers en avait du mal à dissimuler son excitation.

À la fin de l'été, Gabriel levait quatre-vingt-cinq kilos à l'épaulé-jeté et soixante-dix à l'arraché. Sébastien, un ex-champion canadien comme Guillaume, encore capable de pulvériser quelques records en compétition, l'avait surnommé Power Boy, une manière affectueuse de reconnaître publiquement qu'il y avait là de la graine de champion. Un peu étonné que Gabriel ne lui confie pas plus rapidement ses objectifs de compétition, Guillaume avait attendu la veille du début des classes pour lui proposer un plan d'entraînement sur mesure. Sa stratégie était claire, nette et précise. Il visait le championnat Louis Cyr à la mi-novembre. Les qualifications auraient lieu dans six semaines. Gabriel serait prêt. Demers lui avait concocté un programme d'entraînement personnalisé, exigeant mais réaliste, dont il était plutôt fier. Un savant dosage d'audace et de retenue afin de maximiser la progression en évitant les blessures et en ménageant juste assez de temps de repos pour que les muscles les plus sollicités récupèrent vite et bien.

Ce soir-là, le ton avait monté. Guillaume était soufflé. Il avait l'impression que l'adolescent se moquait de lui, qu'il le faisait carrément marcher. Gabriel Veilleux refusait de participer aux compétitions !

— Je ne suis pas venu ici pour gagner des médailles, avait plaidé l'adolescent d'une voix mal assurée, conscient de provoquer la colère de son entraîneur.

Depuis un moment déjà, il redoutait cet affrontement.

— Je veux juste… avait-il tenté en cherchant vainement les mots.

Que voulait-il au fond? Raffermir ses chairs comme les membres du club des As? Se sculpter une musculature impressionnante comme les vedettes au corps luisant dans les magazines? Non!

— Je veux juste... lever des barres, avait-il laissé tomber.

— Tu me niaises? avait craché Guillaume Demers d'une voix dure.

— Non, avait simplement répondu Gabriel sans trop savoir ce qu'il aurait pu ajouter.

Il se sentait piégé. Il avait vaguement anticipé ce moment, refusant d'admettre qu'il y avait malentendu. Il aurait tant voulu que rien ne change. Pas de pression. Pas d'obligation. Pas de compétition.

— L'annonce... au printemps... dans le journal de la poly. Ça parlait d'un club d'entraînement, pas d'un club de compétition, risqua Gabriel.

— O.K. Ben c'est vrai qu'on s'entraîne, répliqua sèchement Demers, mais c'est pour faire des compétitions. Compris? Est-ce que ça fait plus ton bonheur?

Gabriel aurait voulu expliquer à l'entraîneur qu'il n'avait pas envie de se mesurer à d'autres athlètes. Il n'avait pas envie d'entendre des huées, des sifflements ou des applaudissements. Il n'avait pas envie de se sentir davantage piégé. Se mesurer à lui-même lui suffisait amplement. Repousser ses propres limites. Jour après jour. Le fait de lever toujours plus haut lui donnait une impression de puissance. En quittant la salle d'entraînement, il se sentait mieux armé pour affronter la vie. Comme s'il était devenu plus grand, plus solide. Moins écrasé, moins oppressé.

Mais ça, il ne l'avait pas dit. En fait, il n'avait rien dit du tout. Il avait déjà compris que Guillaume Demers était à des années-lumière de lui. L'entraîneur avait continué à parler d'adrénaline et de dépassement, de médailles, de commandites, de stratégie et de bourses. Alors, Gabriel s'était résigné. Jamais il ne trouverait les mots pour faire comprendre à Demers que ce qu'il aimait le plus de ces longues heures d'entraînement, c'était de pouvoir abandonner son angoisse sur le petit banc à côté de la porte en entrant. Pendant qu'il levait des barres, il oubliait tout. L'étau qui compressait ses poumons se relâchait enfin. C'était ça le plus important. C'est pour cette raison qu'il continuait de s'arracher le cœur cinq fois par semaine.

Gabriel se retira au fond de la salle où il troqua son jean et son t-shirt de U2 contre un vieux survêtement et une camisole informe. Depuis cet affrontement à la fin d'août, Guillaume n'avait plus parlé de compétition et, au grand soulagement de Gabriel, il ne lui avait pas interdit l'accès aux séances d'entraînement du club. L'adolescent attaqua son programme avec trois séries d'épaulés debout suivies d'autant de séries d'arrachés entrecoupées de pauses d'une minute et demie. Deux fois, Guillaume Demers lui cria : « Barre les coudes. » La troisième fois, il ajouta « câlice ». Puis, il abandonna l'adolescent à ses efforts. Gabriel poursuivit avec des flexions arrière et avant, des tirages et des pratiques de soulèvement avec arrêt de la barre à mi-hauteur.

L'entraîneur-vedette de la Fédération québécoise d'haltéro-philie n'émit plus de commentaires. Il n'allait quand même pas perdre son temps avec un jeune imbécile qui refusait de reconnaître sa chance alors même que tant d'autres athlètes auraient vendu leur âme au diable contre une simple portion de son talent.

Chapitre 5

Marie-Lune s'éveilla alors que le souvenir de son rêve s'effilochait déjà. Elle tenta d'abord en vain d'en rattraper les morceaux épars, puis des images refirent surface. Elle dansait avec Antoine, son premier amoureux, sous le tilleul où ils s'étaient si souvent donné rendez-vous. Le vent d'automne était doux et bon. Pelotonnée sous les couvertures, Marie-Lune se laissa envahir par cette houle de bonheur. Elle avait l'impression de revivre un instant béni.

Puis, le vent d'automne enfla, encore et encore. Marie-Lune dansait maintenant avec Jean au cœur d'une forêt hurlante. Ils valsaient dans la tempête, étrangers aux humeurs du vent, totalement abandonnés l'un à l'autre, invincibles et heureux. Des bourrasques de plus en plus puissantes les assaillaient et pourtant, ils continuaient de danser. Rien ne semblait pouvoir les arrêter. Et soudain, Marie-Lune découvrait qu'elle dansait avec un cadavre.

Celui de Fernande. Sa mère.

Marie-Lune chercha refuge auprès de Jean, mais les draps étaient tièdes et vides. Elle ouvrit les yeux, s'assit dans le lit et découvrit qu'il faisait encore nuit. Alors, elle fouilla ses souvenirs pour s'accrocher à une image de Fernande bien vivante.

Elle revit sa mère, coiffeuse au Salon Charmante à Saint-Jovite. Les yeux cernés, les traits creusés. Et pour cause. Un cancer la dévorait secrètement. Fernande était partie sans même lui dire adieu. C'est là que tout s'était détraqué. L'adolescente follement amoureuse du plus beau gars de l'école, un grand blond brumeux, totalement épris lui aussi, s'était réveillée en deuil un matin.

Peu après, ils avaient fait l'amour. Une seule fois, un soir d'ouragan intérieur, et cette même fois un spermatozoïde zélé avait réussi à courtiser un ovule et à modifier le cours de sa vie.

Antoine voulait qu'elle garde le bébé. Il voulait aussi l'épouser. Du haut de ses quinze ans en désastre, elle avait refusé et il l'avait quittée. Alors, elle avait courageusement – mais qu'est-ce que le courage lorsqu'il n'y a plus vraiment d'alternative ? – mené sa grossesse à terme. Avec un peu d'aide de Jean.

Marie-Lune frissonna sous le drap mince. Elle songea à se lever, à prendre une douche. Au lieu de cela, elle ramena la douillette sous son menton et se laissa à nouveau emporter par les souvenirs jusqu'à ce matin où elle avait fait une chute à cheval, ce matin où elle avait découvert le regard de Jean. Un regard qui avait semblé fleurir en se posant sur elle. Sans doute l'avait-elle aimé dès cette première fois, mais elle était trop en désarroi pour s'en apercevoir. Ils s'étaient revus par hasard peu après la naissance du moustique. Près des chutes, dans la montagne derrière la côte à Dubé. Ils s'étaient revus et ils s'étaient unis. Mais il avait suffi de quelques mots, l'annonce d'un départ, pour qu'elle s'enfuie.

Finalement, ils avaient tous les deux quitté le lac pour poursuivre leurs études, lui à Montpellier, en France, elle à Montréal. Et puis, un matin, elle avait appris la mort d'Antoine. Un suicide. Et son fragile édifice s'était écroulé.

Marie-Lune ferma les yeux, la gorge nouée par l'émotion. Elle se revit, enfourchant son vélo pour parcourir les cent vingt-trois kilomètres jusqu'au lac. C'était trop de douleur, trop d'horreur en trop peu de temps. Elle voulait mourir. Mais avant, elle souhaitait revoir la maison bleue et les grands sapins au bord de l'eau. Elle avait fait toute cette route et à la fin elle n'avait pas eu accès à la maison de son enfance. Alors elle avait emprunté le sentier menant à la cascade derrière la côte à Dubé, là où elle avait vu Jean la dernière fois.

Sœur Élisabeth! Encore aujourd'hui, à cet instant même, Marie-Lune aurait voulu se jeter dans ses bras. Elle prit une profonde inspiration et retrouva avec délices le souvenir du visage d'Élisabeth, sa grande sœur de cœur, son petit phare dans la nuit.

Une communauté de très jeunes moniales avait élu domicile près des galets et des gros bouillons dans la montagne derrière la côte à Dubé. Elles l'avaient recueillie dans la chaleur de leur silence et c'est là que Marie-Lune avait refait ses forces et renoué avec Jean. Là aussi qu'elle avait compris que tout n'était pas fini. «La peur est le pire fantôme, avait dit Jean. Il n'y aura pas de fin du monde. L'été ramènera l'automne. Puis l'hiver. Le printemps reviendra. Encore et encore. Et je serai toujours là. »

◆

Dans la cuisine, l'horloge indiquait quatre heures. Sur le comptoir, un sac de chips au citron vert à moitié vide fit sourire Marie-Lune. Jean mangeait bio par principe, mais il adorait la plupart des collations jugées infectes par tous les bonzes de la santé. Marie-Lune trouva Jean au sous-sol, installé devant la télé, un bol vide à ses pieds. Il sursauta en l'apercevant. Elle s'approcha, curieuse. Regarder des émissions de télé ne faisait pas partie des loisirs habituels de Jean, encore moins en pleine nuit. Il voulut éteindre l'appareil, mais dans sa hâte il appuya sur la mauvaise touche et des images se mirent à défiler en marche rapide. Gêné, il ferma l'appareil.

— Tu ne veux pas que je voie ? balbutia Marie-Lune.

Jean rougit malgré lui. Puis, découvrant Marie-Lune troublée, il ajouta aussitôt d'un ton badin :

— J'ai peur de te choquer. C'est un film triple triple X.

Marie-Lune restait figée, alors il l'attira tendrement vers lui.

— Qu'est-ce que tu imagines, beauté ?

Il était ému de la retrouver, chaude et ensommeillée, les cheveux défaits, nue sous une chemise à lui rapidement enfilée. Marie-Lune fouilla en elle pour trouver le courage d'entrer dans le jeu.

— J'ai toujours su que tu étais en réalité un pervers maniaque clandestinement abonné à un tas de trucs répugnants, dit-elle en prenant une moue dégoûtée.

— Alors, ça t'intéresse, hein ? Espèce de petite crapaude… Tu as envie de voir des mâles déchaînés, de vraies bêtes. Allez… Avoue !

Marie-Lune fit signe que oui, puis elle se pencha vers son compagnon et enfouit son nez dans le cou de Jean pour se repaître de son odeur. Une fois rassasiée, elle se blottit tout contre lui et laissa échapper un soupir de contentement. Comme souvent, depuis leur tout premier contact, elle avait l'impression que rien de vraiment mauvais ne pouvait lui arriver tant que Jean serait à ses côtés.

Jean alluma la télé et mit le lecteur DVD en marche. Un chien bondit aussitôt sur l'écran, rien de bien redoutable, un golden retriever à l'air bonasse, avec deux grands yeux caramel et une gueule baveuse qui semblait figée dans un éternel sourire. Une grosse bête, courte sur pattes et large de derrière, la queue haute et frétillante.

— Max, commenta Jean. Beau cul, hein ?

Marie-Lune rit de bon cœur. Le chien galopait maintenant vers un enfant, un petit bonhomme de cinq ou six ans au visage étonnamment grave. L'animal s'arrêta à distance respectueuse de l'enfant. Jean apparut alors sur l'image. Il s'approcha du petit garçon, se recroquevilla pour être à sa hauteur, puis appela le chien qu'il accueillit en lui faisant la fête, multipliant les caresses bientôt gratifiées d'un grand coup de langue baveuse sur la joue. L'enfant observait la scène avec un brin de méfiance, mais il était quand même visiblement attiré. Il attendit un peu, fit timidement un pas et, du bout de ses doigts potelés, effleura délicatement le pelage de l'animal.

Marie-Lune gardait les yeux vissés sur l'écran. Elle n'avait pas souvent vu Jean avec un enfant. Mais chaque fois, la douleur était cuisante.

— Jacob, annonça Jean. Problèmes socio-affectifs multiples et peur maladive des étrangers. Histoire familiale pourrie.

— Qu'est-ce que tu fais là ? demanda Marie-Lune d'une voix rauque, encore chavirée par le spectacle.

— Je participe… enfin, c'est plutôt moi qui le dirige… Il s'agit d'un projet pilote de zoothérapie infantile, mené à Saint-Jovite en collaboration avec l'École de médecine vétérinaire de l'Université de Montréal, expliqua Jean un peu trop rapidement. C'est tout neuf, encore très embryonnaire…

Il avait l'impression ridicule d'être pris en flagrant délit.

— Tu n'osais pas m'en parler… commença Marie-Lune alors que Jean appuyait doucement quelques doigts sur ses lèvres pour la faire taire.

— Chuutt ! murmura-t-il en soufflant dans ses cheveux.

Marie-Lune le repoussa.

— Arrête de tant vouloir me protéger, lui reprocha-t-elle trop durement.

Les mâchoires serrées, le front plissé par l'anxiété, Jean prit le temps de rassembler ses idées, chercha les mots, conscient d'avancer en terrain dangereux. Comme souvent. Comme presque toujours, songea-t-il avec humeur. Tant de sujets, tant de mots étaient devenus tabous. Comment pouvait-il ne pas tenter de la protéger alors même qu'un rien suffisait à l'ébranler ? Un brusque découragement l'envahit. Réussiraient-ils un jour à tourner la page ?

Marie-Lune avait déjà honte de son attitude. Elle fit un effort pour se ressaisir et parvint à ajouter d'une voix plus calme :

— Il faut qu'on apprenne à vivre avec… ça.

— Tu as raison. Il le faut absolument, reprit Jean sans oser ajouter que la balle était dans son camp, qu'elle seule pouvait combattre ses fantômes.

Le regard de Marie-Lune s'embrouilla. Elle baissa la tête et les mots s'éteignirent dans sa gorge lorsqu'elle ajouta, piteuse :

— Tu ne vas quand même pas te cacher pour voir des enfants…

Jean ne répondit pas. Les paroles n'avaient plus de poids. Il souffrait lui aussi mais pour des raisons différentes. Il avait réussi à faire le deuil de l'enfant dont il rêvait, mais il refusait de renoncer à la femme dont il était tombé amoureux. La Marie-Lune lumineuse et vibrante qui lui avait harponné le cœur. Celle qui n'était parfois plus qu'un souvenir.

Une main atterrit sur sa joue. Des doigts fins, parfumés et doux. Jean se tourna vers sa compagne. Et il lui sembla soudain que dans le ciel trop bleu de ses yeux tout n'était pas éteint. Ils souffraient tous les deux, mais cette douleur ne parvenait pas à étouffer l'immense tendresse qu'ils éprouvaient l'un pour l'autre.

Ils n'avaient pas fait l'amour depuis des lunes et pourtant, à cet instant même, aucun d'eux n'aurait osé amorcer un geste. C'était trop risqué. Et c'était déjà bien assez merveilleux qu'au creux de la nuit, un souffle ranime les braises encore chaudes d'une passion abîmée par les assauts répétés du destin. Ils s'embrassèrent comme des adolescents en pressant leurs corps l'un contre l'autre avec une sorte de ferveur désespérée.

Chapitre 6

Une enveloppe gauchement fabriquée attendait Gabriel sur son lit. À l'intérieur, il découvrit une carte dessinée par sa sœur. Christine avait patiemment reproduit le dessin d'Éliza la petite fée munie de sa fameuse baguette. La jeune artiste avait même collé de minuscules confettis scintillants au bout de l'instrument magique pour plus d'effet. La carte renfermait une invitation. La fée Éliza avait pour mission de convaincre le grand frère de Christine d'accompagner sa famille à un « week-end spécial de retrouvailles » qui réunirait une douzaine de familles ayant adopté un enfant en Chine. Ces bébés ramenés de l'orphelinat de Nanchang à l'été 1995 étaient devenus des « enfants bananes », « jaunes en dehors et blancs en dedans », comme se plaisaient à dire les parents adoptifs. Christine les appelait ses cousins d'orphelinat. Elle gardait dans une boîte à trésors une photo d'elle à trois mois en compagnie de plusieurs d'entre eux.

Claire et François considéraient ces étrangers, parents et enfants, comme des membres d'une grande famille dont ils faisaient eux-mêmes partie, Gabriel compris. Pendant des années, Gabriel avait subi sans trop broncher d'étranges soirées annuelles rassemblant une tribu d'enfants aux yeux bridés, heureux de se retrouver, et quelques égarés comme lui qui ne comprenaient pas trop ce qu'ils faisaient là. Tous les parents, sauf un couple de Belges, étaient nés au Québec de parents québécois. Ils n'avaient mis les pieds en Chine qu'une seule fois dans leur vie, et c'était pour aller cueillir leur enfant à l'orphelinat, exception faite d'un couple de Jonquière qui était retourné afin de ramener une deuxième fillette aux yeux en amande. Mais tous ces parents se sentaient profondément unis par des souvenirs communs intenses et des expériences de vie familiale partagées.

L'année précédente, Gabriel s'était trouvé une bonne excuse pour éviter cette soirée. Cette fois, l'entreprise s'avérait plus délicate, car il s'agissait d'un rassemblement spécial et de longue durée, une sorte de « classe jaune » au fond, s'amusa-t-il à penser avec une pointe de sarcasme, dans une auberge en Mauricie. Gabriel avait déjà commencé à dresser l'inventaire des excuses possibles, toutes d'importance capitale, pour échapper à ce fameux week-end, lorsque Christine entrouvrit doucement sa porte :

— Le souper est prêt ! annonça-t-elle gaiement en repérant l'enveloppe et la carte dans les mains de son frère.

— J'arrive, grogna Gabriel, sur le ton de celui qui ne souhaite pas être dérangé.

Christine disparut pour revenir aussitôt :

— C'est des macaronis au fromage, ajouta-t-elle d'une voix triomphante avant de s'éclipser pour de bon.

Christine appréciait à peu près tous les mets que leur préparait Claire, mais elle raffolait tout particulièrement des plats de pâtes : macaronis au fromage, lasagnes gratinées, spaghettis au pesto ou tortellinis sauce rosée. Christine Veilleux, huit ans, jaune en dehors et blanche en dedans, avait des goûts de Sicilienne, assaisonnements au piment compris, mais ce qui la caractérisait surtout, c'était son fabuleux appétit pour la vie. Sûrement qu'une fée, lointaine cousine d'Éliza, s'était faufilée entre les berceaux dans le triste orphelinat de Nanchang où la fillette attendait que son nom soit tiré à la triste loto de l'adoption internationale. D'un coup de baguette chinoise, la fée avait accordé à ce minuscule poupon souffrant de malnutrition, abandonné dans un parc par sa mère à l'âge de trois jours, le don du bonheur. Depuis, Christine avançait dans la vie avec la légèreté d'un elfe et l'enthousiasme d'un chiot.

— Ça va ? T'as eu une bonne journée ? demanda François alors que Gabriel rejoignait les autres à la table.

— Ouais, marmonna l'adolescent.

Claire et François échangèrent un regard déçu qui n'échappa pas à Christine. La fillette décida alors que ce n'était sans doute pas le meilleur moment pour interroger son frère sur ses intentions. La conversation s'anima bientôt entre Claire et Christine, toutes deux très excitées par la perspective du fameux week-end. Chaque famille était responsable d'un mets à apporter et d'une activité à organiser. Il était déjà question de raviolis maison farcis au fromage et d'une partie de Twister géant. François venait d'être mandaté pour dénicher une grande toile de plastique épais que mère et fille peintureraient.

Gabriel observa son père à la dérobée. La discussion entre Christine et Claire semblait le distraire, sans le passionner outre mesure. Armé d'une cuillère à soupe qu'il tenait bizarrement comme si c'était un poignard, il mangeait avec appétit en maniant son ustensile avec une maladresse à laquelle tous les membres de sa famille s'étaient habitués. Gabriel venait tout juste de passer en deuxième année lorsque François s'était déchiqueté le pouce avec une scie sauteuse à l'atelier d'ébénisterie où il travaillait depuis une dizaine d'années. Un jeune commis qui avait l'habitude de fumer un joint à la dérobée à l'heure du lunch avait décidé de célébrer l'arrivée du vendredi en reniflant un peu de poudre. Une heure plus tard, il échappait le lot de planches qu'il transportait, assommant François au passage. L'ébéniste avait perdu la maîtrise du dangereux outil qu'il manipulait et Dieu seul sait par quel miracle il ne s'était pas tronçonné la main en entier.

La suite ressemblait à un mauvais roman. Le jeune père de deux enfants, dont un bébé de six mois fraîchement arrivé de Chine, s'était engagé dans une bataille légale épuisante pour ne récolter que des miettes d'indemnisation. À l'époque, Claire avait déjà vendu sa boutique de vêtements afin de payer les frais d'adoption et de mieux se consacrer à ses deux enfants. Le couple avait été contraint d'abandonner l'érablière où ils avaient rêvé de voir grandir leurs enfants pour aller s'installer dans une ville de banlieue sans âme des Basses-Laurentides. François venait de perdre ce qu'un ébéniste a de plus précieux après ses yeux. Cette main amputée du pouce qui avait du mal à tenir un crayon ne serait plus d'aucune utilité pour sculpter le bois. Il avait laissé un métier qu'il pratiquait avec une maîtrise exceptionnelle, un talent artistique sûr et surtout beaucoup de bonheur, pour accepter un emploi de contremaître dans une usine de fabrication de fenêtres. C'est là qu'il avait offert à son fils de travailler, quelques mois plus tôt, à l'été de ses seize ans. Gabriel avait refusé sans réussir à expliquer pourquoi, laissant son père avec la fâcheuse impression qu'il méprisait sinon son métier, du moins l'établissement où il travaillait.

C'était tout faux, mais Gabriel, encore une fois, n'avait pas su trouver les mots. Il aurait voulu pouvoir expliquer à son père qu'il préférait accepter un emploi dans une crèmerie, à deux tiers du taux horaire qu'il aurait eu à l'usine, parce que… parce que c'était « plus lui ». Tout bêtement. Le travail routinier au Dairy Queen, dans une petite niche derrière la vitre coulissante, à servir des cornets ordinaires ou gaufrés, de crème glacée molle montée en spirale, à la vanille ou au chocolat, trempée ou pas dans la sauce au fudge et avec ou sans noisettes pilées en prime, lui convenait davantage que le défi plus exceptionnel de commis d'usine, un emploi où il aurait pu, d'un été à l'autre, gravir des échelons et obtenir éventuellement un salaire et des responsabilités tout à fait enviables. Malheureusement, l'emploi au Dairy Queen s'était révélé de bien courte durée. Au bout de trois semaines, le gérant avait remplacé Gabriel par sa nièce fraîchement arrivée de Vancouver, où elle avait été renvoyée du Banff Springs Hotel.

— Tu veux ton gâteau avec ou sans crème glacée ? lui demandait justement sa mère.

Gabriel leva vers Claire un regard un peu perdu.

— Sans, répondit-il finalement.

Christine avala pensivement deux autres bouchées de gâteau renversé à l'ananas. Elle s'était promis de ne pas aborder le sujet ce soir, mais l'envie de savoir était devenue trop pressante. Alors elle lança, un peu brusquement parce qu'elle redoutait la réponse :

— Vas-tu venir, Gabi ?

Gabriel était encore derrière la vitre coulissante du Dairy Queen à revivre un pan de son été. Christine répéta, en ajoutant des précisions :

— Vas-tu venir à l'auberge avec tout le monde pour la fin de semaine spéciale ?

Tous les regards étaient braqués sur l'adolescent. Claire et François attendaient eux aussi.

— Non, s'entendit-il répondre sur un ton inutilement dur.

— Pourquoi ? demanda Christine, dont la déception faisait peine à voir.

Gabriel baissa les yeux et commença à piocher dans son assiette. Il aurait aimé être à la hauteur. Il aurait souhaité que François et Claire héritent d'un fils plus gai, mieux adapté, plus reconnaissant. Le pendant masculin de Christine, tiens. Il aurait développé une relation de joyeuse complicité avec François, comme Christine avec Claire. Ils auraient eu de longues conversations animées et ils auraient partagé une foule d'activités, comme deux grands copains. Gabriel fouilla dans ses pensées pour retrouver les excuses qu'il s'était préparées. Au lieu d'invoquer un projet spécial de groupe en bio ou un tournoi extraordinaire de soccer, il s'entendit répondre :

— Parce que je ne suis pas né en Chine, moi.

◆

La barre atterrit sur le sol avec un bruit d'explosion et roula hors de la zone habituelle. Chacun continua à se concentrer sur le mouvement précis qu'il répétait, mais secrètement toute l'attention était dirigée vers Gabriel. Jean-Nicolas, Denis, Étienne, Jeff et Guillaume, bien sûr, avaient tous remarqué que Veilleux n'était pas dans son assiette. Non pas qu'il fût dans une forme inouïe autrement. Depuis des semaines, Power Boy paraissait encore plus renfrogné que d'habitude, mais ce soir-là, une rage sourde grondait en lui et il semblait avoir toute la misère du monde à la contenir. Pendant un moment, Guillaume songea que l'adolescent aurait pu arborer un dossard portant l'inscription : *Attention danger!* ou plus simplement : *Explosif!*

Gabriel abandonna sa barre sur le sol, s'épongea rapidement et entreprit de se rhabiller en vitesse. C'était la première fois qu'il quittait la salle d'haltérophilie avant d'avoir terminé sa séance d'entraînement. Jusqu'à ce soir, il avait toujours réussi à dompter le bouillon d'émotions dans son ventre en levant des barres, en s'investissant totalement dans cette suite de mouvements intenses et répétitifs qui lui permettait d'atteindre un semblant de paix intérieure. Les premiers levers étaient parfois plus gauches et moins bien sentis, mais peu à peu il parvenait à canaliser toute sa concentration et toute son énergie dans l'exercice. Il n'y avait plus rien alors pour alimenter la peur, la colère, la honte, le doute, l'inquiétude, le désarroi. Ce soir-là, c'était différent. Le tumulte de l'orage dans ses entrailles couvrait tout, il l'envahissait totalement, sans relâche et sans pitié.

L'air frais du dehors lui fit du bien. Un vent lourd de pluie soulevait les feuilles dans la rue, les éparpillant paresseusement au gré de ses humeurs sans tenir compte des efforts particuliers de quelques propriétaires zélés qui avaient employé leur dimanche à pousser les dernières feuilles de leur pelouse dans la rue. Gabriel se dirigea tout naturellement vers la rue Laflèche, où Claire, François et Christine l'attendaient dans un bungalow aux murs extérieurs recouverts d'aluminium gris avec, dans les yeux, tous les reproches du monde. François surtout. La veille, après le refus de Gabriel de participer au grand week-end sino-québécois, François était venu cogner à la porte de son fils.

— Je peux entrer ?

Il n'avait pas attendu la réponse. Il avait ouvert la porte et s'était assis au pied du lit où Gabriel s'était installé pour réviser ses notes d'histoire en vue d'un examen. Heurté par ce manque de délicatesse et un peu inquiet quant au contenu de la discussion à venir, Gabriel avait gardé les yeux rivés sur la page de son cahier. Alors, sans prévenir, François avait éclaté :

— C'est trop te demander de me regarder ? Je ne suis pas un courant d'air, je suis ton père !

Gabriel s'était composé un visage impassible avant de lever les yeux vers son père. Il lui semblait impérieux de dissimuler son désarroi. C'est d'ailleurs François qui lui avait enseigné cette stratégie militaire des plus élémentaires, alors qu'ils jouaient à Risk : l'importance de cacher ses zones de fragilité à l'ennemi. Mais depuis quand, au juste, son père s'était-il transformé en ennemi ?

— Je ne te comprends plus, Gabriel, avait lancé François d'un ton plus las qu'exaspéré. Qu'est-ce qui cloche ? Qu'est-ce qu'on t'a fait ou pas fait ? On dirait que tu nous trouves pas assez bons pour toi. Qu'est-ce que tu veux ? Dis-le donc ! Et qu'est-ce qui te manque ? Veux-tu bien m'expliquer !

François lançait des perches en espérant que son fils en attraperait une. Il souhaitait surtout briser cet insupportable silence, forcer Gabriel à sortir de sa caverne et à dire enfin haut et fort ce qui le fâchait, l'ennuyait ou le rongeait. Dans sa tête, Gabriel cherchait des réponses, mais des idées troubles et des sentiments confus se bataillaient en lui. Qu'est-ce que je veux ? Qu'est-ce qui me manque ? se répétait-il.

— On a tout fait, Claire et moi, pour te donner tout ce dont tu pouvais avoir besoin, poursuivait François, fébrile. Et plus encore. T'as une mère… extraordinaire ! Une petite sœur qui est comme un rayon de soleil vivant. Et puis… moi. Je suis peut-être juste un père bien ordinaire, mais je t'aime et je voudrais te rendre heureux. Ça nous fait mal, à ta mère, à ta sœur et à moi, de te voir tout croche, mal dans ta peau. On n'est pas fous. On sent très bien que tu nous reproches quelque chose. Alors on voudrait savoir quoi. Comprends-tu? Pour t'aider…

Les derniers mots s'étaient brisés comme une lame sur un rocher. Alors François, qui avait l'habitude d'évoluer dans un monde d'hommes avares de démonstrations sentimentales, s'était brusquement levé et il avait quitté la chambre de son fils, les épaules courbées et le pas pesant.

Gabriel était resté de longues minutes sans bouger. Les paroles de son père fusaient en tous sens sans qu'il parvienne à les harnacher. Une question surtout résonnait furieusement à ses oreilles : « Qu'est-ce que tu veux? Dis-le donc! » Et puis soudain, une réponse était montée aux lèvres de Gabriel. Une petite phrase surprenante qu'il prononça à voix haute, comme s'il avait besoin d'éprouver le poids de chaque mot.

— Je veux savoir qui je suis.

« Je veux savoir qui je suis », se répéta silencieusement Gabriel en poursuivant sa route vers la rue Laflèche. Mais au dernier moment, juste avant d'emprunter la rue transversale, il modifia son parcours et s'engagea sur un passage piétonnier pour atteindre la piste cyclable intermunicipale, un sentier de terre battue aménagé sous les tours d'Hydro-Québec. Le vent continuait d'arracher au sol des paquets de feuilles à moitié pourries. Derrière les bungalows plantés en rangée, les cours se succédaient, la plupart clôturées, chaque famille visiblement soucieuse de bien délimiter son territoire. Des cages, songeait Gabriel. Trois ou quatre, plus rarement cinq individus par unité. Un même modèle de base avec quelques variantes : tilleul, érable ou peuplier, plate-bande de vivaces, d'annuelles ou de plantes mixtes, piscine creusée, piscine hors terre ou terrain de jeu, terrasse avec pergola, auvent rétractable ou parasol…

Gabriel avançait d'un pas vif et régulier. Il avait besoin de dépasser ce paysage trop sage, d'atteindre un espace plus vaste, moins domestiqué, un lieu qui lui ressemblerait davantage. Pendant des semaines, peut-être même des mois, il avait eu l'impression de tourner en rond au fond de lui-même, tel un lion en cage, sans parvenir à cerner son ennemi, et voilà qu'il l'avait enfin identifié. Cet adversaire auquel il devait s'attaquer, c'était lui. Ou, plutôt, ce vide en lui, ce flou en lui. «Qui suis-je?» Il devait absolument, rapidement et impérieusement trouver la réponse à cette question.

Alors Gabriel décida de s'y attaquer tout de suite en commençant par établir ce qu'il savait de lui. Il lui sembla aussitôt plus facile de commencer en énumérant ce qu'il n'était pas. Il n'était pas gai comme Christine. Ou Claire. Sa sœur et sa mère semblaient toujours portées par un élan joyeux. Peu d'expériences avaient raison de leur optimisme indéfectible et bien peu de personnes résistaient à leur entrain contagieux. Il n'était pas simple, clair et droit comme François. Si son père avait été un cours d'eau, il aurait été une rivière, coulant tout naturellement vers son confluent. Alors que lui,

Gabriel Veilleux, aurait été une mer en furie, agitée par d'impitoyables soulèvements et de spectaculaires marées, traversée par des courants impétueux, une mer bouillonnante, exaltée, une mer d'eau trouble, aux entrailles ravagées par d'épuisantes luttes secrètes.

Il n'était pas comme eux et il en avait parfois honte. Il n'appréciait pas son rôle de mouton noir. Celui qui déparait le troupeau. François n'avait-il pas raison de s'attendre à un peu plus de gratitude ? Gabriel Veilleux n'avait-il pas contracté une dette envers ses parents adoptifs ? Sans doute leur devait-il d'être un bon fils, content, reconnaissant, épanoui, performant, mais il n'y parvenait tout simplement pas. Quelque chose en lui se rebellait. Tant pis pour eux s'ils étaient insatisfaits de la marchandise. Il n'existait malheureusement aucune possibilité de remboursement ou d'échange. Il n'avait pas lui-même demandé à venir au monde pour être ensuite offert en cadeau.

Et puis, au fond, il leur en voulait, à eux, d'être si différents. Tout aurait été tellement plus facile s'il avait pu trouver des échos de lui-même dans son entourage familial. Il aurait aimé pouvoir, comme Christine, jeter un regard autour de lui et sentir qu'il appartenait clairement à cet univers. Être à sa place dans la vie. Au lieu de cela, il avait l'impression d'avoir atterri au mauvais endroit. Comme si la clé de cette question si pressante – Qui suis-je ? – se trouvait ailleurs, dans les mains d'autres individus.

La piste cyclable qu'il avait empruntée prenait fin dans un parc. Il avançait maintenant sur un sentier discret, de ceux qui ont été lentement tracés par une multitude de pas répétés, au cœur d'un territoire où alternaient les espaces boisés et les marécages. De temps en temps, un oiseau criait comme pour alerter une tribu secrète de la présence de Gabriel. Celui-ci avait l'impression de respirer mieux. Le temps avait fraîchi, les assauts du vent devenaient plus forts et Gabriel se sentait bien dans ce déploiement d'éléments. Il remarqua que le soir était tombé. Des lavis pastel barbouillaient le ciel à l'horizon. Il songea à Claire qui, malgré un naturel optimiste, était bien trop mère poule pour ne pas se faire du mauvais sang. Combien souvent avait-elle alerté tout le quartier pour un retard de quelques minutes seulement, au retour de l'école, quand il était petit? Accueilli en messie alors qu'il s'était livré à des activités somme toute assez peu édifiantes, le plus souvent une bataille à laquelle il s'était contenté d'assister ou un défi entre garçons dont il avait été témoin, il s'était toujours senti un peu coupable de soulever de telles passions à si peu de frais.

Il allait rebrousser chemin lorsqu'il crut apercevoir une trouée au loin. Il accéléra le pas et parvint assez rapidement à une étendue d'eau bordée çà et là d'herbes hautes. Un simple étang échoué au beau milieu de nulle part. Le vent froissait la surface d'encre, distribuant des éclats d'argent aux scintillements discrets qui allaient se perdre un peu plus loin. Ce spectacle si inattendu n'en était que plus réjouissant. Qui aurait cru qu'il suffisait de marcher tout droit pour atteindre cette oasis? Gabriel y voyait comme un présage. Tout n'était pas perdu. La vie lui réservait encore d'heureuses surprises.

Un cri rauque, tout près, le fit sursauter. Il découvrit une petite masse sombre à la surface de l'eau derrière un buisson d'églantier. Gabriel s'approcha à pas lents, en déployant de grands efforts pour ne pas faire de bruit. C'était un canard, une bête de bonne taille, d'une espèce qu'il n'aurait pas su identifier. À la lumière du crépuscule, son plumage était plutôt terne, mais en observant mieux, Gabriel découvrit un collier plus pâle à la hauteur du cou. Il resta un long moment à épier la bête, qui plongea la tête à quelques reprises dans l'eau noire. Et puis soudain, sans même qu'un bruit ait pu l'alerter, l'oiseau étira le cou, agita la tête, courut sur l'eau et prit son envol. Gabriel resta encore plusieurs minutes immobile, habité par l'écho du claquement d'ailes et surpris du vide creusé par ce départ.

Sur le chemin du retour, il se souvint d'un conte d'Andersen, *Le Vilain Petit Canard*, que Claire lui avait raconté soir après soir pendant des mois. C'était son histoire préférée lorsqu'il était petit. Gabriel se souvenait de Claire glissant son index sous les lettres dorées de la page couverture en récitant sur un ton cérémonieux, empreint de plaisir, le titre du conte puis le nom de l'auteur avant d'ouvrir le livre. Le héros de l'histoire, un petit canard malingre et gris, était profondément malheureux parce qu'il ne ressemblait à aucun des canards autour de lui. Or, à la fin, au bout d'une longue quête initiatique et après bien des mésaventures, il découvrait enfin ce qui le rendait si différent : il n'était pas un canard mais un cygne !

La nuit était tombée lorsque Gabriel franchit le seuil du 609, rue Laflèche. Il ne se souciait ni de l'inquiétude de sa mère ou de sa sœur, ni de la mauvaise humeur de son père qui lui en voudrait sûrement d'avoir créé une commotion. Il venait de prendre une décision importante. À l'instar du vilain petit canard du conte, Gabriel Veilleux allait lui aussi entamer une quête pour résoudre l'énigme en trois mots qui l'obsédait tant : «Qui suis-je?» Et peut-être parviendrait-il du même coup à trouver une réponse aux autres questions qui l'accablaient : «Pourquoi suis-je différent? À qui est-ce que je ressemble? Quelle est ma place dans ce monde?»

En refermant la porte d'entrée derrière lui, Gabriel Veilleux se promit de téléphoner au Centre jeunesse dès l'ouverture des bureaux le lendemain. Et si cette démarche ne suffisait pas, il irait jusqu'à Montréal et il ne quitterait pas l'édifice avant d'avoir obtenu l'information. Il avait mis du temps à prendre cette décision, mais il était bien résolu. Impossible de reculer désormais. Il avait trop besoin de savoir.

Chapitre 7

La nuit se dissipait lentement avec des étirements de chatte paresseuse, dégageant peu à peu un ciel d'abricot au sommet des montagnes. Jean dormait encore profondément, les poings fermés, la tête blottie au creux d'un bras replié. De temps en temps, il poussait de brefs soupirs qui tenaient lieu de ronflement. Sinon, le silence était entier. Aucun cri ni remuement de bête. Comme si tous les oiseaux du monde avaient fui.

Du bout des doigts, Marie-Lune caressa l'épaisse chevelure de Jean, puis sa joue hérissée de poils rêches, son épaule massive… Jean allongea le bras, comme s'il cherchait à atteindre quelque chose ou quelqu'un. Il resta ainsi un moment en attente, la main ouverte, puis, ramenant le bras vers lui, il se recroquevilla sous les couvertures en poussant un faible gémissement qui exprimait sans doute sa déception d'être abandonné à lui-même pour poursuivre la nuit.

La veille, Jean avait prévenu qu'il rentrerait tard. Marie-Lune avait deviné qu'il travaillait à son projet de zoothérapie infantile, puisque la clinique était fermée ce soir-là. Il avait rejoint Marie-Lune au lit où elle relisait pour la énième fois

Le Chant du monde de Jean Giono, un de ces livres culte qu'elle fréquentait assidûment, à la manière d'un vieil ami, surtout les jours de mélancolie. Jean s'était approché doucement et il l'avait serrée dans ses bras comme il faisait à chacune de leurs retrouvailles, quelle que fût la durée de l'absence, depuis plus de dix ans maintenant. Et comme chaque fois, Marie-Lune avait reconnu avec plaisir ce territoire d'appartenance. Il l'avait gardée pressée contre lui et elle avait senti monter le désir de son compagnon. Une vague angoisse l'avait alors alertée, mais elle l'avait ignorée. Elle avait plutôt fait mine de s'abandonner, espérant que si elle le forçait un peu, son corps finirait par suivre sa volonté. Mais Jean était trop sensible pour se laisser berner. Il l'avait sentie se raidir et, aussitôt, il avait relâché son étreinte en lui souhaitant bonne nuit d'un ton froid dans lequel perçait la tristesse. Il n'avait pas eu le temps ou peut-être n'avait-il plus l'énergie pour dissimuler le sentiment de frustration qu'il éprouvait.

Depuis des mois déjà, quelque chose en elle s'était brisé et les avances de Jean, jadis partagées, étaient reçues comme autant d'assauts malgré tout l'amour qui y était inscrit. Parfois, Marie-Lune sentait le désir monter dans son ventre, puis gonfler et se propager. Mais soudain, tout s'effondrait. La peur n'y était pour rien et l'amour n'avait pas cessé d'être au rendez-vous. Jean le savait. Ils en avaient maintes fois discuté. C'était une réaction animale, instinctive, irraisonnable. Un réflexe de protection difficile à combattre. Faire l'amour était devenu synonyme de désastre.

L'avortement spontané, la perte tragique d'une première promesse d'enfant, les avait d'abord rapprochés. Pendant plus d'un an, Marie-Lune avait gardé à son chevet, sur sa table de nuit, tel un talisman, les minuscules chaussettes de poupon que Jean avait rapportées d'une boutique de Saint-Jovite le jour où elle lui avait annoncé que le test de grossesse acheté en pharmacie était positif. Ce jour était resté inscrit au chapitre des quelques moments magiques de son existence. Elle s'était alors souvenue d'un autre épisode de sa vie, à la fois semblable et tellement différent : cette fois où le docteur Larivière lui avait annoncé sa première grossesse. Jamais elle n'oublierait l'immense détresse qui l'avait submergée à mesure que cette terrible vérité s'incrustait dans l'espace fragile de ses quinze ans. Et voilà que la même annonce, quelques années plus tard, l'avait remplie d'une joie indicible, d'un bonheur d'une intensité presque insoutenable. Depuis, elle aspirait de tout cœur à revivre cette joie.

Après une période de convalescence sur recommandation du médecin, Marie-Lune et Jean s'étaient à nouveau attaqués à la tâche, un peu nerveux, mais confiants et terriblement affamés l'un de l'autre après ces semaines de privation. Ils avaient l'impression de faire l'amour comme des dieux, portés par un même élan, en parfaite communion de corps, d'âme et d'esprit. Mais le miracle tant espéré n'avait pas eu lieu. Après des nuits et des nuits d'étreintes ardentes, Marie-Lune découvrait toujours avec horreur des taches de sang dans sa culotte et elle se sentait bafouée, diminuée. Trahie par la vie.

C'est Jean qui avait gentiment suggéré qu'ils consultent. Ainsi avait débuté un long calvaire stressant et souvent humiliant. Des mois et des mois d'investigations dans une clinique de fertilité avec chaque fois de nouvelles hypothèses à vérifier. Chacun souhaitait secrètement ne pas être à l'origine de l'échec, tout en s'inquiétant de la douleur de l'autre le cas échéant. Et puis le verdict était tombé. Rien! Tout était pour le mieux dans le meilleur des mondes à cette exception près qu'ils n'arrivaient pas à fabriquer un bébé.

Ni l'un ni l'autre n'avait su comment interpréter ce diagnostic. Soulagement parce qu'il laissait percer une lueur d'espoir? Découragement parce qu'ils n'étaient guère plus avancés? Tout au long de l'éprouvante enquête, ils avaient souvent conçu un plaisir mitigé à se retrouver sous les couvertures. Les gestes étaient devenus moins spontanés, l'angoisse étranglait le désir et un sentiment d'échec abîmait leur ardeur. Le thérapeute qui les accompagnait dans cette démarche leur avait expliqué que tout cela était parfaitement normal. Le drame, c'est qu'une fois la recherche terminée, pour Marie-Lune, rien n'avait changé. Sauf en de rares occasions, comme autant d'embellies dans un ciel d'orage, elle ne parvenait plus à s'abandonner.

Le thérapeute leur avait conseillé d'être patients, de se traiter mutuellement comme des convalescents, de prendre le temps nécessaire pour faire un certain deuil. Marie-Lune avait ainsi compris qu'elle avait un rêve à enterrer. Une révolte sourde avait grondé en elle. Elle aurait voulu défoncer le ciel, faire exploser la planète. Mais la rébellion avait été de courte durée. Elle s'était bientôt sentie vidée de toute énergie. Assommée, brisée, broyée.

C'est alors qu'elle avait écrit son premier et unique roman. L'entreprise l'avait apaisée. À l'époque, elle réussissait encore à tenir bon. Mais tous les coups n'avaient pas encore été portés. Il restait la lettre de Claire, cet assaut brutal, inexplicable, inattendu. Marie-Lune s'était sentie aussi démolie qu'à la fin de l'adolescence. Elle avait eu envie de courir vers le sentier menant à la cascade et de grimper jusqu'à la petite chapelle de bois des moniales. Pour prier. Même si elle ne savait pas prier et même si elle ne croyait pas vraiment en Dieu. Mais les moniales avaient quitté leur petit paradis depuis des années déjà, chassées par un promoteur immobilier bardé de plans et de permis. Sœur Élisabeth vivait dans un monastère en Italie et ses amies s'étaient éparpillées un peu partout sur la planète.

Le jour où elle avait reçu la lettre de Claire, il y avait eu comme un naufrage en elle. Elle avait perdu l'espoir d'enchantement, celui de danser dans la tempête, d'oser se croire plus forte que le vent, comme ces grands sapins qu'elle avait imaginés indestructibles. Tout cela était faux. À preuve, le vent avait fauché les plus hautes branches d'un des grands sapins devant la maison bleue.

Elle avait reçu la lettre de Claire deux ans plus tôt, le 30 septembre. Depuis, elle se contentait d'exister. Comme si la vie n'était qu'une longue tempête entrecoupée d'accalmies. Elle s'était barricadée dans sa routine, telle une assiégée, évitant les contacts humains trop intenses, les explorations le moindrement risquées et les activités exigeantes. Ne pas réveiller le danger. Ne pas exciter l'ennemi.

Jean poussa un soupir plus long, comme s'il avait surpris les réflexions de son amoureuse. Alors Marie-Lune sortit doucement du lit, elle tira sur l'édredon pour couvrir l'épaule de son compagnon, puis elle le borda délicatement en prenant soin de ne pas l'arracher à son sommeil et s'habilla sans bruit avant de quitter la pièce.

Les premières lueurs de l'aube éclairaient déjà la cuisine. Marie-Lune enfila en hâte un manteau, un bonnet et des gants puis sortit. Elle marcha jusqu'au banc de bois près du lac. Le vent agitait les feuilles d'un vieux bouleau. De minces pellicules de glace s'étaient formées sur le lac pendant la nuit. Marie-Lune leva les yeux vers la cime des montagnes encore embrouillées de nuit. C'est alors que l'horrible pensée qu'elle repoussait depuis son réveil se fraya un chemin jusqu'à sa conscience. Marie-Lune revit Jean en compagnie de Jacob, l'enfant du vidéo, et ses entrailles se nouèrent.

Un plan douloureux s'élaborait en elle. Jean souffrait lui aussi. En silence. Il rêvait d'une femme consentante et d'un enfant à lui. Alors Marie-Lune songea que le temps était peut-être venu de rendre à Jean sa liberté, de le délivrer d'elle-même afin qu'il puisse réaliser son rêve auprès d'une autre femme. Même si elle avait déjà porté un enfant dans son ventre et malgré les propos rassurants de Jean qui lui répé-tait sans cesse le diagnostic du médecin établissant que l'un comme l'autre semblaient tout à fait capables de participer à la conception d'un enfant, elle-même était persuadée que la tarée, l'infertile, c'était elle. Dans les brouillards d'un vieux sentiment de culpabilité profondément incrusté, elle avait l'impression que si son ventre restait tristement vide, c'est parce que le sort, la vie, le destin ou quelque puissance divine ou secrète la punissait d'avoir abandonné un petit garçon de quatorze jours dans les bras d'une autre femme.

Pendant un moment, elle laissa son regard sonder le spectacle exquis de montagnes et de ciel puis, prenant les arbres à témoin, elle fouilla en elle-même, en quête d'une certitude ou d'un semblant de vérité. Il lui sembla que les montagnes tout autour appuyaient sa décision. L'heure était venue de lâcher prise, de laisser aller.

◆

Un billet de Jean l'attendait sur le comptoir. *Bonne journée!* suivi de trois baisers. Il était parti sans rien avaler et sans s'inquiéter de son absence. Sans doute avait-il imaginé qu'elle était allée faire quelques pas autour du lac. À moins qu'il ne l'ait aperçue sous les arbres depuis la fenêtre de la cuisine. Marie-Lune emporta la note avec elle dans son bureau en se demandant comment elle survivrait à l'absence de Jean.

La sonnerie du téléphone la fit sursauter alors même qu'elle s'installait à sa table de travail. Le quart d'heure suivant fut consacré au recherchiste d'une émission spéciale produite par Céline Lajoie, une animatrice-vedette. Le jeune homme travaillait avec elle à l'organisation d'un vaste concours à l'intention des jeunes de treize à dix-huit ans : *Lettre à un écrivain qui a changé ma vie.* Des milliers d'adolescents allaient être invités à écrire une lettre à un écrivain qui les avait profondément émus, troublés, éclairés, séduits ou influencés. L'écrivain ou le poète en question pouvait être mort ou vivant et venir de n'importe quel pays. Outre l'objectif évident de promouvoir la lecture, les organisateurs du concours souhaitaient démystifier les goûts de lecture des jeunes qui, de l'avis de l'équipe, n'étaient pas confinés aux aventures de Harry Potter.

Marie-Lune l'écouta avec un certain intérêt. Elle se souvenait de ses lectures d'adolescente. La magie de *Shabanu*, un roman d'amour doublé d'une quête initiatique dans le cadre d'un désert lumineux. En refermant le livre pour la première fois – elle l'avait souvent relu par la suite –, elle avait eu l'impression d'en émerger avec des grains de sable entre les doigts, les joues brûlées par un soleil de feu. La force du *Héron bleu*, l'histoire bouleversante d'un adolescent en quête de lui-même et déchiré entre ses deux parents. L'éloquence de *La Nuit de mai*, ce long poème que Musset jeta sur le papier en deux nuits après sa rupture avec George Sand. Un poème que Marie-Lune avait découvert grâce à Fernande, sa mère, qui le lui avait souvent récité lorsqu'elle était petite.

— Oui, c'est un projet formidable, s'entendit-elle répondre à tout hasard, le silence de son interlocuteur lui ayant fait comprendre qu'on attendait d'elle un commentaire.

— Alors, vous acceptez ? se réjouit le recherchiste.

Marie-Lune dut admettre qu'elle n'avait peut-être pas bien saisi la question. Le jeune homme reprit patiemment son discours, expliquant le plus clairement possible cette fois – mais encore fallait-il que son interlocutrice l'écoute, pensait-il – que l'animatrice Céline Lajoie lui proposait d'être la marraine de leur concours. Les cent lettres les plus intéressantes allaient être réunies dans un livre à paraître au printemps, en même temps que l'enregistrement d'une émission spéciale.

— À titre de marraine, en plus de participer à l'enregistrement de l'émission, vous aurez à rencontrer quelques groupes d'élèves choisis dans les écoles ayant le plus haut taux de participation. Vous irez leur parler de votre métier d'écrivaine.

« Quel métier ? songea Marie-Lune. Je lis des manuscrits ! » Elle aurait voulu lui expliquer qu'il y avait méprise. Qu'elle n'était plus écrivaine. Qu'elle ne l'avait jamais été. Mais elle n'avait pas envie de confier d'aussi intimes vérités à un inconnu. Alors, encore étourdie par le flot de paroles, elle demanda simplement :

— Pourquoi moi ?

— Parce qu'il y a trois ou quatre ans vous avez publié un roman qui s'est vendu à plus de cinquante mille exemplaires, expliqua le recherchiste, visiblement habitué à répondre à toutes les questions et objections de ses invités potentiels. Les jeunes s'identifient à votre personnage. À nos yeux, vous seriez une formidable ambassadrice…

— Je… je suis nulle avec un micro, objecta Marie-Lune simplement parce que c'était la première excuse qui lui venait à l'esprit.

Elle se revit sur le plateau de l'émission *Café et brioches* à la parution de son roman. L'attachée de presse des éditions L'achillée millefeuille l'avait prévenue : les questions de l'animatrice, une ex-vedette de téléromans, étaient parfois saugrenues. Mais jamais dans ses cauchemars les plus fous n'avait-elle même imaginé que Justine Lamarre lui demanderait de sa voix la plus suave, en guise d'introduction, si l'adresse de Marie-Soleil, l'héroïne de son roman, le 596, chemin des Épinettes, avait-elle tenu à préciser en ondes, était bien également son adresse à elle, Marie-Lune Dumoulin-Marchand. Marie-Lune avait reçu la question comme un coup de poing. Une charge-surprise en plein ventre. Que faisait cette femme grimaçante, trop parfumée et trop maquillée, qui l'avait accueillie avec une froideur détestable et une absence d'intérêt flagrante, à farfouiller dans sa vie intime ? dans la maison où elle avait grandi, souffert, aimé ?

L'onde de choc causée par cette question avait été telle que Marie-Lune avait eu un geste brusque et, du coup, elle avait renversé la tasse de café devant elle. Éclaboussée par le liquide qui heureusement avait tiédi, l'animatrice avait poussé un juron digne d'un bûcheron. Un drame inouï dans le cadre d'une émission en direct ! Ils étaient passés à un message publicitaire et l'entrevue n'avait jamais eu lieu. Nicole, l'attachée de presse de la maison d'édition, avait accepté qu'il n'y en ait plus.

Le recherchiste continuait d'aligner ses arguments lorsque Marie-Lune l'interrompit :

— Je ne pourrai pas. C'est impossible, dit-elle d'un ton ferme. Je suis désolée.

La conversation s'était terminée avec quelques formules d'usage strictement polies. Recherchiste depuis sept ans et fort compétent, Denis Labelle avait appris que les êtres humains sont souvent destinés à se croiser plus d'une fois. Mieux valait rester courtois, ne pas péter les plombs ni couper les ponts.

Marie-Lune n'avait pas fini d'annoter la première nouvelle du recueil de science-fiction qu'elle devait absolument avoir révisé avant la fin de la journée lorsque la sonnerie du téléphone résonna à nouveau.

— Oui! lança Marie-Lune avec humeur.

— Hum… Ma chérie aurait-elle avalé un steak de diplo-docus enragé? s'enquit Jean, surpris.

— Excuse-moi, répondit Marie-Lune en s'efforçant de prendre un ton plus chaleureux.

— Bon… Je te dérange. Ça peut attendre, offrit Jean.

— Non, non. J'ai été embêtée par un recherchiste. J'ai cru que c'était encore lui, plaida Marie-Lune.

— Écoute. Je voulais te faire une proposition… Mais plus j'y pense, plus je trouve ça un peu bête de t'en parler au télé-phone. Je devrais attendre qu'on soit tous les deux à la maison. Il n'y a pas d'urgence. J'étais simplement enthousiaste…

— Allez! Parle. Je suis curieuse…

— J'ai reçu une proposition d'adoption.

Un lourd silence suivit. Découvrant soudain sa gaffe, Jean voulut se reprendre.

— Arrête... Ce n'est pas ce que tu penses... Je veux dire...

Marie-Lune l'interrompit d'une voix blanche :

— Nous avions convenu que le sujet était clos. Rangé, classé, sans appel. Ce n'est pas parce que j'ai confié un enfant à l'adoption que je devrais en prendre un autre en retour. Simplement pour compenser. Ça ne marche pas comme ça dans ma tête, ni dans mon cœur, ni dans mes tripes. Tu le sais très bien, Jean Lachapelle. Ce qu'on veut, c'est un enfant à nous. Et on le veut plus que tout. Pas vrai ? Mais ça n'arrivera pas. On n'en aura pas. Comprends-tu ça ? ON N'EN AURA PAS ! Alors, écoute-moi bien parce que j'ai quelque chose de très important à te dire. J'allais t'en parler bientôt… J'ai beaucoup réfléchi… Tu peux encore te trouver une autre conjointe. Et avoir un enfant. Il n'est pas trop tard. Il n'y a pas d'autre solution, Jean. On est rendus là…

Elle avait tout lâché d'une traite. Sans s'arrêter pour respirer. Comme en apnée. Dans le long silence qui suivit, Marie-Lune n'entendit plus que les cognements affolés de son cœur.

Puis Jean brisa le silence :

— C'était juste un chiot, Marie-Lune, dit-il d'une voix blanche. Un mini yorkshire, ajouta-t-il avant de raccrocher.

Chapitre 8

Gabriel promena un regard rapide autour de lui pour s'assurer qu'il n'y avait plus aucune menace à l'horizon. Voilà plus d'un quart d'heure qu'il était enfermé dans une cabine téléphonique crasseuse installée devant la station-service à quelques rues de la polyvalente. À sa deuxième tentative, la ligne s'était libérée et sans doute qu'un préposé lui aurait répondu s'il n'avait raccroché brusquement en reconnaissant soudain la voiture de Claire. Recroquevillé au fond de la cabine où il feignait d'attacher ses lacets de soulier, il avait attendu, le cœur battant, pendant que sa mère faisait tranquillement le plein, payait au guichet en prenant le temps d'échanger quelques mots avec le jeune commis et repartait enfin. L'entreprise n'avait pas duré dix minutes, mais Gabriel avait eu l'impression de subir un supplice infini.

L'adolescent défroissa le bout de papier chiffonné pigé au fond de sa poche et composa pour la troisième fois le précieux numéro obtenu deux ans plus tôt en effectuant une recherche sur le Net. Il avait mis deux ans à se décider. Deux ans avant de commettre enfin cet acte qui à ses yeux, malgré toute sa détermination, ressemblait encore à une trahison.

— Service d'adoption, recherche d'antécédents biologiques, Hélène à l'appareil, comment puis-je vous aider?

Gabriel ouvrit la bouche, mais aucun son n'en sortit. À l'autre bout du fil, la dame attendait patiemment. Combien d'autres adolescents étaient ainsi devenus muets avant lui?

— Je veux connaître mes parents… s'entendit répondre Gabriel.

Il ajouta presque tout de suite :

— Pas les rencontrer… Juste savoir qui ils sont…

À partir de là, la conversation avait déboulé. Hélène avait expliqué rapidement la procédure, puis elle avait posé des questions. Que savait-il de ses antécédents biologiques? Ses parents étaient-ils au courant de sa démarche? S'entendait-il bien avec eux? Comprenait-il clairement qu'il n'obtiendrait que des renseignements non confidentiels : son lieu de naissance, son histoire médicale, des informations sur son placement et quelques renseignements sur ses parents biologiques au moment de l'adoption? En aucun cas il ne pourrait espérer obtenir le nom ou les coordonnées des deux individus qui l'avaient conçu. Si jamais il en éprouvait le désir, il devrait faire une demande de retrouvailles, une entreprise beaucoup plus complexe dont le dénouement n'était jamais garanti.

Gabriel était déjà au courant de ces procédures, mais il eut soudain l'impression de quémander des miettes. Ce qu'on lui promettait lui semblait si peu en comparaison de toutes les questions qui le hantaient. La dame poursuivit, affable et patiente. Il recevrait un questionnaire à remplir dans les prochains jours. Après, il fallait compter deux à trois semaines avant d'obtenir l'information.

— Puis-je noter votre adresse ? demanda Hélène.

Gabriel faillit donner machinalement le 609, rue Laflèche. Il se reprit juste à temps, puis paniqua pendant une ou deux secondes avant de penser à Maxime qui habitait la même rue, du même côté, cinq maisons plus loin. Avec une numérotation où l'on augmentait de deux chiffres à chaque maison, cela signifiait… Oui ! Il revoyait les gros chiffres de cuivre vissés au mur de brique chez les Dupré :

— Le 599, rue Laflèche ! lança-t-il sur un ton triomphant.

Hélène n'émit aucun commentaire particulier. Elle nota ensuite le code postal et ils terminèrent la conversation avec quelques mots polis. Gabriel se doutait bien qu'elle avait remarqué son cafouillage final, mais sans doute n'était-il pas le premier ado à s'inventer une adresse pour recevoir de l'information sur ses antécédents biologiques.

◆

La classe était silencieuse. On aurait entendu une mouche atterrir sur le plancher. Pendant que Paule Poirier lisait à haute voix un poème de Nelligan où il était question de navire, d'ivresse et d'azur, ses trente-deux élèves de cinquième secondaire l'écoutaient avec une attention surprenante, les uns fascinés par l'extraordinaire pouvoir d'évocation des mots qu'elle éparpillait entre les murs de sa voix feutrée, les autres habitués à un minimum de respect et sans doute un peu curieux de découvrir la suite du cours. Le nouveau prof de français avait l'honorable réputation d'être assez peu prévisible.

Paule Poirier avait amorcé sa carrière de professeur de français au secondaire quelques semaines plus tôt, à la fin de septembre, alors qu'elle commençait tout juste à savourer les premiers délices de la retraite après vingt ans d'enseignement en première année et vingt autres à la direction de la même école primaire. Jean-Luc Beaudoin, le directeur de la polyvalente des Sources, un vieux copain, l'avait appelée en catastrophe pour remplacer une jeune enseignante qui, après un mois à donner des cours de français, avait décidé qu'elle préférait vendre des vêtements mode dans une boutique à Montréal. Dès son arrivée, Paule Poirier avait fait jaser. D'abord parce qu'elle était gigantesque. Près de cent cinquante kilos de chair molle qui tressautait à chaque pas. Les rires et les quolibets avaient fusé sans ménagement. Or, Paule Poirier semblait s'en ficher royalement. Elle avançait dans la vie comme dans les corridors bourdonnants de la polyvalente d'un pas parfaitement sûr, le sourire large et le regard pétillant, l'air de quelqu'un à qui le monde appartient.

Le bruit avait vite circulé que dans le cas de «PP» – les lettres valant aussi bien pour Paule Poirier que pour poupoune – il ne fallait pas trop se fier aux apparences. La nouvelle prof ne se laissait pas impressionner. Un groupe de troisième secondaire l'avait mise au défi dès la première semaine en boycottant à grand bruit un devoir que le leader de la classe, Jonathan Tétreault, venait de déclarer «mauditement débile». Paule Poirier avait tranquillement répliqué au jeune activiste qu'il avait peut-être raison et que, le cas échéant, elle en était fort désolée, mais la remise du devoir n'en était pas moins obligatoire. Quelque chose dans son ton, le débit de sa voix, son extraordinaire assurance, son calme inouï, et peut-être aussi dans son regard, empreint d'une bienveillance sans faille, avait amadoué le groupe d'élèves, un des plus redoutables de l'école.

— *Qu'est devenu mon cœur, navire déserté ? Hélas ! il a sombré dans l'abîme du Rêve !*

Paule Poirier referma le recueil de poésie de Nelligan en ajoutant simplement :

— Ne me demandez pas ce que nous dit ce poème, à quoi pensait le poète et ce qu'il pourrait évoquer. Le tout est déjà abondamment documenté. Quant à moi, j'ai lu ce poème mille fois et la seule chose dont je suis sûre, c'est que c'est un de mes préférés...

Sur ce, elle abandonna ses élèves à leurs réflexions pour fouiller dans le désordre de ses dossiers à la recherche d'un document. Gabriel en profita pour épier les adolescents autour de lui. Avaient-ils eux aussi ressenti le mal-être du jeune poète comme si c'était le leur ? Qu'en pensait Zachary Renaud, un passionné de hockey, de motoneige et de jeux électroniques, fort probablement très peu porté sur la *pouésie* ? Et Emmanuelle Bisson ? Les mots de Nelligan réussissaient-ils à troubler cette fille qui semblait toujours s'adapter parfaitement aux situations ? Comment recevait-elle ces cris du cœur ? Gabriel conclut que Nelligan ne devait guère l'émouvoir, car elle était déjà en intense conversation avec Julie Michaud, une de ses nombreuses acolytes.

— Nous allons constituer des groupes sur un mode aléatoire, annonça Paule Poirier.

— En français s'il vous plaît, clama Thierry Beaulieu à qui PP tendit aussitôt son exemplaire du *Petit Robert.*

— Vous trouverez aléatoire à la lettre A, lui glissa-t-elle avec un sourire malicieux.

L'enseignante prit une pile de travaux d'élèves rangés sans ordre précis et récita à haute voix le nom de chacun. Les trois premiers élèves nommés devaient former un groupe, les trois suivants un autre et ainsi de suite. « Fuck », pesta intérieurement Gabriel en entendant son nom suivi de ceux de Julie Michaud et d'Emmanuelle Bisson. Pendant que les élèves changeaient de place pour rejoindre leurs coéquipiers, Gabriel s'approcha sans hâte du duo infernal qui lui était assigné.

Emmanuelle Bisson le salua d'un mouvement de tête. Elle semblait embarrassée. Julie aussi. Les deux filles échangèrent un coup d'œil entendu, alors que Sébastien Francœur s'avançait vers elles.

— Ça te dérangerait de changer d'équipe avec Seb? demanda Emmanuelle d'une voix mielleuse.

Gabriel mit un moment à comprendre. Une brusque flambée de colère monta en lui. Il se sentait exactement comme le vilain petit canard du conte. En gros, Emmanuelle-la-princesse le priait gentiment d'aller se caser ailleurs. Elle préférait frayer avec d'autres de sa race comme Francœur, un fils à papa qui utilisait une des trois voitures familiales, le plus souvent une Audi, pour transporter son illustre personne à la poly.

— Pas de problème! N'importe quoi pour être loin des princesses chiantes, cracha Gabriel sur un ton de dépit avant d'aller rejoindre Léonie Jalbert et Maxime Dupré.

Pendant le reste du cours, les élèves durent délibérer à la manière d'un jury littéraire afin de décerner un prix de poésie fictif à l'un des quatre textes que leur avait soumis PP. Les poèmes, «choisis selon un mode alphabétique non aléatoire», précisa Paule Poirier avec un clin d'œil à Thierry Beaulieu, étaient signés Musset, Marot, Miron et Mallarmé. Gabriel les lut et discuta des forces et faiblesses de chacun avec Léonie et Maxime, mais pendant toute la durée de l'activité, il eut l'impression d'être assis à côté de lui-même. Un autre que lui prononçait ces mots, un autre que lui écoutait, répondait, notait. Le vrai Gabriel Veilleux était ailleurs, en marge, dépossédé de lui-même et obsédé par deux questions. «Qui suis-je? Quelle est ma place dans cet univers?»

✦

C'est en vidant les poches du jean de son fils avant de le déposer dans la laveuse que Claire avait trouvé un bout de papier chiffonné sur lequel il avait noté un numéro de téléphone. Elle allait le jeter dans la corbeille quand elle songea que Gabriel en aurait peut-être encore besoin. Alors elle le fourra à son tour dans sa poche. Elle entreprit ensuite d'épousseter les meubles du rez-de-chaussée puis elle éplucha des pommes de terre, beaucoup de pommes de terre, car elle avait l'intention de préparer trois pâtés chinois : un pour le souper, un à congeler et un autre qu'elle irait porter à Juliette et Gilbert Guimond, un vieux couple dont elle s'occupait dans le cadre du programme d'aide aux aînés de la municipalité.

Elle en était à faire cuire la viande lorsque germa soudain en elle l'envie de composer le numéro de téléphone qu'avait noté Gabriel. D'où lui venait cette impulsion soudaine dont elle était d'ailleurs peu fière, le respect de l'intimité d'autrui faisant partie des valeurs auxquelles elle croyait pourtant adhérer ? Claire poussa un long soupir où perçait le découragement. Gabriel n'était pas heureux. Et elle voulait savoir pourquoi. Cent fois au cours des derniers mois, elle avait tenté de lui soutirer des confidences. Aussi bien faire parler un pot de fleurs ou un lampadaire. Gabriel Veilleux, l'ange blond qui avait fait la joie de ses parents depuis sa naissance – ou presque, les deux premières semaines de sa vie ayant valeur de parenthèse –, s'était métamorphosé en adolescent ombrageux, souvent imprévisible, de toute évidence angoissé, et la plupart du temps retiré dans sa carapace. Elle avait besoin de savoir ce qui n'allait pas. Pour l'aider. Pour reprogrammer le cours de son existence.

Claire Allard devenue Veilleux avait occupé les seize dernières années de son existence à chérir, nourrir, dorloter, encadrer, stimuler, amuser, éduquer, instruire et guider ses deux enfants. Elle y avait mis le meilleur d'elle-même, tout son cœur, toute son intelligence, toute son énergie. Toute sa foi en la vie. Et jamais pendant toutes ces années n'avait-elle même imaginé que cet extraordinaire jardinage puisse produire autre chose que des plantes parfaites. Hautes, belles, droites, fortes et abondamment fleuries.

Elle essuya prestement ses mains sur son tablier, décrocha le combiné et composa le numéro.

— Service d'adoption, recherche d'antécédents biologiques, Hélène à l'appareil, comment puis-je vous aider?

Claire Allard désormais Veilleux reposa doucement le combiné sur la console et éclata en sanglots.

Chapitre 9

Une pluie dense et drue mitraillait le pare-brise. Jean ralentit un peu, par prudence, mais peut-être aussi parce qu'il redoutait ce retour au lac. Depuis leur conversation absurde sur l'adoption, la veille, Marie-Lune et lui n'avaient pas encore échangé un mot. Il était rentré très tard après une longue soirée au bureau à mettre de l'ordre dans des dossiers, une tâche subitement devenue urgente alors même qu'il la remettait depuis des lustres. En y repensant, Jean se sentit un peu lâche d'avoir eu recours à ce subterfuge pour éviter toute discussion. À son retour, Marie-Lune était déjà couchée.

Quel gâchis, songea-t-il avec humeur. Et tout ça pour un chien d'à peine plus d'un kilo ! Le visage de Jean se détendit et l'ombre d'un sourire apparut même sur ses lèvres alors qu'il songeait à la petite bête en question. Le projet de zoothérapie infantile lui grugeait énormément de temps et d'énergie, mais déjà deux des six enfants inscrits manifestaient des modifications de comportement intéressantes. Le petit Jacob surtout avait commencé à rire en jouant à un semblant de cache-cache avec Max, et l'équipe espérait que bientôt, peut-être, l'enfant confierait à son gros ami poilu un des secrets qui semblaient le ronger.

Avec ses coéquipiers, Jean avait jusqu'à présent intégré trois chiens, toujours de manière expérimentale : Max, un bon vieux golden retriever de dix ans, obèse et gourmand, mais sans malice et extraordinairement enjoué malgré son âge ; Clio, un magnifique labernois adolescent, croisement d'un labrador noir de belle nature et d'un bouvier bernois de très noble lignée, un chien d'une bienveillance et d'une patience sans faille avec les enfants, et enfin Poucet, un yorkshire-terrier miniature de trois ans pesant un virgule sept kilos, une drôle de petite chose d'une vigueur ahurissante. Ce dernier leur avait été généreusement offert par un éleveur qui avait eu vent de leur entreprise et jurait qu'il n'existait pas de meilleur compagnon. Chantal et Sylvain, les deux jeunes pychologues qui travaillaient bénévolement au projet, avaient été rapidement conquis par la minuscule bête. Malheureusement, le chien souffrait des manipulations souvent brusques et compulsives des jeunes patients. Ils avaient donc récemment convenu de le retirer de l'expérimentation.

Jean s'était immédiatement proposé pour adopter Poucet. Longtemps auparavant, alors qu'il avait dix-sept ans et que Marie-Lune en avait quinze, il lui avait offert une femelle labrador qu'elle avait baptisée Jeanne. À l'époque, il était déjà secrètement amoureux de l'adolescente au tempérament fougueux dont le regard de ciel, intensément lumineux, se chargeait si soudainement d'orages. Mais le cœur de

Marie-Lune appartenait encore à Antoine, le père de l'enfant qu'elle portait dans son ventre. Marie-Lune s'était profondément attachée à Jeanne, dont elle avait malheureusement dû se séparer lorsqu'elle avait quitté le lac pour étudier à Montréal. Elle avait cru l'animal entre bonnes mains, mais la pauvre chienne avait été abandonnée à la SPCA où, vraisemblablement, on l'avait euthanasiée. Marie-Lune l'avait appris des années plus tard et, depuis, elle refusait de s'attacher à une autre bête.

Aux yeux de Jean pourtant, Poucet aurait été le candidat parfait pour sortir Marie-Lune de sa léthargie. C'était une petite bête intelligente, enjouée, joyeusement imprévisible et délicieusement affectueuse. Ses bouffonneries et ses lamentations pathétiques pour obtenir un bout de fromage déclenchaient l'hilarité. Chantal allait finalement hériter du petit chien. Elle promettait de le réintégrer dans le projet un jour pour venir en aide à un enfant qui serait sans doute aussi perturbé mais moins impulsif que ceux qu'ils soutenaient présentement.

Jean décéléra en apercevant le lac à demi disparu dans un brouillard laiteux derrière lequel émergeaient des sommets fantômes aux contours délavés. Au lieu de tourner immédiatement à droite après le dépanneur, il poursuivit en direction du parc du mont Tremblant et gara sa voiture au pied du mont Éléphant. Il avait besoin de marcher un peu avant de rentrer.

Dans un message qu'il avait laissé au cours de l'avant-midi, Jean avait proposé à Marie-Lune un souper de réconciliation en tête-à-tête. Il avait offert de prendre un plat chez le traiteur, mais elle ne l'avait pas rappelé, ce qui signifiait normalement qu'elle avait déjà prévu un menu. Avant de raccrocher, Jean avait voulu ajouter qu'il l'aimait et qu'il n'accepterait plus jamais de l'entendre parler de son horrible proposition. Pourtant, il ne l'avait pas fait. Était-ce parce que, dans quelque territoire reculé de son âme, il se sentait capable d'envisager une rupture ? Jean prit le temps d'examiner l'hypothèse en avançant parmi les talus.

Non... Malgré tout... Il avait bien sûr ardemment rêvé d'un enfant. Mais jamais sans Marie-Lune. Et même s'il avait pu considérer l'adoption, il savait que pour Marie-Lune c'était hors de question. Alors il avait trouvé d'autres moyens de vivre un semblant de paternité. Avec le projet de zoothérapie, par exemple. Il avait d'ailleurs toujours caressé l'espoir d'y associer un jour Marie-Lune.

Il était tout à fait incapable d'imaginer une séparation et encore moins une autre partenaire. C'étaient là des divagations insensées imputables à la colère. Mais il se sentait de plus en plus las. Et vulnérable. Quand Nathalie Gadouas, qui venait tout juste de quitter son deuxième mari, était venue lui faire des yeux doux à la clinique en prétextant un malaise de son gros chat persan, il avait joué l'indifférent sans l'être totalement. Son corps réagissait à la présence de cette femme aguichante. Malgré tout l'amour qu'il vouait à Marie-Lune, il avait de plus en plus de difficulté à nier sa sexualité.

Jean s'engagea sur le sentier éclairé par une lune blafarde. Comment avaient-ils fait pour en arriver là ? Comment tout cela avait-il commencé ? Il revit Marie-Lune telle qu'il l'avait trouvée quinze ans plus tôt après sa chute de cheval. Ce jour-là, il avait été bouleversé par son intensité, sa force vive, mais il avait aussi parfaitement saisi sa fragilité. Elle lui avait rappelé la grive blessée qu'il avait trouvée dans la forêt derrière la maison. À sept ans, il n'avait pas osé intervenir pour sauver l'oiseau, mais il n'avait jamais oublié sa poitrine palpitante et sa patte bizarrement repliée. En se penchant pour cueillir Marie-Lune, il lui avait murmuré : « Ça va aller. » Et c'était plus qu'une promesse : un engagement.

Ce même jour, il avait appris qu'elle était enceinte. Tout au long de cette absurde grossesse, elle lui était apparue comme une brave petite soldate, incroyablement courageuse et terriblement déterminée. Plus tard, il avait été séduit par sa sensualité, sa tendresse généreuse et par la fulgurance de son amour alors qu'elle acceptait enfin de marcher vers lui. Il avait tout de suite aimé sa vision étonnante du monde, à la fois enfantine et grave, sa fougue, sa brillance, son audace. Et comme si l'entreprise de séduction n'était pas suffisante, il avait été conquis par ses mots. Après une série de revers, au lieu de se laisser abattre, elle s'était armée de mots. Il avait lu le manuscrit de son roman en une nuit, soufflé par l'intensité du texte. Il y avait là toute la douleur du monde mais aussi tant d'espoir et une telle volonté de dépassement ! C'est peut-être ce qui l'avait impressionné le plus : son grand désir de déployer ses ailes.

Il avait atteint le premier point de vue. De là, il pouvait apercevoir leur maison. Jean décida qu'il était plus que temps de rentrer et il entreprit de rebrousser chemin. « J'aime

Marie-Lune », songea-t-il en dévalant le sentier. Il l'aimait et il se sentait encore étroitement lié à elle. Mais il avait perdu un sentiment infiniment précieux : la foi en des jours meilleurs, l'espoir de retrouver la petite femme qu'il avait découverte quinze ans plus tôt.

✦

La maison semblait étrangement déserte. Une seule lumière brillait faiblement dans le salon. Jean referma doucement la porte derrière lui. Une vague angoisse lui noua la gorge à mesure qu'il avançait dans la maison trop silencieuse. Il découvrit Marie-Lune étendue sur la causeuse du salon, le regard vide fixé sur une reproduction de Modigliani. Elle serrait une vieille couverture roulée en boule contre son ventre, un peu comme une enfant cramponnée à sa doudou. Ses cheveux étaient en bataille et elle semblait toute menue et un peu perdue dans un survêtement trop grand. Un élan de pitié étreignit Jean, mais presque au même moment il se sentit accablé par un sentiment d'impuissance qui l'empêcha de s'épandre.

— Bonsoir, dit-il simplement.

Marie-Lune leva vers lui un regard morne.

— Bonsoir, répondit-elle. Je… Le souper… Je n'ai rien fait. Je n'ai pas très faim… Toi ?

Son visage était éteint, sa voix traînante et pâteuse. Jean découvrit une bouteille de scotch déjà bien entamée au pied de la causeuse. C'était la première fois qu'il voyait Marie-Lune boire ainsi, seule et apparemment pas pour célébrer.

Il se pencha pour cueillir la bouteille, trouva le bouchon de plastique sur une table d'appoint et le vissa sans quitter Marie-Lune des yeux. Elle vida d'un trait, un peu crânement, le verre qu'elle tenait à la main puis laissa tomber :

— Je suis majeure et vaccinée, non?

Jean s'arrêta devant le cabinet où il allait ranger la bouteille, les mâchoires serrées, le corps raide, le souffle suspendu. Il tenta de se ressaisir, inspira profondément, et soudain, comme mû par une décharge électrique, il tendit rudement la bouteille de Johnny Walker à Marie-Lune.

— Tu as raison. Tu es majeure et vaccinée. Et libre. Rien ne t'oblige à vivre malheureuse à mes côtés. Ce n'est pas du tout ce que j'avais espéré.

Tout au fond du brouillard bleu, une lueur d'inquiétude s'alluma dans les yeux de Marie-Lune. Elle sembla faire de réels efforts pour mettre un peu d'ordre dans ce qu'elle venait d'entendre.

— Tu ne veux pas adopter un chien? Pas de problème, poursuivit Jean. Tu ne veux pas adopter un enfant? Pas de problème non plus. Tu veux un enfant à toi, un enfant de ton sang, qui sort de ton ventre à toi? C'est parfait. Il y a plein d'hommes qui ne demanderaient pas mieux que de t'aimer et de te faire un bébé. Et tu sais très bien qu'il y a de sacrées bonnes chances pour que ça marche. Tu as déjà prouvé que tu pouvais concevoir un enfant. Alors si ton bonheur passe obligatoirement par la maternité, vas-y, Marie-Lune. Essaie avec un autre. C'est moi qui te rends ta liberté. Parce que ça me fait trop mal de te voir gaspiller ta vie à mes côtés.

Son discours, Jean l'avait adressé au lac endormi parce qu'il ne se sentait pas la force de prononcer ces paroles en contemplant la femme qu'il aimait. Il laissa alors son regard dériver lentement vers Marie-Lune, et l'effarement qu'il y lut l'émut profondément. Elle n'avait sans doute encore jamais même songé à cette solution qu'il lui proposait. C'était inscrit dans son regard angoissé, son visage défait, ce pli entre les sourcils comme l'aveu d'une incompréhension profonde. Il avait déjà envie d'atténuer son propos, mais une voix secrète lui soufflait de tenir bon, d'aller jusqu'au bout.

Marie-Lune s'étira le cou en roulant la tête dans tous les sens, une opération qui la fit grimacer de douleur. On aurait dit qu'elle émergeait difficilement d'un mauvais songe. Elle promena autour d'elle un regard consterné, ouvrit la bouche, comme pour parler, mais la referma aussitôt en poussant un long soupir de découragement. Et puis soudain, les mots jaillirent :

— Le téléphone a sonné, se mit-elle à raconter d'une voix saccadée parce que chaque mot représentait un effort. À dix heures… Environ… Je pensais que c'était toi. J'ai sans doute dit bonjour. Je ne me souviens plus. À l'autre bout du fil, il y avait cette voix. Un jeune homme. Non. Un ado-lescent. Oui. Sûrement. Une voix jeune et plutôt gaie. Affir-mée aussi. Pleine de promesses. Il a dit : «Bonjour, c'est Mathieu.» Après, plus rien. Pendant ces quelques secondes, la terre a tremblé sous mes pieds. Et puis le ciel s'est ouvert tout grand. C'est fou, hein ? Et puis soudain tout s'est refermé. D'un coup. C'était… terrible.

« Il a demandé à parler à Julie. Ou peut-être Sophie. J'oublie. Je me suis quand même accrochée à un tout petit espoir. J'ai dit : « Vous êtes chez Marie-Lune Dumoulin-Marchand et Jean Lachapelle. » J'aurais voulu ajouter que nous attendions justement un appel très important d'un adolescent de seize ans qui s'appelle peut-être Mathieu, mais je n'ai pas osé. Il a marmonné des excuses et il a raccroché. Ce n'était pas LUI. Comprends-tu ? J'avais imaginé… mais ce n'était pas lui. »

Jean s'entendit répéter lentement, à haute voix, « Non, ce n'était pas lui », parce qu'il sentait qu'elle avait besoin de son aide pour étouffer les derniers soubresauts d'espoir. Marie-Lune pleurait à chaudes larmes maintenant. Cela avait commencé par de brefs sanglots, comme des hoquets, qu'elle avait vaillamment tenté de réprimer, mais la bataille était bien trop inégale. Alors la digue avait sauté. Et maintenant, c'était le déluge.

Jean observait la scène. Figé. Il avait terriblement envie de l'envelopper dans ses bras, de la serrer très fort, d'écraser les larmes sur ses joues et de la bercer en caressant ses cheveux jusqu'à ce que la tempête s'apaise, mais la petite voix qui le guidait depuis un moment lui dictait de ne pas bouger. Marie-Lune devait affronter seule ses fantômes. Il attendit qu'elle ne soit plus secouée par des sanglots avant de parler à nouveau.

— Je t'aime, Marie-Lune, dit-il alors. Et je crois bien que j'arrêterai seulement quand mes poumons cesseront de pomper de l'air. Je t'aime trop pour te laisser t'éteindre. La fille qui m'a harponné le cœur il y a plus de quinze ans déjà n'est pas de la race de celles qui se laissent abattre. C'est une combattante de la pire et de la plus merveilleuse espèce. Rien ni personne ne lui résiste. Réveille-toi, Marie-Lune ! Sors de ton engourdissement, bon sang !

Elle hochait la tête, l'air d'acquiescer. Mais sans conviction. Une grande lassitude envahit Jean. Il avait l'impression d'assister à une lente noyade. Et pourtant, celle qui se laissait engloutir, là, devant lui, juste sous son nez, sans qu'il puisse rien changer, savait parfaitement nager.

Marie-Lune avait reporté toute son attention sur la reproduction de Modigliani. Elle semblait à nouveau hors d'atteinte. Une scène s'imposa soudain à Jean. Il se revit, quelques jours plus tôt, penché au-dessus d'un chevreuil rescapé d'une collision. L'animal respirait péniblement et puis tout à coup, son cœur avait cessé de battre. Jean s'était jeté sur la bête et à deux mains, avec cette fabuleuse énergie qu'insufflent les situations d'urgence, il avait pressé et massé furieusement le cœur de l'animal jusqu'à ce qu'il se remette à battre. Jusqu'à ce qu'il manque lui-même de se faire assommer par une de ses grandes pattes. Jamais il n'aurait songé à caresser ou à consoler l'animal. Il fallait le secouer, réveiller ses organes, fouetter son sang, l'arracher au néant.

Alors, peu à peu, Jean sentit sa lassitude se muer en colère. Une fureur âcre qui fusait dans ses veines, irriguant tous ses membres.

— Si je ne pèse pas assez lourd dans ta vie pour que tu aies envie de te secouer, laisse-moi, Marie-Lune. Mais bouge, bon sang ! T'as juste une vie à vivre. Si tu la gaspilles, c'est fini. Et là, franchement, tu es bien partie pour ça.

Il s'arrêta, le temps de reprendre son souffle et de remarquer qu'elle le fixait, lui, maintenant. Alors, encouragé, il poursuivit :

— C'est quand même fou d'imaginer qu'il y a juste la maternité pour donner un sens à ta vie. Non ? Crois-tu sincèrement que tu es venue au monde juste pour ça ? qu'il n'y a aucun autre programme possible ? que c'est ta seule et unique fonction ? Et que sinon tout est fini, fichu, raté, gaspillé ? Allez ! Cherche un peu, Marie-Lune Dumoulin-Marchand, fouille en toi et puis regarde-moi dans les yeux et dis-moi qu'il n'y a rien d'autre qui t'anime. Que tout s'arrête là. Tu sais bien que c'est impossible. Alors cesse de t'apitoyer sur ta petite personne et bouge, avance, fonce, fais quelque chose.

L'eau bleue tremblotait timidement. Il avait réussi à rallumer son regard. La balle était désormais dans son camp. C'était à elle de décider. Jean sortit pour faire quelques pas dans la nuit.

Dehors, il aspira l'air frais à grandes goulées. Le ciel était de cendre, sans lune et totalement déserté par les étoiles. L'obscurité était telle qu'il aurait eu besoin d'une lampe frontale pour avancer sur le chemin Tour du lac. Jean ferma les yeux puis les rouvrit. Partout la même opacité. En lui comme hors de lui. Pendant un moment il eut peur d'être englouti par la nuit.

◆

Le bruit d'une porte qui se referme puis le grondement d'un moteur qui démarre. Il devait être au moins huit heures du matin. Jean venait de quitter la maison pour aller à la clinique. Marie-Lune rejeta les couvertures, s'extirpa péniblement du lit et fit quelques pas jusqu'à la salle de bain où elle s'aspergea longuement la figure d'eau fraîche. Puis elle se força à accomplir une série de mouvements d'étirement pour redonner un minimum de flexibilité à son corps en prenant soin de ne rien brusquer, de crainte que la bouillie qui lui tenait lieu de cervelle ne se liquéfie.

Elle descendit lentement l'escalier menant au rez-de-chaussée en gardant une main sur la rampe, atteignit la cuisine avec un air de miraculée et se prépara de toute urgence un café de survie : eau réchauffée au micro-ondes et poudre instantanée. Ni sucre ni lait. Elle le but lentement, à petites gorgées. Jusqu'à la dernière goutte. Puis elle se rendit à son bureau, fouilla dans un carnet professionnel et composa un numéro.

L'appel tombait pile. Denis Labelle était rentré au travail tôt ce matin-là pour éplucher le bottin de l'Union des écrivains. Il venait tout juste de terminer une conversation plutôt pénible avec le quatrième choix sur sa liste, un écrivain réputé, très apprécié du grand public et enchanté par la perspective de parrainer le concours Lettre à mon écrivain. L'affaire s'était malheureusement gâtée à la mention des rencontres scolaires. Le romancier quinquagénaire avait vécu l'expérience une seule fois, dix ans plus tôt, et il ne s'en était pas encore tout à fait remis. Au lieu de s'enquérir de la genèse de son écriture, les élèves lui avaient posé un tas de questions impertinentes sur sa vie personnelle en s'intéressant tout particulièrement aux revenus que lui rapportait son métier. Dépité, l'honorable membre de l'Académie des lettres avait d'abord esquivé les questions pour finalement se fâcher et leur faire la leçon en soulignant qu'à leur âge il savait déjà discourir sur la littérature. Les élèves n'avaient guère apprécié, le ton avait monté et, au bout d'un moment, l'honorable membre vexé avait quitté les lieux en se jurant de ne plus jamais remettre les pieds dans une école secondaire.

— Des abrutis ! avait-il résumé. Les parents oublient de les éduquer et les enseignants ne font guère mieux.

Denis Labelle n'avait même pas tenté d'amadouer son interlocuteur en faisant valoir que cette fois il aurait rencontré des jeunes motivés par un enseignant qui les avait incités à écrire une lettre à un écrivain de leur choix et que le but de cette tournée était justement de sensibiliser les jeunes au métier d'écrivain, de leur faire découvrir un monde autre que celui de la consommation et du gain : la création. Le recherchiste accepta poliment le refus de l'écrivain avec juste assez de gentillesse pour ne pas verser dans l'hypocrisie. Le cas était clair, net, tranché : il aimait trop les adolescents pour leur infliger pareil personnage.

Et voilà que Marie-Lune Dumoulin-Marchand revenait miraculeusement à la charge en baragouinant des excuses. Le jeune recherchiste, qui savait tirer au tarot et établir des cartes du ciel, diagnostiqua aussitôt une personnalité de gémeau – à tort : elle était sagittaire ! –, toujours tiraillée entre deux pôles. Il décida donc d'agir vite. Cinq minutes après avoir accepté d'être marraine du concours et de se livrer en pâture à des classes d'adolescents, Marie-Lune reçut par télécopieur un contrat à signer et à renvoyer immédiatement, une tâche dont elle s'acquitta promptement.

Pour célébrer ce premier pas, elle se prépara un cappuccino mousseux et du pain grillé tartiné de confiture à l'orange puis elle s'installa dans son fauteuil préféré face au lac qui frissonnait sous les vents crus d'automne.

À cinq heures quinze ce matin-là, alors que Jean dormait encore profondément à ses côtés, malgré les chapes de brouillard qui lui enveloppaient la cervelle et les nausées qui lui soulevaient l'estomac, Marie-Lune Dumoulin-Marchand avait pris une décision. Quelque part en elle, un clapet de sécurité avait cédé, et elle avait compris que Jean avait raison. Elle devait absolument sortir des remparts. Oser avancer. Seule ou avec Jean. Malgré la peur, la douleur, la noirceur. Et même sans savoir où ces explorations la mèneraient.

Le café tiédit dans sa main et le pain resta intact dans l'assiette. Épuisée par ces efforts, Marie-Lune tomba endormie dans les bras du fauteuil alors même qu'elle tentait de ramasser, au fond de sa mémoire, les bribes éparses du discours de Jean.

Chapitre 10

Gabriel poussa un soupir d'agacement en reconnaissant le générique de fermeture d'*Éliza la petite fée*. L'émission était terminée. Christine allait se manifester d'un instant à l'autre pour lui demander de jouer à Clue ou à Fais-moi un dessin. Il avait accepté – avait-il vraiment le choix ? – de garder sa sœur pendant que ses parents soupaient en amoureux – depuis quand ? et pour célébrer quoi ?! – à Saint-Sauveur et Gabriel savait déjà que dans la petite tête de huit ans de Christine Veilleux, les gardiens ont été inventés exprès pour jouer à des jeux de société.

Le hic, c'est qu'il n'en avait pas envie. Comme il n'avait pas du tout, mais *vraiment* pas du tout envie de rédiger ce devoir de français qui valait trente pour cent de la note de l'étape. Il commençait à en avoir plein les chaussettes des consignes de PP, aussi originales fussent-elles. La veille, elle les avait entretenus sur l'importance des chiffres symboliques dans la littérature traditionnelle comme dans l'histoire de l'humanité. Le chiffre sept, par exemple, renvoyait aussi bien aux sept péchés capitaux qu'aux sept nains de *Blanche-Neige* ou aux sept chèvres d'un autre conte. Tout ça pour annoncer

un devoir pénible ayant pour titre « Sept secrets sur soi ».
Une allitération, avait précisé PP.

Gabriel avait été surpris qu'aucun élève ne souligne l'ef-
fronterie de cette consigne. Pourquoi diable confierait-il à
une feuille de papier destinée à être lue par un prof qu'il
n'avait encore jamais vu deux mois plus tôt « sept vérités
essentielles » sur lui-même ? Des « vérités profondes et incon-
testables », avait ajouté PP. Il ouvrit néanmoins un nouveau
fichier dans son ordinateur, tapa sans conviction le titre de
la rédaction, poussa un soupir à faire trembler les murs et
inscrivit timidement le chiffre « 1 » suivi d'un espace. Après,
plus rien. Alors il se replia sur son rôle de gardien et décida
d'aller vérifier ce que faisait sœurette.

Il trouva Christine installée à la table de cuisine devant
une boîte à chaussures joliment décorée qu'elle avait entrepris de vider. Elle manipulait chacun des objets avec d'infinies
précautions, les inspectant délicatement avec une affection
évidente avant de les disposer sur la table. Gabriel s'approcha,
curieux, alors qu'elle retirait de la boîte une paire de minuscules chaussettes de laine grise qui semblaient destinées à des
pieds de poupée. Il avait cru que Christine, trop absorbée, ne
l'avait pas entendu approcher, mais elle le surprit en annonçant d'un ton très cérémonieux, sans toutefois quitter les
chaussettes des yeux :

— Ça, c'était à moi quand j'étais le plus petit bébé. À
l'orphelinat.

Elle tendit la main vers une photo et ajouta :

— Ça, c'est moi. Quand j'attendais.

— Quand tu attendais… quoi?

— Quand j'attendais qu'on me choisisse, répondit-elle du ton de celle qui trouve son frère un peu bête d'avoir à poser la question.

Gabriel avait l'impression de pénétrer dans une pièce secrète où il n'était pas sûr de pouvoir et peut-être même de vouloir être admis. Une pièce remplie d'objets délicats, en verre très fin, qu'il n'aurait pas su manipuler. Il avait reconnu la «boîte à trésors» de Christine, une invention de Claire pour réunir en un même lieu les quelques objets témoignant des racines culturelles chinoises de sa fille. Depuis l'arrivée de Christine, Claire avait lu un nombre incalculable d'ouvrages sur l'adoption internationale, la culture chinoise, les défis de l'identité multiculturelle et autres sujets affiliés.

— Les bébés chanceux sont choisis, poursuivit Christine. Les autres meurent. C'est Anne-Sophie qui l'a dit.

— Anne-Sophie a dit ça? reprit Gabriel, surpris, d'une voix adoucie.

Christine hocha la tête très sérieusement en gardant son regard de chocolat fondant vissé dans celui de son grand frère. Gabriel fut surpris d'y découvrir une inquiétude nouvelle et une gravité qu'il n'y avait jamais lue.

— Anne-Sophie dit aussi que les parents des enfants chanceux peuvent changer d'idée. Alors, ils retournent leur fille à l'orphelinat et ils en choisissent une autre. Comme quand maman a échangé la cafetière neuve l'autre jour parce que le café ne coulait pas bien.

Un milliard de questions semblaient s'agiter dans cette petite cervelle. Gabriel en était encore à se demander s'il devait simplement se taire et écouter ou tenter d'offrir quelques réponses à ces interrogations muettes qu'il devinait oppressantes. Christine lui facilita la tâche en éclatant en sanglots. Alors il s'approcha, l'entoura d'un bras et la serra contre lui. Les pleurs redoublèrent. Il n'aurait jamais deviné que ce corps si menu pût contenir autant de larmes. Il souleva sa sœur et la porta dans ses bras jusqu'au salon, où il l'installa contre lui sur une causeuse et la laissa pleurer tout son saoul pendant qu'il caressait son dos.

L'averse fut violente mais de courte durée. Christine se mit bientôt à renifler bruyamment. Elle courut chercher des papiers-mouchoirs et revint se blottir contre Gabriel. Alors, ils parlèrent. Gabriel découvrit que lors du fameux week-end de retrouvailles qui venait tout juste d'avoir lieu, une certaine Anne-Sophie avait fortement ébranlé Christine en semant l'idée que l'adoption était un processus en tout temps réversible. Les fondements mêmes de l'univers de Christine s'étaient alors écroulés. Gabriel avait toujours cru que la vie de sa petite sœur n'était guère différente de celle de Winnie l'Ourson, son héros préféré pendant de longues années, dont le pire drame consistait à manquer parfois un peu de miel. Or voilà que les révélations de cette Anne-Sophie projetaient Christine dans un univers de monstres inquiétants et de fantômes redoutables.

Il s'entendit expliquer à sa sœur que jamais Claire ni François ne pourraient même songer à se séparer d'elle. Qu'ils l'aimaient autant qu'un parent puisse aimer et que cette Anne-Sophie était une idiote qui méritait d'être pendue par les poils du nez pour dire de telles insanités. L'idée de cette pendaison excentrique arracha quelques gloussements à Christine. Gabriel en profita pour inventer d'autres supplices plus extravagants que méchants – pourquoi pas un pouding à la Anne-Sophie ou une brochette, tiens... – si bien que Christine finit par rigoler franchement. Et puis soudain, elle demanda :

— Toi, Gabriel, tu les connais, tes autres parents?

Gabriel rougit comme s'il avait été surpris en flagrant délit. Puis il contempla l'idée de se confier à sa sœur, de lui raconter la démarche qu'il avait entreprise, de vider un peu son sac pour qu'il soit moins lourd à porter. Il se ravisa rapidement mais décida finalement d'oser quand même, juste un peu, partager avec Christine l'histoire que Claire lui avait racontée.

— Ma mère était trop jeune pour me garder... commença-t-il.

— Elle avait quel âge? demanda Christine.

— Je ne sais pas, admit-il.

— Et ton père?

— Il était sûrement trop jeune, lui aussi. Ils étaient amoureux, alors ils devaient avoir à peu près le même âge.

Forcément… Enfin! Ils auraient pu se débarrasser de moi bien avant.

— Aller à l'avortement?

Surpris, Gabriel scruta le visage de sa sœur. Ce mot sonnait bien étrangement dans sa bouche. Mais en même temps, il y avait tant de candeur dans sa question qu'il eut soudain l'impression de mieux apprivoiser la chose.

— On ne dit pas «aller» mais bon, oui, c'est ça. Au lieu de ça, ma mère m'a gardé dans son ventre, expliqua-t-il.

— Combien de temps?

— Neuf mois… j'imagine… répondit-il sur un ton où commençait à percer l'exaspération.

— Tu trouves que je pose trop de questions, hein? dit Christine avec une moue coupable.

Pour toute réponse, Gabriel lui ébouriffa affectueusement les cheveux et Christine eut un geste comme si elle fermait sa bouche avec une glissière et ne l'ouvrait plus jamais.

— C'était son cadeau. Le cadeau de ma mère biologique… À moi et à Claire et à François. Elle m'a gardé dans son ventre jusqu'à la naissance et après, elle m'a confié à mes nouveaux parents.

Christine faillit rompre sa promesse avec une question qui lui brûlait les lèvres. Gabriel la devança.

— Je ne sais pas où ils sont maintenant. Je ne connais pas leur nom, je ne sais pas à quoi ils ressemblent, je n'ai aucune idée d'où ils habitent. Mais parfois, je les imagine tout près. Je me dis même qu'on se croise peut-être tous les jours, sans le savoir. Souvent, même si c'est stupide… j'ai imaginé toutes sortes de scénarios. Mon père était un agent très important des services secrets et il avait obligé ma mère à me confier à Claire et à François parce que sinon les ennemis m'auraient pris en otage et torturé. Ils avaient renoncé à moi pour me sauver la vie. Ou bien… c'est encore plus fou ! mon père était le roi d'un immense pays très riche et très puissant mais ravagé par la guerre. J'étais l'héritier du trône et un jour, quand la paix serait revenue, il reviendrait me chercher pour me préparer à le remplacer.

Les yeux ronds, la bouche entrouverte, Christine écoutait, fascinée. Et puis soudain, elle demanda, paniquée :

— Et tu nous quitterais pour toujours ? pour aller là-bas sur ton trône ?

— Mais non, espèce de petite cornichonne. C'étaient juste des histoires que je m'inventais quand j'étais un minus de ton âge. Quand j'étais rien qu'un vulgaire mollusque de huit ans.

Christine gloussa de plaisir en reconnaissant un vieux code qu'ils avaient délaissé depuis trop longtemps. La règle était aussi simple que logique et éminemment jouissive : l'insulte justifiait l'attaque. Elle se rua sur son grand frère en le martelant de ses petits poings avec une rage feinte et empreinte de retenue, comme si elle eût réellement craint de le blesser. Alors, faisant mine d'être en très mauvaise posture, Gabriel entreprit de se défendre avec des gestes de grand géant offensé, soulevant sa sœur de terre pour la maintenir bien haut dans les airs à bout de bras à la manière de King Kong dans la plus célèbre scène du film.

Après de longues minutes de lutte sans merci, ils se découvrirent affamés. Claire avait préparé une moussaka végétarienne, des brocolis gratinés et un pouding aux petits fruits, mais Gabriel décida qu'en sa qualité de gardien, il était tout à fait habilité à modifier le menu. Ils convinrent d'un macaroni Kraft version classique avec des bouts de saucisse fumée et, pour dessert, une virée au dépanneur d'où ils rapportèrent les deux plus grosses barres de chocolat qu'ils avaient pu dénicher dans les rayons avec, en plus, deux sachets de friandises, des oursons en gelée pour Christine et des pipes en réglisse pour Gabriel.

L'adolescent calcula rapidement que cette dépense venait de lui coûter le tiers de son salaire de gardien, mais la joie de Christine valait bien davantage. Elle était redevenue la fillette ensoleillée qu'il avait toujours connue. Et jamais Gabriel n'avait autant apprécié sa gaieté. Sans doute parce qu'il savait maintenant qu'elle n'appartenait pas seulement au monde trop choyé, facile et gentil de Winnie l'Ourson. Elle était aussi sa petite compagne d'infortune, sa vraie sœur, d'âme et de cœur sinon de sang.

Comme pour éprouver sa théorie, Gabriel entreprit de lui raconter *Le Vilain Petit Canard* après l'avoir mise au lit. Il avait hâte de voir si elle s'identifiait, comme lui, à ce canard trop différent, occupé à trouver sa place dans l'univers. Mais Gabriel ne sut jamais l'impact du conte d'Andersen sur Christine, car elle s'endormit avant même que l'œuf du vilain petit canard fût éclos.

Alors Gabriel retourna dans sa chambre et il écrivit à côté du chiffre « 1 » dans le document qu'il venait de créer à l'intention de PP :

1. Je sais que je n'ai vraiment pas envie d'écrire ce texte et que je vous trouve un peu effrontée, chère madame Poirier, de forcer ainsi vos élèves à d'aussi graves confidences. Les gens (et il me semble qu'à seize ans on fait déjà partie de cette race, non ?) devraient avoir le droit de protéger leur espace intime sans qu'on vienne les déranger, vous ne pensez pas ? À seize ans, on a droit à un minimum d'intimité. Mais, en même temps, j'ai un peu envie de le faire, votre devoir, parce que ça s'adonne que je viens de me lancer dans une grande quête d'identité. Eh oui ! C'est pas très original à mon âge, vous direz, mais c'est comme ça. Moi, je suis original autrement. Secrètement. Bon, voilà pour le début, mais bien sûr, je sais aussi que cette première vérité ne compte pas. Alors qu'est-ce que je sais d'essentiel sur moi ? Je sais que j'ai échoué le tout premier test de ma vie (alors ne soyez pas étonnée, chère madame, si j'échoue aussi mon examen de fin d'étape), un test que l'immense majorité des enfants passent haut la main et qui consiste tout bêtement à séduire leurs parents. À ma naissance, mes parents m'ont donné à d'autres parents. Comme ça, gratuitement. Ma mère adoptive, qui vit depuis toujours je crois dans un univers où tout-le monde-il-est-gentil, aime raconter que mes parents de sang m'ont

amoureusement confié à eux, mes parents adoptifs. C'est une jolie histoire, mais qui ne tient pas la route. Mes parents biologiques m'ont abandonné, alors même qu'ils auraient dû craquer pour moi. C'est plutôt ça, la vérité. J'étais une toute petite chose, bien vivante, seule au monde, sans méchanceté, sans défense. Je ne suis pas si laid aujourd'hui, alors sans doute que je n'étais pas repoussant à la naissance. Bon, j'étais peut-être un peu bouffi ou couvert de boutons, ça arrive souvent paraît-il, mais est-ce bien grave ? Ce qui est sûr, c'est que dans mon cas, l'entreprise de séduction naturelle n'a pas fonctionné. Mes parents m'ont vu naître, ils m'ont regardé, peut-être même qu'ils m'ont pris pendant un petit moment dans leurs bras et puis hop ! ils m'ont donné et ils sont disparus. C'est, je crois, ma toute première vérité. Celle qui me définit le mieux aujourd'hui. Je veux bien me creuser la cervelle pour vous trouver six autres vérités, parce que sept est un chiffre un peu magique comme vous dites, comme trois et dix aussi, mais mon chiffre à moi, c'est *un*. *Un* comme cette première vérité. *Un* comme quand on est seul. Isolé. À part. *Un* comme ce chiffre qui a bien peu de pouvoir puisqu'il ne multiplie rien.

Je sais aussi (mais vous verrez que ça ne compte pas pour une autre vérité) que ma sœur Christine a été adoptée, comme moi, mais elle est née en Chine, un pays où les parents sont obligés d'abandonner leur deuxième enfant, surtout si c'est une fille. Alors sa vérité et la mienne, entendons-nous, c'est quand même deux.

2. Je sais aussi (puisqu'il faut remplir les chiffres et les espaces comme vous l'avez exigé) que présentement je n'ai

pas beaucoup d'énergie à investir dans mes travaux scolaires et mes examens (eh oui ! j'en profite pour vous livrer un petit message pas très subliminal) parce que j'ai d'autres chats plus importants à fouetter. J'ai décidé de trouver qui je suis et pour ça j'ai besoin, entre autres, de savoir qui sont mes parents de sang. Parce qu'avec le petit peu que je sais, ils pourraient aussi bien être des Martiens. J'ai décidé de trouver d'où je viens parce que j'en ai besoin pour avancer. Pour savoir où aller. Pour que ma vie ait du sens. Pour trouver ma place dans l'univers. C'est quand même pas évident quand on y pense. Mettez-vous à ma place deux secondes. J'ai seize ans, je suis en cinquième secondaire, je devrais déjà savoir dans quel cégep je veux m'inscrire et quel métier j'ai choisi, mais vous comprendrez que c'est un peu fou de s'attacher à ces détails quand on ne sait même pas qui on est et d'où on vient.

Il paraît qu'à la naissance on est tous imprégnés. Demandez à Joffe, le prof de bio. Dans mon cas, la personne la plus signifiante durant mes premières heures de vie, c'était peut-être l'infirmière de la pouponnière que je ne connaîtrai jamais. Et puis, qui sait, j'ai peut-être été imprégné par un barreau de lit ! Mais je suis quand même venu au monde avec un bagage génétique, des chromosomes, de l'ADN et je ne sais trop quoi, venu de deux personnes. Sauf que je ne sais rien de ces deux personnes. Alors j'ai décidé…

Gabriel s'arrêta, effaça les derniers mots. Il n'allait quand même pas donner plus de détails à PP. Il réfléchit un moment puis tapa :

3. On dit souvent «jamais deux sans trois», mais pas cette fois. Mon devoir finit ici. J'en ai déjà bien assez dit. Et de toute façon, il n'y a vraiment rien d'autre que je sais de manière sûre, nette et claire sur moi. Alors collez-moi la note que vous voulez parce que j'ai des affaires plus importantes à régler. Voilà !

◆

Ils avaient bu jusqu'à la dernière goutte le demi-litre de rouge maison et François avait proposé d'en commander un autre – «juste un peu de folie, c'est sûrement bon pour la santé», avait-il suggéré –, mais Claire avait gentiment refusé. Alors, parce qu'ils avaient fini d'avaler tout ce qui était inscrit à la table d'hôte du soir – mesclun au vinaigre de framboise, poulet à l'orange et salade de fruits pour Claire, escargots à l'ail, porc en croûte et gâteau fondant au chocolat pour François – et que des plages de silence de plus en plus longues succédaient à leurs brefs échanges, François avait cru bon de réclamer l'addition.

Malgré sa lourde journée de travail, les vendredis étant toujours particulièrement pénibles à l'usine, François avait lui-même insisté pour qu'ils s'accordent cette petite sortie. Depuis quelques jours, Claire était nerveuse, impatiente et d'humeur maussade, ce qui lui ressemblait bien peu. François s'en inquiétait et il n'arrivait pas à comprendre ce qui pouvait la miner. Il savait, bien sûr, que Claire était malheureuse de voir Gabriel s'enfermer dans une forteresse comme s'ils étaient ses ennemis. Mais au cours des derniers jours, il n'avait pas remarqué de détérioration notable dans le comportement de leur fils. Alors François, qui souffrait d'une forte propension à la culpabilité, avait songé que Claire en avait peut-être assez de la vie qu'ils menaient depuis l'accident de travail qui, en quelques secondes, avait modifié à jamais le cours de leur existence. Claire ne s'était jamais plainte. Pas même une fois, pendant toutes ces années. Au contraire ! Elle avait partagé avec son entourage – avec son mari et ses enfants surtout, qui étaient le pôle de sa vie – ce don du bonheur qui la caractérisait si bien. Mais peut-être qu'à la longue cette source intérieure de joie s'était tarie ? Peut-être Claire en était-elle venue à regretter trop amèrement l'érablière et tous leurs autres rêves ?

Une jeune serveuse, fille d'un collègue de l'usine qui travaillait à l'assemblage, déposa l'addition sur la table avec quelques menthes chocolatées. François allait prendre son portefeuille dans la poche intérieure de sa veste lorsque Claire commença à parler. Elle avait trouvé un numéro de téléphone sur un morceau de papier chiffonné dans la poche du jean de Gabriel. Elle avait composé le numéro. Quelqu'un avait répondu dans un Centre jeunesse, service d'adoption, département des recherches d'antécédents biologiques.

Claire avait adopté le ton de celle qui annonce une catastrophe sans nom. François ressentit un pincement en apprenant que Gabriel avait déjà amorcé ou allait peut-être entreprendre des démarches pour connaître ses autres parents.

— Il fallait s'y attendre, non ? dit-il doucement en caressant la main de sa femme.

— C'est tout ce que ça te fait? lança Claire d'une voix que l'indignation faisait trembler.

François prit le temps de réfléchir.

— Je ne suis pas insensible... Même que ça va me chercher, comme on dit. Mais, en même temps, c'est peut-être sain. Tu ne penses pas? C'est normal qu'il veuille savoir, non? J'ai toujours pensé qu'on devrait lui en dire un peu plus, tu le sais, on en a souvent discuté. Et j'ai toujours été très étonné que Marie-Lune ne se soit pas déjà manifestée. Elle sait comment nous joindre pourtant.

François avait parlé en faisant rouler dans sa paume le stylo que lui avait laissé la jeune serveuse pour régler la facture, un signe chez lui d'intense concentration. Il s'arrêta, détacha son regard de l'objet et leva les yeux vers Claire. Il n'attendait pas une réponse, il cherchait simplement à véri-fier le contact. Claire déglutit et parvint à soutenir son regard sans sourciller.

— J'ai toujours pensé qu'elle voudrait au moins avoir des nouvelles de Gabriel, s'assurer qu'il allait bien. Son silence me choque un peu, franchement. J'ai même eu envie de communiquer avec elle quelquefois. Pour vérifier. Elle a pu tomber malade ou avoir eu un accident...

Claire continuait d'écouter. Elle devait faire appel à toute sa volonté et à toute sa concentration pour ne pas se trahir. Pour ne pas avouer. Elle savait qu'elle avait eu raison de ne pas accéder à la requête de Marie-Lune, mais c'était un lourd poids à porter. Et François qui s'inquiétait de sa santé! La maman de Gabriel était bien vivante. À preuve, on avait parlé d'elle à la radio la veille. Elle était marraine d'un concours. Un truc pour adolescents!

— Non, vraiment, plus j'y pense, plus je crois que nous devrions soutenir Gabriel dans cette démarche, lui venir en aide au lieu de nous en offusquer, poursuivait François.

Depuis le début du discours de François, Claire avait réussi à maîtriser son agitation. Mais ces dernières paroles attisaient en elle un tout autre sentiment : la révolte. Elle s'était mise à tordre sa serviette de papier avec tellement d'acharnement que la serviette se déchira soudain. François la contempla, surpris.

— C'est facile pour toi de suggérer ça, lança-t-elle. Tu n'as pas de compétition, toi.

Devant l'air ahuri de François, Claire se résigna à préciser.

— Le père biologique de Gabriel est décédé, alors ces recherches, ce n'est pas trop insécurisant pour toi. Mais moi…

Sa voix s'était cassée sur les deux derniers mots. Il y avait une telle détresse dans le regard de Claire. François comprit alors que tout le drame des derniers jours tenait dans ces mots.

— Mon fils, notre fils… veut connaître ses parents… Ses autres parents… S'il se rend au bout de l'enquête, il va découvrir qu'il n'a plus qu'un seul père : toi. L'autre est disparu à jamais. Mais il va apprendre qu'il a une autre mère que moi. Qu'elle est vivante, disponible, en attente même. Enfin, peut-être… Je ne sais pas… Cette femme-là est plus jeune que moi, plus belle que moi, plus proche des adolescents que moi. C'est même un peu une vedette au fond. Elle a écrit un roman que les jeunes ont adoré. Tu ne te souviens pas de la critique dans *La Presse?* « Une écrivaine qui a le rare talent de rallier adultes et adolescents. » Je peux te le réciter par cœur, cet article-là !

Elle se souvenait également très bien du roman lui-même parce que cette lecture l'avait profondément troublée. Marie-Lune avait raconté sa propre histoire en la modifiant considérablement, mais le roman se lisait quand même comme un chant d'amour à son moustique. Qui était maintenant leur fils. Claire se réjouissait des déguisements de Marie-Lune. Le roman racontait l'histoire d'une jeune femme qui, après avoir enterré sa mère, perd son bébé dans un accident de voiture. Si Marie-Lune avait tout raconté comme c'était arrivé, Gabriel aurait peut-être lu le roman un jour et deviné que ce moustique, c'était lui.

François aussi avait laissé ses pensées errer. Il avait revu Marie-Lune comme ils l'avaient connue, Claire et lui, dans ce petit bureau des services sociaux où ils l'avaient rencontrée, « enceinte et en désastre » selon les mots qu'elle avait employés. Quinze ans plus tôt, Claire avait craqué pour cette adolescente deux fois plus jeune qu'elle. Elle l'avait prise dans ses bras, comme une mère, et elle l'avait consolée. Depuis, elle avait perdu ce don d'empathie. Claire s'était transformée en lionne, prête à tout pour défendre ses petits.

— Le pire, tu le sais, c'est qu'il lui ressemble, continuait Claire. Il a les mêmes yeux … Et il y a quelque chose dans sa personnalité… Je suis sûre que tu as remarqué. Une fougue, une ardeur, une intensité pas ordinaire qu'il ravale la plupart du temps mais qui déborde parfois et qui me rappelle sa mère.

Elle fit une pause, tendit une main tremblante vers son verre d'eau, but un peu mais avec effort comme si sa gorge était obstruée.

— Je ne me sens pas à la hauteur, François. J'ai peur. Aide-moi… Gabriel vit déjà une adolescence difficile. Simplement parce qu'il est plus sensible et plus intelligent que bien d'autres. Il faut le protéger, lui laisser du temps. Plus tard, s'il veut vraiment, alors peut-être…

François l'écoutait à peine. Une foule de pensées se bousculaient dans sa tête. Il avait besoin d'un peu de temps pour y mettre de l'ordre, pour évaluer calmement la situation. Et puis… il aurait eu du mal à préciser… mais quelque chose semblait lui avoir échappé. Il avait toujours accordé entièrement sa confiance à Claire pour tout ce qui touchait les enfants, mais il la découvrait soudain plus fragile qu'il ne l'avait imaginée et moins solidaire de sa vision.

Un élan de tendresse l'envahit. Après des mois de déception, d'impuissance et de colère, il avait envie de simplement serrer son fils dans ses bras. Ce numéro de téléphone sur une petite feuille froissée lui révélait que Gabriel vivait des questionnements douloureux. Et Claire n'était peut-être pas la mieux équipée pour l'aider. Gabriel avait peut-être maintenant besoin de lui. Son père.

— Je n'étais pas sûre de vouloir t'en parler… disait encore Claire. Après tout, ce n'est qu'un numéro de téléphone. Il ne l'a peut-être pas encore utilisé… Mais je n'ai jamais même imaginé que tu voudrais qu'on l'encourage à fouiller le passé. Je pensais que tu te souviendrais de ce qu'on a vécu. Rappelle-toi, François! Rappelle-toi les deux semaines de torture quand la mère biologique de notre petit bébé l'a pris en otage. Quand, après l'accouchement, Marie-Lune Dumoulin-Marchand a décidé de garder notre bébé. Quand, chaque matin, on se demandait s'il nous serait un jour rendu. Je n'ai jamais autant souffert. Je ne veux plus jamais rien vivre de semblable. Gabriel et Christine sont ce que j'ai de plus précieux. Avec toi. Et je vais continuer à les protéger. Coûte que coûte.

François régla l'addition et ils quittèrent le restaurant sans dire un mot de plus. Claire aurait souhaité qu'il la rassure, mais François était trop occupé à réévaluer son rôle de père.

Chapitre 11

Elle venait d'attaquer la grande côte, un peu avant la fourche séparant le chemin Tour du lac de la route menant au parc du mont Tremblant, lorsque les premiers flocons s'étaient mis à tomber mollement, tout doucement. Marie-Lune n'avait pas immédiatement remarqué l'extra-ordinaire ballet aérien. Elle était trop absorbée dans ses pensées, trop enfoncée dans cet espace autre, quelque part entre la pleine conscience et le songe. Et pourtant, elle avait quand même ressenti intimement cette métamorphose du ciel. Alors même que ses réserves d'énergie semblaient diminuer, elle avait eu l'impression, tout à coup, de devenir plus légère. Un peu comme s'il lui poussait des ailes.

C'est au moment où elle amorçait la descente que la majesté du spectacle l'atteignit soudain. Alors, au lieu de s'arrêter pour contempler le ciel en fête, elle accéléra le pas, grisée de beauté, pour mieux participer à la magie de cette première neige, pour mieux se laisser saouler par son parfum d'eau, de froidure et de mystère. Marie-Lune décida que cette brusque averse était un signe, la confirmation qu'elle était sur la bonne voie, qu'elle avait raison de s'arracher à sa petite routine faussement sécurisante. Le ciel l'incitait à continuer, malgré les brusques accès de découragement et les crises d'angoisse. Il l'encourageait à tenir bon même s'il lui restait si peu de certitudes. Même si plus rien ne semblait véritablement acquis. Pas même Jean…

Marie-Lune continua d'aspirer à pleins poumons l'air mouillé, étirant parfois la langue pour cueillir au passage un flocon fondant. C'était sa première course depuis si longtemps. Quand avait-elle subitement changé son rythme d'activités, étouffant ses ardeurs, cultivant la tranquillité jusqu'à l'engourdissement, retenant les élans et évitant les débordements comme un grand brûlé fuit les sources de chaleur?

Elle allait passer tout droit devant la maison des Lachapelle lorsque Mia, une grosse femelle bouvier bernois, fonça sur elle, la queue fouettant l'air à vive allure pour marquer sa joie, ses grands yeux mouillés dévorant Marie-Lune dans la quête désespérée d'un signe d'affection.

— Salut, vieille folle! chuchota Marie-Lune en s'accroupissant pour mieux lui flatter la tête et lui tapoter les flancs. Ça fait un moment, hein? Tu ne m'en veux pas trop? Ta voisine est sauvage, ma belle. C'est tout.

Une voix venue de la véranda interrompit les confidences de Marie-Lune.

— Si c'est pas de la belle visite! Entre, Marie-Lune. Viens! Reste pas là, au bord du chemin. Mia va te manger tout rond! Je veux ma part, moi aussi.

Marie-Lune s'approcha un peu, bien résolue à terminer sa route mais émue par la chaleur de l'accueil. De Mia comme de sa maîtresse.

— Je suis en nage. Je courais… Je termine un tour du lac. Je ne peux pas m'arrêter maintenant… mais je vais revenir. Promis.

— Quand ça ? Tout à l'heure ? Ce soir ? Demain matin ? On s'ennuie de toi, Marie-Lune…

Il y avait davantage de tristesse que de reproche dans la voix de Solange Lachapelle, aussi Marie-Lune promit-elle de passer « tout bientôt » avant de reprendre sa course. Deux cents mètres plus loin, elle dut rebrousser chemin : la grosse Mia l'avait suivie et elle soufflait comme si ses poumons allaient exploser. Marie-Lune la ramena sur la véranda en prenant une voix autoritaire pour lui intimer d'y rester. La chienne s'assit avec une mauvaise grâce évidente, puis accepta à contrecœur de se coucher et de ne plus bouger. Alors, les oreilles basses, le regard fondant, elle poussa un soupir à fendre les pierres qui laissa Marie-Lune toute chose.

Celle-ci reprit sa course, songeuse. L'idée qui venait de lui traverser l'esprit l'excitait et la terrifiait tout à la fois. Elle décida de prendre le temps de réfléchir, de ne pas s'engager trop rapidement, d'évaluer le projet à tête froide… Et puis soudain, elle lança à haute voix :

— Non. Tant pis. C'est maintenant ou jamais.

Elle sprinta le dernier kilomètre, heureuse de s'en découvrir capable, arriva à la maison le cœur cognant jusque dans les oreilles, se débarrassa en hâte de ses chaussures de course, courut jusqu'au téléphone sans prendre le temps d'enlever son haut de survêtement complètement trempé et composa le numéro de Jean à la clinique avec le sentiment de faire une gaffe.

Une belle gaffe.

Chapitre 12

Gabriel avait l'impression de transporter une bombe. Il avait grand besoin d'être seul, mais il n'avait pas la moindre idée d'où se réfugier. Quelques minutes plus tôt, alors qu'il allait se diriger vers la salle d'entraînement, Maxime l'avait rejoint à son casier pour lui remettre l'enveloppe.

— C'était dans le courrier d'aujourd'hui. Ça tombait bien : je suis retourné à la maison ce midi pour prendre mon devoir de chimie. Personne l'a vu. T'es chanceux. C'est bien ça que tu attendais ?

Maxime aurait souhaité obtenir au moins quelques indices sur le contenu de ce mystérieux colis, mais Gabriel lui avait arraché l'enveloppe en grommelant quelques mots qui semblaient devoir tenir lieu de remerciements, puis il avait discrètement quitté l'école deux heures avant la fin des cours sans s'inquiéter des conséquences. Depuis, il cherchait un endroit tranquille où s'arrêter, un lieu où il ne risquait pas de croiser quelqu'un qui le connaissait ou qui connaissait ses parents. Il allait se rabattre sur un casse-croûte miteux, tout en longueur, au fond duquel il serait à peu près en paix, lorsqu'il aperçut l'église un peu plus loin.

Le sanctuaire était vide. Il y régnait un silence absolu, impressionnant et un peu sinistre. Gabriel trouva les lieux bien différents des deux autres fois où il était venu, à l'enterrement du père de Julien Simoneau et au mariage d'Isabelle Allard, la fille d'un couple d'amis de ses parents. Il décida d'avancer jusqu'aux premiers bancs afin de profiter d'un meilleur éclairage. Alors, seulement, il déchira l'enveloppe.

La première page du document était une lettre type, expédiée à tous les « demandeurs » et servant à rappeler que les informations qui suivaient étaient de caractère non confidentiel. S'il souhaitait connaître l'identité de ses parents ou faire une demande de rencontre parent-enfant, il devait adresser sa demande d'ici un mois et blablabla. À partir de la deuxième page, il avait accès au document proprement dit, un truc très officiel avec titres et sous-titres multiples, mais tous les espaces à remplir, tous les renseignements d'ordre personnel qui le concernaient, lui, spécifiquement, étaient rédigés à la main.

Il apprit d'abord qu'il était né à l'hôpital de Sainte-Agathe, ce qui lui remua un peu les tripes parce que c'était à moins d'une heure de chez lui. Cela signifiait sans doute aussi que ses parents biologiques n'habitaient pas si loin, à l'époque du moins. Suivirent quelques informations sur son poids et sa taille à la naissance qui ne lui dirent pas grand-chose étant donné ses compétences en puériculture.

Au milieu de la page suivante, il sentit que la machine qui le tenait en vie, tous ces organes qui lui permettaient entre autres de respirer et qui faisaient circuler le sang dans ses veines, tombait soudain en panne. Il poursuivit la lecture dans un état second. Chacun des mots tracés sur ces feuilles de papier l'atteignait en plein cœur. Quelques pages plus loin, il éclata en sanglots.

Gabriel Veilleux venait de découvrir qu'il n'était pas un vilain petit canard à la naissance. Son histoire personnelle appartenait à un tout autre schéma narratif, comme l'enseignait PP. À sa naissance, sa mère était encore plus jeune que lui. Il lui avait joué un tour en se manifestant plusieurs semaines avant la date prévue. L'accouchement difficile avait mis sa jeune maman à rude épreuve. N'empêche que c'est là, tout de suite après la naissance, qu'un petit miracle s'était produit. En le voyant, elle avait craqué. Sur le formulaire, il était écrit plus prosaïquement que « la mère avait brusquement changé d'idée », mais c'était la même chose. Elle l'avait réclamé. Elle l'avait pris dans ses bras et elle n'avait plus été capable de l'abandonner. Alors elle avait chamboulé tous ses plans et elle était restée à l'hôpital pour le nourrir de son lait parce que c'était mieux pour lui, pour sa survie. Et sans doute aussi parce qu'elle en avait envie. Pendant deux semaines, elle l'avait allaité, cajolé, dorloté, aimé. Après, seulement, elle l'avait finalement confié à Claire et à François. « La jeune mère a eu énormément de mal à se séparer de son bébé. » C'est ce qui était inscrit, noir sur blanc, en page six, sur la dernière ligne.

Rendu à la page neuf, Gabriel Veilleux comprit brutalement qu'il n'avait aucune chance de croiser son père dans un cinéma, un centre commercial ou au coin de la rue. L'amoureux de sa mère était mort « dans des circonstances tragiques » quelques années après sa naissance. Les renseignements sur le père biologique s'arrêtaient là. De sa mère, il savait qu'elle avait les cheveux « auburn », les yeux « bleu très clair », une taille « normale ». De son père, il n'avait appris qu'une chose : il était mort. Il ne le connaîtrait jamais.

Gabriel songea à arrêter sa lecture là. Pour ne pas exploser. Parce que sa capacité d'absorption et de réaction avait déjà été largement dépassée. Son réservoir d'émotions était vide, à sec. Il était sagement assis sur son banc d'église, le dos droit, les mains sur les cuisses. Il ne pleurait plus. Il ne ressentait plus rien. Et pourtant, un vague pressentiment mêlé de curiosité l'avait incité à feuilleter rapidement les dernières pages et dès lors, il lui avait été impossible de remettre la lecture à plus tard. L'adolescent découvrit ainsi qu'il lui restait d'immenses réserves de colère et d'abattement. En page onze, il lut que Claire et François connaissaient sa mère biologique, qu'ils l'avaient rencontrée à sa demande, quelques mois avant l'accouchement. Ils l'avaient vue, ils lui avaient parlé, ils auraient pu la décrire, mais ils le lui avaient caché.

Gabriel remit le formulaire dans l'enveloppe, qu'il fourra sous son blouson. Il aurait voulu partir. Loin, très loin. Mais avant, il devait trouver cette femme. Il ne pouvait plus se satisfaire de miettes d'informations. Il avait besoin de la voir. De lui parler. Parce qu'elle avait été là, aux premiers jours de sa vie. Pas seulement aux premières minutes, aux premières heures. C'est cette femme qui l'avait imprégné à sa naissance et pendant bien plus que vingt-neuf heures. C'était elle la clé, l'explication, le morceau manquant. Il avait besoin de la retrouver pour reconstituer le casse-tête de son identité.

Après, à l'instar du petit canard du conte, il fuirait lui aussi vers d'autres cieux mais en sachant désormais à quelle espèce il appartenait.

Des pas rapides martelèrent le plancher de bois et l'écho de cette progression résonna dans l'église déserte comme dans une caverne. Une toute petite dame aux cheveux gris-bleu, enveloppée dans un manteau de laine et portant chapeau et gants, avança résolument jusqu'à l'autel. Sa démarche n'avait rien d'hésitant, elle avait l'air d'une personne parfaitement chez elle.

La dame s'immobilisa à quelques pas de l'autel. Elle fit lentement un signe de croix, s'agenouilla et resta longtemps ainsi prostrée, relevant de temps en temps la tête, pour mieux visualiser son interlocuteur, un grand christ de plâtre, crucifié sur une planche de bois.

Gabriel songea à quitter les lieux. Il n'avait plus rien à faire là et une certaine pudeur l'incitait à se retirer pour laisser cette dame à sa conversation intime avec Dieu, ou plutôt le fils de ce dernier, rectifia-t-il mentalement en se remémorant ce qu'on lui avait déjà enseigné. Les lèvres de la vieille dame remuaient pendant un moment, puis elle observait une pause comme pour offrir à son interlocuteur le temps de répondre, avant de poursuivre l'échange silencieux. Elle parlait au Christ comme s'il eût été un ami de longue date. Gabriel en fut troublé. Ce qu'il aurait donné, là, tout de suite, pour un confident parfait ou peut-être un ange, tiens. Oui. Un ange qui veillerait sur lui et l'accompagnerait dans la suite de son histoire, qui l'empêcherait de se sentir aussi terriblement seul au monde et qui le retiendrait de tomber. Parce qu'il avait de plus en plus peur de basculer dans le vide.

La dame finit par se relever tranquillement et entreprit de retraverser le sanctuaire, sans hâte mais d'un pas étonnamment alerte, le front légèrement baissé. Elle ne semblait pas abattue mais sereine et comme délicieusement imprégnée d'une présence. Gabriel reconnut le bruit sourd de la porte se refermant derrière elle.

La visite avait eu l'effet d'un intermède. Gabriel dut, un peu comme après un rêve, renouer avec la réalité, se rappeler ce qu'il avait appris. La mort de son père « naturel » ne l'atteignait pas pleinement. Peut-être vivrait-il l'effet à retardement. Il avait été saisi, déçu. Il s'était senti floué. Mais comment peut-on pleurer quelqu'un qu'on ne connaît pas? Le décès de cet homme le laissait surtout avec un sentiment d'urgence, l'urgence de rencontrer son autre parent, sa mère de ventre, avant qu'elle ne disparaisse peut-être à son tour.

Alors lui revint la tromperie de ses parents adoptifs et une puissante colère se répandit en lui. Claire et François s'étaient permis de récrire l'histoire de sa vie. Ils savaient, eux, qu'il n'avait pas échoué la première et la plus importante épreuve de son existence. Ils savaient que la femme qui l'avait mis au monde l'avait aimé. Pendant des années, il avait été tourmenté par cette crainte, cette honte même, d'être venu au monde dans l'indifférence et voilà qu'il apprenait que c'était tout faux et qu'il aurait pu en être rassuré bien avant. Claire et François savaient depuis le début pourquoi leur fils adoptif avançait dans la vie avec l'impression qu'il lui manquait un membre. Ce membre, c'était elle, la femme qui l'avait enfanté, nourri et serré contre son sein. Elle avait été là, à ses côtés, pendant bien plus de temps qu'il ne faut normalement pour être imprégné et pour voir modifié à jamais son sentiment d'appartenance, comme son identité.

Au terme de cette réflexion, Gabriel découvrit qu'il n'avait plus de larmes et que sa colère l'avait abandonné. Il ne lui restait plus qu'une froide détermination. Cinq minutes plus tard, il traversait le casse-croûte miteux où il avait songé s'installer plus tôt, fonçait droit vers le téléphone public, tout au fond, entre la cuisine et les toilettes, où s'entremêlaient les odeurs de patates frites, d'urine et de saucisse fumée, et composait le numéro de téléphone qu'il connaissait par cœur.

L'entretien téléphonique fut bref. En raccrochant, Gabriel dut faire des efforts inouïs pour ne pas totalement perdre pied. Il était déjà sonné avant de composer le numéro et, alors même qu'il ne s'y attendait pas, on lui assenait un de ces coups qui rendent K.-O. Il avait failli s'écrouler. Finalement, il avait tenu bon. Le désespoir devait être un puissant carburant. Parviendrait-il encore longtemps à résister à l'abattement, à garder bravement le cap, alors même que tous les nuages du monde se donnaient rendez-vous au-dessus de sa tête?

◆

À son arrivée dans la salle d'haltérophilie, Gabriel fut saisi par la chaleur suffocante. Les autres athlètes devaient s'entraîner depuis un bon moment déjà. Une vague nausée le surprit. Pourtant, l'odeur capiteuse des corps au travail ne l'avait jamais importuné avant. En apercevant celui qu'il avait baptisé Power Boy, Jeff Scott esquissa un début de sourire qui se transforma en grimace au moment où il arrachait sa barre. D'autres athlètes saluèrent Gabriel d'un grognement. Guillaume Demers se contenta de hocher la tête, une manière de dire : O.K., je t'ai vu. Au lieu de déposer son sac à dos sur le petit banc à côté de la porte en entrant, Gabriel marcha droit vers son entraîneur.

— Je peux te parler?

— Ouais, vas-y, répondit Demers sans quitter Jeff Scott des yeux alors qu'il tentait de battre un record personnel à l'épaulé-jeté.

— Pas ici, objecta Gabriel.

Guillaume Demers garda les yeux rivés sur Jeff Scott.

— T'es capable. Concentre-toi! Allez! Vas-y, Sainte-Philomène! Pousse maintenant... Complète ton mouvement, l'encouragea-t-il.

Le visage rouge, les joues gonflées par l'effort, Scott avait réussi à stabiliser sa barre à la hauteur des épaules. Il inspira et ferma les yeux, visiblement prêt à fournir tout ce qui lui restait de volonté et d'énergie, puis il émit un rugissement de bête en poussant la barre pour compléter l'épaulé-jeté. La barre leva, puis elle se mit à tanguer avant de lui échapper pour tomber lourdement sur le sol.

— C'est bon! T'es pas loin. Complète mieux ton mouvement. Lâche pas! On va l'avoir la prochaine fois.

L'entraîneur se tourna enfin vers Gabriel.

— Ouais. Excuse-moi… Tu disais ?

— Je voudrais te parler dans le corridor à côté.

Demers prit le temps de jauger son plus jeune et plus rebelle athlète. Veilleux était pâle et crispé.

— Ça ne va pas ? s'enquit l'entraîneur, inquiet.

Pour toute réponse, Gabriel se dirigea vers le corridor et Demers accepta de le suivre.

— Les championnats juniors… c'est quand déjà ? s'enquit Gabriel dès qu'ils furent hors de vue et d'écoute des autres athlètes.

Demers consulta sa montre pour connaître la date avant d'effectuer le calcul.

— Dans six semaines, répondit-il.

— Est-ce que je peux encore ?

— Tu veux t'inscrire aux championnats juniors ? aboya l'entraîneur, incrédule.

— Ouais.

— Vraiment ?

— Oui. Vraiment, répondit Veilleux sur un ton où perçait tant de détermination que Guillaume Demers en fut ébranlé.

L'entraîneur scruta le visage de Gabriel. Guillaume Demers détestait se faire mener par le bout du nez. Non, je ne veux pas, oui, je veux, non, je ne veux plus... Dans son esprit, le patron, le chef d'orchestre et le directeur des opérations, c'était lui. Il n'avait pas envie d'investir dans un athlète qui ferait la pluie et le beau temps dans son club de compétition. Si Veilleux voulait strictement s'amuser à lever des barres, libre à lui, Demers acceptait même d'être bon prince en lui fournissant quelques conseils. Mais si l'adolescent souhaitait s'entraîner sérieusement en vue de participer à des compétitions, il devrait rentrer dans le moule et accepter les règles du jeu.

— C'est moi qui décide si un de mes athlètes est prêt ou non pour une compétition, déclara-t-il fermement.

Gabriel sentit la moutarde lui monter au nez. Il ouvrit la bouche… et la referma juste à temps en se rappelant qu'il devait garder le cap, coûte que coûte.

— J'ai compris, répondit-il d'une voix blanche.

— Parfait. Alors, voilà comment ça fonctionne. Pour s'inscrire aux championnats juniors, il faut d'abord réussir les essais. Ça se déroule ici, au club, quand je décide que ça doit avoir lieu, environ deux mois avant la compétition…

Demers gardait les yeux rivés sur son jeune athlète. À l'annonce de ce délai qui annulait ses chances de participation aux championnats juniors, le visage de Gabriel s'était littéralement décomposé.

— Mais il m'est arrivé d'organiser des essais jusqu'à deux semaines avant la compétition, ajouta l'entraîneur. Dans ta catégorie, les quatre-vingt-cinq kilos, tu dois pouvoir lever deux cent dix kilos au total, épaulé-jeté plus arraché, pour te qualifier. Il faudrait viser, disons, environ quatre-vingt-quinze à l'arraché et cent quinze à l'épaulé-jeté. En travaillant bien, tu aurais de bonnes chances d'y arriver.

— Je comprends. Mais mon but, ce n'est pas de participer : c'est de gagner, déclara Gabriel du même ton terriblement résolu qu'il avait utilisé pour annoncer sa volonté de s'inscrire à la compétition.

La déclaration de l'adolescent fouetta Guillaume Demers. Gagner. Ce mot avait sur lui l'effet d'un puissant excitant. C'est cette soif de vaincre qui l'avait amené à choisir ce métier. C'est pour ça qu'il se levait dès l'aube pour remplir de friandises des dizaines de machines distributrices éparpillées dans des établissements au diable vauvert afin de pouvoir ensuite consacrer presque toutes ses fins d'après-midi et ses soirées à ses athlètes dans cette salle mal aérée. Fracasser des records et gagner. C'était l'essence même de ce qui l'animait et donnait un sens à sa vie.

— T'es un drôle de moineau, Power Boy, déclara-t-il en riant. Écoute… Je pense honnêtement que t'as tout ce qu'il faut pour faire un champion. Mais l'idée, c'est de commencer à s'entraîner plusieurs mois avant une compétition. Comprends-tu ? Là, avec juste quelques semaines de jeu, tes chances d'arracher une médaille sont ultra-minces. Je ne te dis pas que c'est impossible, mais disons que même si tu travailles comme un chien, c'est très peu probable. Il faudrait plutôt viser une médaille… au printemps disons.

— Non. C'est trop tard… Mais je suis vraiment prêt à mettre le paquet, plaida Gabriel.

Demers remarqua le tremblotement dans la voix de l'adolescent. Il se gratta les joues à deux mains pendant quelques secondes, le temps de poursuivre sa réflexion.

— O.K. Si tu es vraiment prêt à te défoncer, pas de problème. Tu peux essayer. Mais dis-toi bien que tu vas en baver. Plus encore que tu peux l'imaginer. Compris?

— Compris, répéta Gabriel.

— Bon. Eh bien! Qu'est-ce que tu attends? Change-toi au plus sacrant parce que ça commence maintenant.

Veilleux se dirigea vers la salle d'haltérophilie, heureux d'avoir remporté cette première manche, mais au dernier moment, Demers l'apostropha.

— Dis donc, le jeune… Qu'est-ce qui t'a fait changer d'idée tout d'un coup?

Gabriel frémit. Il n'allait quand même pas raconter à cet emmerdeur qu'il avait rapidement besoin de cinq cents dollars pour obtenir des renseignements sur sa mère. Parce que sinon, il risquait de poireauter pendant deux ans. Au téléphone, la préposée au service des demandes de recherche des parents biologiques avait été formelle : la seule façon d'accélérer le processus était d'allonger une contribution «volontaire» de cinq cents dollars, ce qui leur permettait de transférer le dossier à des enquêteurs surnuméraires. Or, étant donné la durée de son emploi l'été précédent, son compte en banque était à sec depuis des lunes et il ne pouvait imaginer une autre façon de faire apparaître autant d'argent en peu de temps. Avec une troisième place aux championnats juniors, il décrocherait une bourse d'exactement cinq cents dollars. C'est pour cette raison, et uniquement pour cette raison, qu'il allait accepter de se faire chier par Demers pendant six semaines.

Pour toute réponse, Gabriel se contenta de hausser les épaules, puis il rejoignit les autres dans la salle d'entraînement. Deux heures plus tard, il quitta la même salle avec l'impression de n'être plus qu'une enveloppe vide, un sac de peau sans muscles ni organes ni boyaux. Il se traîna jusque chez lui en fournissant à chaque pas un effort qui lui semblait titanesque et en se demandant par quel miracle il tiendrait le coup pendant six semaines.

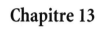

Chapitre 13

Le crissement des pneus sur le gravier fit sursauter Marie-Lune. Elle guettait pourtant ce bruit depuis de longues minutes. Jean avait téléphoné pour annoncer qu'il était en route. Par orgueil, pour ne pas trop montrer combien l'entreprise proposée – la belle gaffe ! – lui tenait à cœur, et peut-être aussi dans un réflexe d'autoprotection, elle s'était refusée à lui poser des questions. Lorsqu'il arriverait, elle verrait bien si son vœu était exaucé. Elle continua de débiter la laitue en lamelles, puis trancha les champignons, ajouta de l'échalote…

La porte d'entrée se referma doucement derrière Jean. Il semblait préoccupé et il avait les mains vides. Marie-Lune déposa un baiser sur la joue de son compagnon. Jean lui frotta gentiment le dos puis effleura son front du bout des lèvres.

— J'ai tâté le terrain auprès de Chantal, commença-t-il. Mais je ne me suis pas rendu très loin… Elle et son copain sont déjà très attachés à Poucet.

Marie-Lune encaissa le coup.

— Ce n'est pas grave, murmura-t-elle sans conviction. On en trouvera un autre…

Jean recula pour mieux observer sa compagne. Il avait bien deviné. Elle ne voulait pas simplement un chien. Elle voulait spécifiquement le minuscule yorkshire dont il lui avait vanté les mérites. Quelle affaire ! Et en plus, madame se décidait soudainement, aujourd'hui même.

— Tu me donnes une minute ? demanda-t-il. Je reviens tout de suite.

Marie-Lune hocha la tête et lui offrit un brave sourire qui n'aurait pas réussi à leurrer un enfant de trois ans. Sa déception était flagrante. Jean s'empressa de monter à l'étage. Marie-Lune touilla la salade puis elle entreprit de préparer une sauce rosée, mais un brusque découragement l'envahit. Alors elle se dirigea vers le séjour pour tenter de retrouver ses esprits en fouillant du regard le lac à moitié endormi, les falaises sombres et les dernières silhouettes de nuages qui s'évanouissaient dans la nuit naissante.

Follement, naïvement, bêtement, elle avait misé sur cette petite présence pour injecter un peu de gaieté dans la maison. Mais n'était-ce pas puéril ? Et, surtout, n'était-ce pas la preuve d'un malaise profond ? Depuis qu'elle s'était forcée à émerger de sa torpeur, Marie-Lune était rongée par des doutes terribles. Était-elle réellement la meilleure compagne pour Jean ? Et Jean était-il vraiment l'homme de sa vie ? D'autres questions la hantaient. Combien d'amour faut-il pour qu'un couple survive aux pires intempéries ? Et un tel couple peut-il rester uni sans qu'il y ait un enfant pour souder ces deux êtres et leur fournir une mission ?

En trente ans, outre son père, elle avait aimé deux hommes : Antoine et Jean. Avec eux, elle avait découvert que l'amour change tout. Il pouvait la propulser de la pénombre à la pleine lumière et lui donner l'impression d'irradier de bonheur, comme si elle avait avalé un soleil. En choisissant de confier leur bébé à l'adoption, elle avait perdu Antoine. En se découvrant incapable d'enfanter une seconde fois, avait-elle également perdu Jean ? Marie-Lune enfouit sa tête dans ses paumes réunies. Elle avait honte de douter, et peur, terriblement peur.

Une sonnerie l'arracha à ses pensées. Jean la rejoignit au moment où elle raccrochait le combiné.

— C'était ta mère… expliqua Marie-Lune. Elle a reçu un colis pour moi. Je ne comprends pas… Je n'ai pas quitté la maison de la journée. Et je n'attendais pas de courrier spécial des éditions L'achillée millefeuille.

— Bof ! Allons-y ! Ma mère s'ennuie de toi. Ça va lui faire plaisir.

— Le repas est presque prêt… protesta Marie-Lune.

— Allez ! Viens ! La salade ne brûlera pas, plaida Jean en lui tendant la main.

Marie-Lune le suivit à contrecœur.

◆

Le père de Jean leur ouvrit la porte. Marie-Lune remarqua qu'il avait troqué une de ses vieilles chemises de flanelle contre un polo bon chic bon genre. Il était suivi de sa femme et d'une drôle de petite chose, mi-chocolat, mi-caramel, le poil ébouriffé, l'air canaille, plus petite qu'un chat. L'animal fonça droit vers Marie-Lune, à croire qu'on l'y avait entraîné.

Jean recula pour mieux contempler la scène. Marie-Lune resta un moment figée, puis elle éclata de rire. Un rire d'enfant, cristallin et franc, extraordinairement joyeux. Jean déglutit, en proie à une vive émotion. Marie-Lune n'avait pas ri ainsi depuis des mois, peut-être même davantage. Il retrouvait la Marie-Lune d'antan, celle qu'il s'amusait à faire marcher, à surprendre et à taquiner pour le simple bonheur de l'entendre rire.

Marie-Lune avait déjà cueilli le petit paquet de poils dans ses bras et elle continuait de glousser alors qu'il lui léchait la figure à grands coups de langue râpeuse avec un sans-gêne inouï. Du regard, Marie-Lune chercha Jean et lorsqu'elle le découvrit, sa gorge se noua. Il y avait tant de bonté dans ce regard d'eau noire.

— Merci, espèce de vieux chenapan et de sale affreux menteur, murmura-t-elle en s'approchant de son compagnon pendant que monsieur Lachapelle immortalisait la scène avec son vieux polaroïd.

Marie-Lune allait se hisser sur la pointe des pieds pour embrasser Jean lorsque ses doigts découvrirent un minuscule objet accroché au collier de Poucet. Un tout petit bout de papier roulé portant un message : *Rendez-vous dans la salle à manger.* Marie-Lune interrogea ses compagnons du regard. Les trois paires d'yeux brillaient du même éclat malicieux. Alors elle traversa le vestibule, puis la cuisine, ouvrit les deux larges portes menant à la salle à manger…

Une explosion de cris et de rires l'accueillit pendant que des voix entonnaient : « Chère Marie-Lune, c'est à ton tour… » Ils étaient tous là ! Tous ceux qui comptaient dans son cœur étaient de la fête : son père, Léandre Marchand, qu'elle croyait encore en voyage à Londres pour le journal *La Presse* – ce qui signifiait que Jean et lui avaient commencé à orchestrer cette fête d'anniversaire des semaines plus tôt –, Sylvie, sa fidèle amie d'enfance, Thomas, son mari, Étienne, onze ans, Mathieu, neuf ans et la petite Marie-Soleil, six ans, qui était aussi la filleule de Marie-Lune et de Jean.

La demi-heure suivante fut consacrée aux retrouvailles arrosées de vin mousseux pour les grands et de jus d'orange à la grenadine pour les plus jeunes. Sylvie étreignit longuement son amie d'enfance. Depuis qu'elle habitait avec sa petite famille à Kangiqsujuaq, un minuscule village accroché aux flancs de la baie d'Ungava, où Thomas et elle – rare privilège ! – se partageaient un poste d'enseignant, elle ne voyait plus Marie-Lune que très rarement. Leur dernière rencontre remontait déjà à plus d'un an. Avec beaucoup d'ingéniosité et autant de persuasion, Sylvie avait réussi à coordonner ce voyage-surprise avec des examens médicaux annuels pour Marie-Soleil, qui souffrait de diabète infantile. En ajoutant deux journées pédagogiques – une chance inouïe ! – ils avaient pu s'accorder une pleine semaine de vacances « dans le sud ». La date réelle d'anniversaire de Marie-Lune était seulement deux semaines plus tard, mais l'occasion leur avait tous semblé trop belle.

Jean constata avec satisfaction que Marie-Lune abandonnait à regret son petit Poucet aux enfants et seulement après leur avoir prodigué une foule de recommandations. Et lorsque Solange Lachapelle, qui était toujours aux anges quand sa maison était remplie, annonça joyeusement que la lasagne aux fruits de mer était servie, Jean ne perdit rien du manège entre Marie-Lune et les enfants pour cacher Poucet dans la doudou de Marie-Soleil que les quatre complices, tous assis du même côté de la grande table, échangèrent en gloussant tout le long du repas.

Sylvie joua celle qui ne voyait rien, accordant sans trop de difficultés à sa cadette la permission exceptionnelle de garder sa doudou sur ses genoux. Monsieur Lachapelle, qui n'avait pas saisi la manigance, demanda plusieurs fois aux enfants ce qui les faisait tant rire. Ses questions déclenchant l'hilarité générale, Marie-Soleil finit par le prendre en pitié. Elle s'approcha doucement du grand homme à la peau fripée et à l'air faussement bourru qu'elle connaissait pourtant peu et lui souffla à l'oreille la vérité.

Une fois la lasagne expédiée, les enfants perdirent un peu d'intérêt pour Poucet parce qu'un autre projet éminemment jouissif réclamait leur attention. Marie-Lune remarqua leur impatience ainsi que les regards entendus entre eux et Solange Lachapelle. Soudain, obéissant à un signal secret, les enfants entreprirent très cérémonieusement de desservir la table.

Puis, les lumières s'éteignirent et Marie-Lune vit apparaître un énorme gâteau surmonté de chandelles.

— Il faut que tu souffles, Marie-Lune! la pressèrent Étienne et Mathieu.

— Oui, mais avant tu dois faire un vœu, rappela Marie-Soleil d'une voix qui trahissait tout le plaisir que représentait à ses yeux l'entreprise. Un vœu dans ta tête, précisa encore la petite fille. Si tu le dis, ça gâche tout.

Marie-Lune acquiesça gravement. L'opération lui sembla soudain revêtir une réelle importance. Était-ce dû à la présence des trois enfants? à cette ferveur qui les animait et qui parait de magie des gestes autrement anodins? Marie-Lune ferma les yeux pour se concentrer sur son vœu. Que souhaitait-elle plus fort que tout? Un désir puissant l'envahit aussitôt. Elle avait besoin de retrouver son fils. De le voir, de le toucher, de l'étreindre. Et de s'assurer qu'il allait bien. Malgré le grand chambardement qu'elle avait amorcé, c'était encore son vœu le plus cher.

La petite main chaude de Marie-Soleil pressa doucement l'épaule de Marie-Lune. Tout le monde attendait. Marie-Lune se remémora alors la promesse qu'elle s'était faite à cinq heures quinze du matin, quelques jours plus tôt : faire le deuil du passé pour enfin rallumer les étoiles. «Je souhaite avoir le courage de tenir ma promesse», se dit-elle en secret. Puis, elle inspira profondément et, d'un seul souffle, comme si sa vie en dépendait, elle éteignit toutes les chandelles. Les applaudissements jaillirent.

Marie-Soleil fit aussitôt apparaître un immense bouquet de fleurs dessiné sur une feuille de papier rose où elle avait tracé son nom au bas en lettres dansantes. Étienne et Mathieu s'empressèrent de lui voler la vedette en exhibant une boîte remplie de biscuits en forme de dinosaures qu'ils avaient confectionnés «presque tout seuls», puis Sylvie déposa un paquet joliment emballé devant Marie-Lune.

— Je t'avertis! Ça vaut une fortune, mais Thomas l'a eu d'un ami à un prix qui va nous permettre de continuer à nourrir nos enfants, annonça-t-elle, heureuse de piquer la curiosité de la jubilaire.

— J'ai dû chasser l'ours pendant trois jours avec le propriétaire de l'objet avant même de commencer à en négocier le prix, ajouta Thomas, l'œil espiègle.

Marie-Lune comprit qu'il disait vrai lorsqu'elle découvrit un magnifique oiseau sculpté dans l'ivoire de morse. Avec ses grandes ailes déployées, il semblait prêt à s'envoler. Sylvie lui avait déjà montré des pièces de l'artiste dans une galerie à Montréal et Marie-Lune avait été troublée par la beauté sauvage des animaux qu'il arrachait à la pierre. Un sanglot monta dans la gorge de Marie-Lune et l'instant d'après elle pleurait dans les bras de son amie. Les autres n'y virent que la manifestation d'une grande joie, mais Sylvie savait que cette sculpture rappelait à Marie-Lune le grand oiseau du poème d'Alfred de Musset que Fernande, sa mère, lui avait légué en souvenir et sans doute aussi cet autre oiseau sculpté, plus modeste, offert par Antoine à son quinzième anniversaire.

— C'est pas fini ! déclara bientôt Marie-Soleil, qui avait hâte de savoir ce que cachaient les autres boîtes.

Les parents de Jean offrirent à leur belle-fille un plein panier de gourmandises : biscuits fins, confitures et gelées maison, noix caramélisées, chocolats, bonbons, fruits confits.

— C'est pour te remplumer, fille ! précisa monsieur Lachapelle d'un ton paternel.

Marie-Lune les embrassa chaudement avant d'ouvrir le cadeau de Léandre, un livre intitulé *Confidences d'écrivains*. Son père n'avait visiblement pas fini de la harceler pour qu'elle se remette à écrire.

— Espèce de grosse tête dure ! lui lança Marie-Lune en le serrant contre elle.

— Je garde un plein rayon de ma bibliothèque pour accueillir tes prochaines œuvres, répliqua Léandre.

Thomas dut rappeler à Marie-Soleil – les garçons, eux, s'en souvenaient bien – que l'amie de leur mère avait déjà écrit un livre, un « roman pour les grands ». L'affaire impressionna la fillette au plus haut point. « Un vrai livre ! » s'exclama-t-elle, ravie de cette découverte. L'excitation monta d'un cran lorsque Marie-Lune lui expliqua que son prénom figurait dans le roman, c'était même celui du personnage le plus important. La fillette continua de réfléchir à tout ça en écoutant les conversations des grands jusqu'à ce que ses parents lancent le signal du départ, ce qui déclencha de vives protestations de la part des garçons qui avaient entrepris d'enseigner à Poucet à leur rapporter les boulettes de papier d'emballage qu'ils lançaient d'un bout à l'autre de la maison. Léandre se prépara également à partir, car il devait retourner à Montréal le soir même. Marie-Lune offrit à sa belle-mère de rester pour nettoyer, mais cette dernière l'encouragea plutôt à rentrer «pour terminer la soirée en amoureux», ajouta-t-elle, avec un sourire rempli de sous-entendus.

Une fois tous les baisers, les adieux, les remerciements et les promesses de retrouvailles échangés, alors que Sylvie venait tout juste de quitter la maison avec sa joyeuse tribu, la porte s'ouvrit à nouveau sur Marie-Soleil. L'air déterminé, la fillette avança vers Marie-Lune et l'incita à se baisser pour lui souffler un secret à l'oreille.

Personne d'autre n'eut accès à la confidence, mais Marie-Lune ferma les yeux, visiblement touchée, et elle pressa ardemment la fillette contre elle avant de la laisser courir vers ses parents. Alors, pour la première fois, comme s'il était pris d'un brusque accès de jalousie, Poucet aboya d'une voix étonnamment forte pour une si petite bête, ce qui provoqua une explosion de rires.

◆

Poucet dormait déjà au bout du lit, épuisé par les festivités. Marie-Lune cherchait encore les mots pour exprimer sa gratitude à Jean. Elle l'avait déjà remercié plusieurs fois, mais ça ne lui semblait pas suffisant. La surprise avait été totale et la soirée vraiment magique. Jean avait fini par avouer que le conjoint de Chantal s'était rapidement découvert une allergie aux chiens. Aussi, même s'il était vrai que le couple s'était profondément attaché à Poucet et n'avait pas du tout envie de s'en départir, la proposition d'adoption de Marie-Lune – et le jour même où il avait planifié cette fête d'anniversaire ! – avait été accueillie avec beaucoup d'empressement.

— En plus, j'étais totalement à court d'idées pour son cadeau d'anniversaire, avait raconté Jean devant les invités. S'il n'y avait pas eu Poucet, je lui aurais offert un congélateur…

Marie-Lune rigola doucement en se rappelant la boutade de Jean.

— C'est une des plus belles fêtes de ma vie ! Merci… dit-elle en se pelotonnant contre son compagnon.

Le désir de Jean était palpable. Grisée par ces festivités joyeuses et par toutes les manifestations d'amour, Marie-Lune sentait des houles de désir l'envahir aussi. Mais, en même temps, elle avait peur qu'au premier détour l'angoisse surgisse. Peur que cette délicieuse soirée se termine sur un échec. Alors, elle caressa lentement le visage de Jean avec des gestes d'une infinie tendresse en y déposant une multitude de petits baisers. Puis, devinant combien il en coûtait à son compagnon de freiner ses élans, elle enfouit sa tête dans son cou et s'emplit de son odeur. Ils restèrent ainsi un long moment étroitement enlacés.

Marie-Lune croyait Jean endormi lorsqu'il la surprit en demandant soudain :

— Tu veux me dire ce que Marie-Soleil t'a confié à l'oreille?

— Elle m'a demandé d'écrire un autre livre, répondit Marie-Lune.

Jean attendit. Il savait qu'elle n'avait pas fini.

— Elle m'a demandé d'écrire un livre… pour les enfants, ajouta Marie-Lune.

Jean ne dit rien de plus. Marie-Lune se demanda s'il pouvait entendre le bruit fou de son cœur cognant trop fort contre sa poitrine.

Chapitre 14

Le canard était encore là, fidèle au poste, régnant calmement sur son territoire. Il avait semblé surgir de nulle part au moment même où Gabriel allait repartir après avoir vainement cherché des signes de sa présence. L'oiseau était apparu comme par magie dans un îlot de lumière de l'autre côté de l'étang, là où la berge était couverte d'une végétation trop dense pour que Gabriel puisse s'approcher de l'eau. Muni de jumelles, l'adolescent profita de l'immobilité de l'oiseau pour mieux l'identifier. Le collier blanc, le dos noir à damier, le bec élancé… c'était bien un huard.

Gabriel resserra l'écharpe autour de son cou. C'était une journée splendide, avec un soleil radieux comme pendant l'été des Indiens mais assorti d'un mercure d'hiver. L'adolescent revisita en mémoire les informations qu'il avait glanées à la bibliothèque de l'école sur les diverses espèces de canards d'Amérique. Qu'est-ce que le huard à collier avait de particulier, outre son cri de grand écorché? Il avait retenu que contrairement au canard bec-scie, un animal plutôt grégaire qui évoluait en colonie, le huard était une bête beaucoup plus solitaire. «Comme moi», songea Gabriel, heureux de voir l'oiseau sauvage se rapprocher tranquillement de son poste d'observation.

Un coup de vent particulièrement violent fit frissonner l'adolescent. Quelques jours plus tôt, il avait neigé et pendant vingt-quatre heures, le sol était resté couvert de plusieurs centimètres de sucre blanc. Puis, il y avait eu un redoux et la neige avait complètement disparu, mais on annonçait maintenant plusieurs jours de temps froid. L'étang allait geler. Alors qu'adviendrait-il de son pensionnaire ailé ?

Dans l'ouvrage documentaire qu'il avait consulté, Gabriel avait lu que les canards qui nichaient près des lacs se déplaçaient à l'automne vers la mer, où ils ne risquaient pas d'être prisonniers de la glace. Il s'était donc attendu à ne pas revoir l'animal, qui aurait sûrement fui vers des berges plus clémentes, et pourtant le huard était toujours là. Il n'avait encore rien trouvé de mieux que cet étang.

Gabriel détourna la tête, alerté par un bruit. Une silhouette s'approchait. Instinctivement, il recula, profitant des buissons d'églantier pour se dissimuler. Il n'avait pas envie de se mêler aux humains. C'est même fou ce qu'il aurait donné pour pouvoir camper quelques jours au bord de cet étang avec pour seul compagnon cet oiseau solitaire. La forme humaine se précisa. C'était un coureur qui avançait à bon rythme. Gabriel étouffa un cri juste à temps et il se tapit derrière les arbustes sauvages en reconnaissant Emmanuelle Bisson.

La princesse courait ! Et seule, sans cortège. Gabriel savait que la très athlétique jeune star du collège excellait au tennis et au basket, mais il ne l'aurait pas crue adepte de plein air et encore moins d'entraînement solitaire. Les chaussures de course et le bas du survêtement de la jeune fille étaient maculés de boue. Elle portait un mince blouson ouvert sur un simple chandail et tenait des gants dans une main et une tuque dans l'autre, signe qu'elle avait couru assez longtemps pour être bien réchauffée.

Emmanuelle Bisson fonça droit vers le bosquet, derrière lequel Gabriel l'épiait, sans remarquer le vélo de montagne couché dans les hautes herbes tout près. Elle s'arrêta à quelques pas seulement. Haletante, le souffle rauque à force d'engouffrer l'air froid, le visage en nage et rougi par l'effort, elle contempla l'étang. Son regard était vague, peut-être même triste, mais ses yeux verts brillaient d'une intense lueur.

Elle continua de fixer un point imprécis de l'autre côté de l'étang sans voir le huard qui avançait vers eux en longeant doucement la berge, l'air attentif à ne déranger rien ni personne. Quelle idiote! songea Gabriel, pourtant bien content de ne pas partager son compagnon ailé avec cette chipie. L'oiseau plongea et refit surface sans troubler l'attention de la jeune fille. Elle resta immobile, les bras ballants, ses longs cheveux agités par le vent.

Gabriel était suffisamment près d'Emmanuelle pour entendre sa respiration haletante. «Allez! Va-t'en! Fiche-moi la paix!» avait-il envie de crier, de plus en plus mal à l'aise dans sa position accroupie. Il commençait aussi à se sentir un peu voyeur. Il avait l'impression que ce territoire lui appartenait et que c'était elle, l'intruse, mais en même temps, quelque chose dans l'allure de l'adolescente le troublait. Cette fille-là ressemblait bien peu à la vedette si parfaite, hors d'atteinte et trop pleine d'elle-même qui l'avait humilié quelques semaines plus tôt dans la classe de PP.

Un long gémissement douloureux déchira le silence. Le huard affolé courut sur l'eau et s'enfuit dans le ciel. Gabriel sentit son sang se figer dans ses artères. Cette plainte, qui semblait porter toute la misère du monde, avait jailli du ventre d'Emmanuelle Bisson. Elle se tenait encore debout, à peu près droite, mais quelque chose en elle s'était relâché. Gabriel tendit le cou pour mieux voir son visage.

De grosses larmes roulaient sur les joues de la jeune fille. Gabriel assista, stupéfait, à cet étrange spectacle. Emmanuelle Bisson faisait pitié à voir. Elle lui apparut soudain terriblement fragile et immensément vulnérable. Les larmes continuaient d'inonder son visage et elle ne faisait rien pour les essuyer, entièrement abandonnée à sa peine.

Une suite de craquements alertèrent la jeune fille. Gabriel avait perdu l'équilibre et écrasé des branches. Emmanuelle fit un pas et le découvrit. Gabriel se releva, confus. Il y avait tant de détresse sur le visage de la jeune fille qu'il resta muet.

D'un geste prompt, elle s'essuya le visage en reniflant bruyamment.

— Gabriel Veilleux! siffla-t-elle d'un ton méprisant. Quelle chance, vraiment. Alors, t'es content? T'as vu brailler la princesse chiante. C'est bien comme ça que tu m'appelles, non ? Allez ! Dépêche-toi. Tu vas pouvoir aller raconter ça à tout le monde…

Gabriel reçut le discours d'Emmanuelle comme une gifle. Était-ce bien lui qui venait de soulever tant de rage mauvaise ? Un profond sentiment d'injustice le fouetta. Il s'en voulut aussitôt de s'être laissé émouvoir par cette fille qui s'acharnait à lui renvoyer une image si débilitante de lui-même.

— Je suis peut-être de la merde à tes yeux, Emmanuelle Bisson, mais je ne me suis jamais réjoui du malheur des autres, riposta-t-il, cinglant. Je suis venu ici pour avoir la paix. Parce que j'en avais sacrément besoin. C'est pas de ma faute si t'as choisi le même endroit. Je ne pouvais pas deviner, vois-tu ? Et à ce que je sache, la place n'était pas réservée. Mais ne t'inquiète pas, je m'en vais. Je n'ai jamais pensé que le monde m'appartenait, moi.

Il avait parlé en fixant l'horizon. Il déplaça son regard vers elle avant d'ajouter :

— Même que si ça peut te faire plaisir, puisque tu me détestes autant, dis-toi que je suis même pas sûr d'avoir une place tout court, où que ce soit.

Emmanuelle Bisson n'eut pas le loisir de répliquer. Gabriel avait déjà attrapé son vélo et déguerpi.

✦

— Bravo, Éric ! lança François en administrant une bourrade amicale à un jeune employé qui le gratifia d'un sourire reconnaissant.

Éric Valcourt venait d'être promu chef de secteur et il le méritait largement. François se félicita d'avoir si bien milité en sa faveur. Même si, aux yeux de son employeur, le parrainage des jeunes employés ne faisait pas partie de ses tâches essentielles, c'était la facette de son travail qu'il appréciait le plus. Depuis huit ans, il avait conseillé, soutenu et encouragé Jonathan Dumas, Patrick Legendre, Alex Gravel, Éric Valcourt et bien d'autres. Chacun d'eux avait un jour enjambé la frontière professionnelle pour chercher en François un confident. Lui seul savait que Patrick s'était joint à un groupe d'entraide pour alcooliques, que la mère de Jonathan avait été hospitalisée en psychiatrie pendant de longues années et que la compagne d'Éric l'avait trompé deux mois plus tôt.

En route vers le bureau de Paul Deauville, président-directeur de Fenêtres Deauville, François songea que ces activités de soutien l'avaient grandement aidé à survivre dans cet univers trop froid, trop mathématique et trop strictement productif de châssis, de vitrages et de guillotines. Une pensée délicieusement délinquante vint hanter son cerveau. Il se vit entrer dans le bureau de Deauville, fermer la porte derrière lui et annoncer à son patron qu'il partait pour de bon. L'idée était tellement réjouissante que François se surprit à sourire.

Il ouvrit une porte et entreprit de gravir les trente-huit marches menant à l'étage où logeaient les bureaux administratifs. Comment Claire réagirait-elle s'il lui annonçait qu'il avait démissionné de son poste? Il n'arrivait pas à imaginer la scène. Sans doute parce qu'il savait, comme Claire, qu'il agirait toujours en père responsable. Il n'avait pas pris rendez-vous avec Paul Deauville pour lui annoncer qu'il quittait son emploi, mais pour réclamer une charge de travail diminuée. Trente-cinq heures. Un point, c'est tout. Deauville devrait se trouver un autre contremaître pour les heures supplémentaires. Cette décision les forcerait peut-être à réduire un peu les dépenses, au 609 Laflèche, mais tant pis. Il avait besoin de sentir qu'il était plus qu'un simple pourvoyeur. Et il avait besoin d'exercer des fonctions paternelles ailleurs qu'à l'usine de Fenêtres Deauville.

Sa décision avait été prise la veille. Claire n'était pas encore au courant. Il était rentré tard, comme presque tous les soirs depuis plusieurs mois, parce que l'usine n'arrêtait pas de fonctionner à plein régime. Son assiette de bœuf aux légumes l'attendait, protégée par une pellicule de plastique, prête à passer au micro-ondes. Christine aidait Claire à ranger la vaisselle du souper. Après, elles allaient entamer un projet de robe de poupée. Gabriel était terré dans sa chambre, ses écouteurs collés aux oreilles, son assiette sale au pied du lit. Il avait prétexté une avalanche de devoirs pour prendre son repas dans sa chambre et Claire avait accepté. À première vue, tout allait normalement, tout était dans l'ordre des choses. Mais François avait envie de bouleverser cet ordre. Le drame, c'est qu'il ne savait pas trop comment.

Il n'avait jamais réellement abdiqué son rôle parental. Claire était plus douée, tout simplement. Alors, d'année en année, il lui avait abandonné plus d'espace, plus de responsabilités. Elle était tout naturellement devenue capitaine du vaisseau familial. Claire avait un don pour les enfants. C'était flagrant. Tout le monde le disait. Lui-même n'y connaissait pas grand-chose. Sa mère s'était acquittée à peu près correctement de sa tâche, sans plus, pendant que son père brillait par son absence. Le jour où François était entré en première année, Léopold avait quitté le domicile familial pour de bon. François avait revu son père une fois par semaine, puis une fois par mois, une fois par année et finalement plus du tout.

Devant Christine, il se sentait balourd et vaguement étranger, un peu comme un ours dans une boutique d'objets fragiles. Spectateur attendri, il était le plus souvent bêtement admiratif sinon totalement subjugué par sa fille. Et même s'il enviait à Claire sa merveilleuse complicité avec Christine, il lui était surtout profondément reconnaissant. La fillette s'épanouissait magnifiquement.

Avec Gabriel, c'était différent. Il éprouvait des sentiments plus troubles, plus complexes, plus douloureux également. Il souffrait de la distance qui s'était creusée entre son fils et lui. Et même s'il se jugeait peu doué comme père, même s'il manquait affreusement de confiance en ses talents, il avait l'impression de passer à côté d'un rôle important. Parfois même, lorsqu'il parvenait à harnacher ses peurs et à taire son insécurité, il entrevoyait entre eux une parenté profonde. Il lui semblait être justement le père dont Gabriel avait besoin. Parce qu'ils avaient beaucoup en commun. Parce que sous ses dehors de bon gars, simple, facile et accommodant, il était, comme son fils, un éternel écorché, trop sensible et mal équipé pour subir les assauts de la vie. Il avait, comme Gabriel, besoin de s'isoler dans une bulle pour refaire le plein et se protéger. Il avait, comme lui, soif de vérité et faim d'un peu d'absolu. Ils n'avaient jamais discuté de tout ça. Mais il le savait dans sa chair, comme si Gabriel avait été de son sang.

François frappa deux coups à la porte de Deauville et entra aussitôt, avant même d'y être invité.

◆

Emmanuelle poussa un soupir en refermant le roman de Marie-Lune Dumoulin-Marchand. Elle venait d'en terminer la lecture pour la troisième fois. Et comme à chaque occasion, elle avait envie d'écrire à l'auteure pour lui dire qu'elle avait l'impression que ce roman avait été écrit pour elle, qu'elle se reconnaissait parfaitement dans les tremblements d'âme, le sombre désespoir et les élans euphoriques de Marie-Soleil. Elle avait envie de lui écrire pour se rapprocher d'elle comme d'une tendre alliée, quelqu'un qui la comprenait profondément. Mais en même temps, l'entreprise lui avait toujours semblé un peu étrange et plutôt puérile. Écrire à un auteur, c'était un peu comme écrire au père Noël.

Et puis voilà que Paule Poirier, la prof de français, avait annoncé ce concours, Lettre à mon écrivain. La porte-parole de l'événement était justement Marie-Lune Dumoulin-Marchand. Emmanuelle était donc assurée que sa lettre serait lue par son auteure fétiche. Même que, si elle ne fréquentait pas une école où le gymnase était mille fois plus populaire que la bibliothèque, elle aurait peut-être pu la rencontrer. PP leur avait expliqué que les écoles où le taux de participation au concours serait le plus important couraient la chance de recevoir la visite de l'écrivaine.

Emmanuelle Bisson hésita encore un moment. Elle n'avait pas l'habitude de se livrer. Elle avait compris depuis bien longtemps qu'on est toujours seul au fond et qu'il est impérieux d'apprendre à ne compter vraiment que sur soi. Alors elle se méfiait des épanchements, des grandes confidences. Mais en même temps, elle en avait terriblement besoin. Aujourd'hui surtout. Aujourd'hui seulement, se dit-elle pour avoir un peu moins l'impression de transgresser une règle.

Alors elle alluma son portable, ouvrit un fichier et commença à écrire.

Chère Marie-Lune,

Je n'ai jamais écris de lettre de ma vie. Juste des cartes postales en vacances. Je ne suis pas très bonne en français et je fais souvent des fautes d'orthographe alors excusez-moi d'avance. Avant de tombé sur votre roman, je n'aimais pas lire. Je ne savais pas que les mots pouvaient être aussi puissants.

Aujourd'hui, pour la millionnième fois de ma vie, j'ai eu très envie de me sauver de chez moi. Foutre le camp. Disparaître loin de cette maudite maison. J'ai mal à mes parents. Comme Marie-Soleil. Mais moi, ma mère n'est pas morte et mon père en désastre. Mon drame à moi, c'est pas d'avoir perdu mes parents. C'est qu'ils n'ont jamais vraiment été là. C'est pas un deuil, c'est sûr, et je devrais peut-être pas comparé. Pourtant, je vous jure que ça fait mal. J'aurais tellement aimé ça vivre une vie normale dans une vraie famille.

Quand j'étais petite (vous allez sûrement trouvé ça con…), j'étais jalouse quand je voyais le lunch de mes amis le midi. Les sandwiches préparés par leur mère ou leur père. Moi, j'avais des trucs qui coûtent cher, à mettre au micro-ondes, préparés par un traiteur. Et j'avais honte. Il me semblait qu'à chaque fois que j'ouvrais mon lunch, tout le monde voyait qui j'étais vraiment. Un accident!

Ce matin, mes parents m'ont annoncé qu'ils ouvraient une nouvelle clinique de chirurgie laser. Ils sont déjà les plus gros et les plus importants. Ils travaillent tout le temps. Mais ça leur suffit pas. C'est pas encore assez!

Moi, je suis un accident dans leur vie. Le seul sans doute parce qu'ils sont pas mal bons pour tout planifier. Remarquez qu'ils auraient pu se débarrasser de moi. Dans leur tête, je le sais, je devrais les remercier. En plus, ils ont toujours été corrects. Je manque de rien c'est sûr. Juste de temps, d'attention. Et de me sentir désiré.

Si vous verriez ma maison vous diriez peut-être que je suis juste une enfant gâté qui se plaint pour rien. C'est une maison immense avec quatre télévisions dont trois géantes, trois systèmes de son, huit radios, quatre salles de bain complètes (pour trois personnes, faut le faire!), deux salons, cinq chambres à coucher (dont deux transformées en bureau, naturellement), et plein d'autres pièces surtout fréquenté par notre femme de ménage, Gisèle, qui a fait bien plus de choses pour moi dans les quinze dernières années que ma mère et mon père réunis.

Ça m'a donné un coup d'apprendre qu'ils ouvrent une nouvelle clinique parce que leur style de vie m'écœure déjà, juste comme ça. Pas seulement parce qu'ils n'ont jamais de temps pour moi. Parce qu'ils n'ont jamais de temps pour parler, pour rire, pour faire quelque chose de gratuit, d'inutile, de juste agréable ou drôle. J'ai peur de leur ressembler. Je fais tout ce que je peux pour pas leur ressembler. J'ai plein d'amis, j'ai une vie sociale très remplie, je m'occupe pas trop de mes notes à l'école et je m'occupe beaucoup de sport et de loisirs. Mais ça suffit pas.

J'arrive pas… à bien exister. Souvent, j'ai l'impression d'être trouée. Je me sens comme un bateau en train de couler. Et même si je sais que la plupart des gars de l'école paieraient cher pour sortir (idéalement coucher) avec moi, je ne me sens pas vraiment belle. Ni chanceuse. Il y a un gars, Gabriel, qui m'a traité de princesse chiante et ça m'a fait vraiment mal. C'est tout ce que je veux pas être. Je l'ai fâché, l'autre jour, en lui demandant de changer de groupe dans le cours de français et il pense que je suis snob mais il a rien compris. Je faisais ça pour faire plaisir à une amie qui tripe sur un gars et j'avais promis de lui arrangé ça parce qu'elle avait le moral vraiment complètement à terre ce jour-là.

Chapitre 14

Je devrais me taire. Toutes ces petites niaiseries d'adolescents, ça doit vous paraître pas mal idiot. Mais avant, je voudrais juste vous dire que vous êtes comme une lumière dans ma vie. Une sorte de phare comme pour les bateaux la nuit. À cause de Marie-Soleil et parce que je sais que Marie-Soleil c'est un peu vous. Je pensais à elle cet après-midi quand j'ai couru jusqu'au bout de la piste cyclable parce que sinon j'allais exploser. Je pensais à ce qui est écrit dans votre roman : les grands arbres ne meurent pas... ils restent droit... ils tiennent bon... ils se moquent du vent... ils dansent dans la tempête.

Ça m'a aidé.

Je voulais vous dire que j'aimerais ça, moi aussi, avoir un amoureux comme Antoine dans votre roman. Ou Jean. Mais je n'ai pas de don de ce côté-là. Les gars qui m'attirent vraiment, ce sont les seuls qui ne s'intéressent pas à moi. Comme celui qui m'a traité de princesse chiante.

Bon, j'arrête de me plaindre. J'espère que vous ne me trouvez pas trop nulle d'avoir écrit cette lettre. Je ne m'attends pas à ce qu'elle soit choisie. C'est pas ça mon but. Sinon, je vous aurais parler de littérature, j'aurais eu plus de chance, au lieu de parler de moi. Mais j'ai quand même quelque chose à vous dire sur la littérature et c'est juste que votre livre rend heureux. Il aide à mieux vivre. Je ne sais pas si c'est ça que vous vouliez faire et je ne sais pas ce qu'en dirait ma prof de français (qui est pas mal correcte quand même) mais il me semble que si plus de jeunes savaient que les livres, c'est pas juste inventé pour qu'on fasse des résumés de lecture et qu'on réponde à des questions pas rapport, si plus de jeunes savaient que les livres, c'est parfois comme une petite lueur dans la nuit, il y aurait peut-être un peu plus de monde à la bibliothèque de l'école.

C'est une longue lettre, mais au fond, je pense que je voulais seulement vous dire MERCI.

Emmanuelle

Chapitre 15

— Ah non ! Pas encore toi, lança Marie-Lune, amusée.

La queue frétillante, les yeux ronds et brillants, un chausson entre les dents, Poucet attendait que sa maîtresse lui arrache l'objet et le lance afin qu'il puisse le lui rapporter. Marie-Lune abandonna le manuscrit qu'elle lisait, une nouvelle pseudo-érotique qui allait bientôt s'ajouter à la pile des textes refusés, et prit le chausson, mais au dernier moment, au lieu de le projeter, elle cueillit son fidèle petit compagnon, l'installa sur ses cuisses et entreprit de lui gratter les oreilles. Le chien s'étira paresseusement, roula sur le dos et grogna de plaisir à la manière d'un chat.

— Espèce de canaille ! s'esclaffa Marie-Lune. Bon. D'accord. C'est l'heure de la récréation.

Elle consulta sa montre. Onze heures déjà. L'avant-midi n'avait pas été exagérément productif. Jean l'aurait félicitée. Il se réjouissait de la voir travailler moins, rêver davantage, redécouvrir des bonheurs simples et multiplier les contacts avec le monde extérieur. La semaine précédente, elle avait lunché avec Carmen, son éditrice. Elles s'étaient rencontrées dans un café de Sainte-Adèle, à mi-chemin entre Montréal et le lac, à la suggestion de Carmen. Elles avaient longuement discuté de direction littéraire et Marie-Lune avait accepté de travailler un premier manuscrit, «à l'essai», avait-elle précisé.

Marie-Lune gardait résolument le cap. Elle continuait d'avancer, s'obligeant à percer sa bulle de sécurité pour vivre de nouvelles expériences et frayer avec les autres humains, mais elle seule savait ce qu'il lui en coûtait. Il lui arrivait de frapper un mur, comme les coureurs de fond. Elle se découvrait soudain complètement à plat, les jambes sciées, vidée d'énergie. Alors, elle se forçait à ne pas réfléchir, elle continuait de mettre un pas devant l'autre, encore et encore, jusqu'à ce qu'un peu de courage neuf afflue.

Parfois aussi, elle avait l'impression de «s'emmieuter». L'expression lui venait de la mère de Jean. Elle se sentait plus sereine, presque gaie. La veille, elle avait longuement bavardé au lit avec Jean. Ils avaient échangé des confidences à la manière de deux adolescents, abandonnés et contents. Jean avait parlé de son intérêt grandissant pour la zoothérapie et des progrès de Jacob surtout. Marie-Lune devinait que son compagnon développait une affection très particulière pour cet enfant. Des images avaient surgi dans sa tête pendant que Jean parlait. Elle l'imaginait très paternel avec le petit garçon, ce qui éveillait en elle des sentiments confus d'attendrissement et de mélancolie. Alors, elle s'était concentrée sur l'attendrissement, chassant le reste. Elle-même avait parlé avec enthousiasme du concours Lettre à mon écrivain. Elle recevait une copie de toutes les lettres. Denis Labelle, le recherchiste, venait tout juste de lui en expédier une pleine boîte. Marie-Lune était tout à la fois surprise et émue par la ferveur de ces adolescents qui écrivaient à Stephen King, J.K. Rowling, Antoine de Saint-Exupéry, Hergé, Suzanne Martel, Réjean Ducharme, Marie Laberge, Michel Tremblay, Anique Poitras, François Gravel, Michèle Marineau... et Marie-Lune Dumoulin-Marchand.

Elle avait déjà reçu deux lettres. La première, très touchante, d'une lectrice passionnée qui dévorait tout ce qui lui tombait entre les mains et dont la mère était décédée l'été précédent ; la deuxième, tout aussi intense, d'Emmanuelle, une adolescente déchirée et ardente que Marie-Lune aurait voulu pouvoir aider. Les propos d'Emmanuelle l'avaient ébranlée. Ce que l'adolescente avait écrit sur son roman était tellement beau que Marie-Lune osait à peine y croire. Celle-ci lui avait écrit en retour une longue lettre dans laquelle elle s'était laissée aller à lui raconter un peu sa vie.

Ce matin, avant d'attaquer la pile de manuscrits, elle avait pris le temps de téléphoner à son père. Un sourire s'épanouit sur le visage de Marie-Lune alors qu'elle se remémorait le début de leur conversation.

— J'ai essayé de te joindre hier soir, mais tu devais être parti en vadrouille, avait plaisanté Marie-Lune.

À sa grande surprise, Léandre s'était mis à bredouiller des excuses et le nom de Lucie, une collègue du journal, avait surgi. Il l'avait invitée au cinéma. Ou était-ce le contraire ? Marie-Lune avait tenté d'investiguer subtilement, mais son père s'était défilé. Avait-il une amoureuse ? Léandre s'était empressé de changer de propos en parlant d'un prochain voyage dans les Alpes pour couvrir un championnat de ski acrobatique.

Une heure plus tard, elle avait abandonné le premier chapitre d'un roman de science-fiction pour s'entretenir longuement avec Sylvie. Elles avaient été contraintes d'annuler leur souper en tête-à-tête lors du dernier passage de Sylvie parce que Marie-Soleil avait dû subir une série d'examens médicaux supplémentaires, mais depuis leurs retrouvailles au souper d'anniversaire, les deux amies d'enfance se téléphonaient plus souvent. Marie-Lune en profitait toujours pour bavarder un peu avec Marie-Soleil. Et à chaque occasion, l'adorable petite sorcière reformulait le même souhait.

Sylvie se doutait-elle que le récit de ses journées tissées de petits drames et ponctuées de joies qui font le quotidien des jeunes familles ravageait Marie-Lune ? Cette dernière aurait voulu être celle qui épongeait le coude égratigné de Mathieu, reconduisait Marie-Soleil à son cours de danse, encourageait Étienne au soccer et acceptait de bonne grâce, malgré la fatigue, de raconter une deuxième histoire avant le dodo.

Ce matin, Sylvie était d'humeur particulièrement babillarde. Marie-Lune avait l'impression de retrouver l'adolescente de quinze ans, intarissable, primesautière, décapante, un peu brutale parfois. Après le résumé d'une bataille de cour d'école à laquelle Étienne avait été mêlé, elle lui avait demandé, comme ça, à brûle-pourpoint, si Jean « baisait toujours aussi bien ». Le silence de Marie-Lune avait fouetté

Sylvie qui y était allée d'un exposé, un peu décousu, sur l'importance de mettre du piquant dans les relations.

— Je parie que tu n'es jamais entrée dans une boutique érotique. Eh bien, tu devrais ! Ce n'est pas réservé aux pervers. Thomas et moi profitons presque toujours de nos séjours à Montréal pour…

Sylvie lui avait vanté les mérites d'un gel de massage « hallucinant » avant de décrire les derniers modèles de phallus artificiels ainsi qu'une foule de gadgets et de colifichets qui l'avaient fait rire. Et puis, d'un coup, elle s'était tue. Quelques secondes s'étaient écoulées avant qu'elle lance, d'une voix soudainement grave :

— Je me demandais, Marie-Lune… As-tu déjà regretté ton choix ? Pour le bébé…

Marie-Lune se frotta le visage comme pour balayer cette question à laquelle elle n'avait pas fourni de réponse. Ce n'était pas la première fois que les commentaires de Sylvie, ses confidences, ses questions ou même ses boutades l'ébranlaient. Tant pis. Elle devait poursuivre l'entreprise de désensibilisation au lieu de vivre comme avant sous une cloche de verre, à l'abri de tout mais de plus en plus fragile. Elle devait s'accrocher à la croyance qu'elle parviendrait un jour à apprivoiser son deuil de maternité et d'enfance, qu'elle ne serait plus hantée par l'idée qu'un de ces jeunes adolescents qui écrivaient à Stephen King, Hergé ou Nelligan était peut-être son fils.

Deux brefs jappements tirèrent Marie-Lune de ses songeries. Installé devant la porte, le regard suppliant, Poucet avait très envie de chasser les écureuils, ces effrontés à longue queue qui osaient empiéter sur son territoire.

— O.K. J'ai compris. On y va! décida Marie-Lune en prenant son manteau.

✦

Jean fonça droit vers le rayon des gâteries et entreprit de lire la liste des ingrédients sur différents sacs de biscuits pour chien avant d'arrêter son choix. Même s'il était pressé – Annie l'avait averti que deux clients l'attendaient déjà avec leur animal de compagnie –, il refusait d'acheter n'importe quoi. Max avait pris un peu de poids, il fallait surveiller son alimentation, mais le bon gros golden retriever méritait quand même largement d'être récompensé, car il déployait des trésors de patience au cours des séances avec Jacob. Une percée importante avait eu lieu deux jours plus tôt et Jean espérait que le petit garçon poursuivrait sur la même lancée aujourd'hui. La dernière fois, l'enfant avait attendu que Jean annonce l'arrivée imminente de son tuteur, ce qui signifiait que la rencontre tirait à sa fin, pour soulever l'oreille de Max et lui faire une révélation fracassante. Mélanie, la jeune stagiaire qui les accompagnait depuis un mois, avait eu du mal à ne pas retenir un cri et, après le départ de Jacob, elle avait éclaté en sanglots. Lui-même aurait voulu être capable de pleurer. Leurs pires craintes avaient été confirmées : Jacob avait subi des sévices graves. Le cas était maintenant plus clair, et bientôt ils en sauraient davantage.

Il choisit finalement un gros os en cuir pour Max et, à la dernière minute, il prit également un sac de minuscules biscuits pour Poucet qui, lui, pouvait se permettre toutes les gâteries. Pendant qu'il patientait à la caisse en attendant que le colonel, un de leurs voisins qui n'aimait rien au monde plus que ses perruches, termine sa conversation avec le patron, Jean prit plaisir à se rappeler une scène du matin. Juste avant de partir, il était allé embrasser Marie-Lune qui dormait encore, son inséparable Poucet lové dans sa chevelure.

Un désir intense le surprit. Il avait follement envie de Marie-Lune. Là. Tout de suite. Il aurait voulu rembobiner le film de cette journée, revenir à cette image de Marie-Lune alanguie et oser la prendre dans la chaleur du lit. Une tape amicale – décidément, le colonel était d'humeur joviale aujourd'hui ! – le ramena précipitamment devant la caisse, dans l'animalerie, à deux pas de la clinique. Mais sitôt dehors, alors qu'il relevait le col de son manteau pour affronter le vent, ses pensées fuirent à nouveau vers Marie-Lune, sa brave guerrière. Ce qu'il aurait donné, à cet instant précis, pour connaître l'issue de son combat, savoir si un jour il retrouverait enfin l'âme sœur et l'amante !

✦

Au retour de leur promenade, après que Poucet eut hardiment chassé l'écureuil et fait fuir toutes les mésanges et les sittelles dans les sous-bois autour de la maison, Marie-Lune fut prise d'une inspiration soudaine. Elle s'agenouilla devant Poucet et amorça avec lui une de ces conversations dont ils avaient maintenant l'habitude. Poucet s'assit docilement sur son petit arrière-train et accorda à sa maîtresse une écoute attentive en remuant les oreilles et en plissant le museau pour appuyer ses propos ou répondre à ses interrogations.

— On pourrait faire une petite visite-surprise à Jean. Qu'en dis-tu, Poucet? Ce midi, ils sont en zoothérapie. Alors tu vas peut-être reconnaître des enfants que tu as déjà rencontrés.

Excité par le ton joyeux de sa maîtresse, Poucet agita la queue, visiblement prêt à la suivre n'importe où.

— Bon. Au diable les manuscrits. On décolle!

En route vers la clinique, Marie-Lune s'arrêta à la pâtisserie à l'entrée du village où elle acheta du pain baguette, du jambon, du fromage, des bouteilles de jus et des tartelettes aux fruits. Ils pourraient casser la croûte dans le bureau de Jean comme ils le faisaient souvent jadis, à l'époque où ils étaient éternellement en manque l'un de l'autre. Marie-Lune sentit ses joues rosir en se rappelant le jour où ils avaient fait l'amour dans le bureau de Jean pendant que la réceptionniste accueillait les clients et les faisait patienter dans la salle d'attente.

Il avait suffi d'un regard de Jean ce jour-là pour qu'un désir puissant lui creuse les reins. C'était elle qui avait donné le signal en dégrafant lentement son chemisier. Jean avait pris la relève. Délicatement, sans dire un mot, il lui avait retiré ses vêtements. Puis il avait embrassé et caressé chaque centimètre de son corps avec une tendresse empreinte de dévotion. Annie, la réceptionniste, était venue frapper à la porte, puis elle avait tourné la poignée et découvert que la porte était verrouillée. Jean et Marie-Lune avaient échangé un sourire complice et Marie-Lune s'était promis de garder en mémoire toute sa vie la beauté du regard de Jean à cet instant précis. Ses yeux de velours sombre pailletés de lumière, comme deux grands soleils noirs.

Il l'avait poussée doucement contre le mur sans interrompre ses caresses et soudain, comme mû par un appétit trop féroce, il s'était enfoncé en elle avec une ferveur amoureuse un peu désespérée. Il l'avait prise debout, sans trouver le temps de se dévêtir. Ils avaient joui presque tout de suite, leur désir exacerbé par l'interdit, puis ils étaient restés longtemps enlacés, immobiles, incapables de se résoudre à se dessouder l'un de l'autre.

Troublée par ces souvenirs, Marie-Lune gara la voiture dans le stationnement de la clinique sans trop remarquer exactement où, puis elle mit Poucet en laisse et se dirigea vers l'entrée. Annie l'accueillit avec une joie manifeste.

— C'est bon de vous voir. Le patron va être content ! dit-elle en faisant des mamours à Poucet.

Elle posa ensuite un index sur ses lèvres et chuchota :

— Ils sont dans la grande salle du fond… avec Jacob.

Marie-Lune ouvrit la porte avec précaution. Elle mit un moment à décoder la scène, s'approcha encore un peu et se figea sur place. Jacob enlaçait Max, le gros retriever, en frottant affectueusement sa tête contre celle du chien. Deux personnes assistaient à la scène, Jean et Mélanie, une jeune stagiaire que Marie-Lune avait déjà brièvement rencontrée. Les deux observateurs étaient assis très près l'un de l'autre et une bulle d'intimité semblait les isoler du reste du monde. Jean n'avait d'ailleurs pas remarqué la présence d'une visiteuse.

Soudain, Jacob se désintéressa du chien et courut vers eux. Le couple lui ouvrit ses bras et ils restèrent un moment ainsi dans une même étreinte. Puis, rassasié, Jacob retourna aussi vite vers Max. Jean et Mélanie échangèrent alors un long regard complice et Jean allongea un bras pour caresser l'épaule de la jeune stagiaire.

Marie-Lune pivota sur ses talons et repartit en abandonnant le sac de victuailles par terre.

Chapitre 16

Plus que deux flexions pour boucler la série de dix. Gabriel commanda à son corps de répéter le même mouvement pour la neuvième fois, mais une fatigue immense le submergea tout à coup et ses genoux refusèrent de fléchir. Tous ses muscles se tendirent pour résister à l'effondrement. Gabriel lutta contre le découragement en se rappelant que cette révolte du corps était parfaitement normale. Il fallait insister, bien établir que le cerveau était le maître, que c'était à lui de mener les opérations. L'adolescent sentit son corps obéir, descendre péniblement alors que les muscles de ses cuisses cuisaient de douleur, puis remonter dans un concert de lamentations silencieuses.

Plus qu'un dernier mouvement. La nausée l'attaqua comme une vague d'écume sur un brisant avec une violence qui l'étourdit. Gabriel eut peur que son corps se disloque. Il savait qu'un entraînement intensif représentait un calcul dangereux, un dosage délicat d'exténuation et de récupération. Le pire ennemi n'était pas la douleur mais le risque de blessure. Il fallait accepter de se transformer en bête de somme, de pousser son corps sans pitié bien au-delà des limites qu'il proposait mais en restant à l'écoute des signaux d'urgence pour éviter de détraquer la machine. De blesser la bête.

En laissant retomber la barre après le dixième mouvement, Gabriel songea que la douleur n'était qu'un monstre, comme ceux de son enfance. Il ne fallait pas espérer l'apprivoiser mais simplement tenir bon, résister à l'affolement. Guetter son apparition, la laisser faire ses grimaces et continuer.

Continuer... Il lui restait encore trois épaulés-jetés et autant d'arrachés à effectuer pour terminer le programme d'entraînement de la journée. Gabriel se demandait parfois où diable il puisait l'énergie. Il avait si souvent l'impression d'atteindre le fond. Il lui semblait alors qu'il ne pourrait jamais plus lever une barre, qu'il avait vidé jusqu'aux dernières gouttes de carburant disponible. Et pourtant, il continuait. Dès le début de cette folle entreprise, il avait compris l'importance de déterminer une cible claire qu'il pouvait visualiser au moment d'arracher la barre au sol. Il ne possédait pas de représentation mentale de la femme qui l'avait mise au monde et qui était l'objet réel de sa quête, alors il avait tenté de définir autrement son objectif.

Gabriel se pencha, plia les genoux, empoigna la barre en enroulant bien chaque doigt autour du métal froid et, avant de fournir l'effort titanesque, surhumain, pour arracher au sol ces quatre-vingt-dix kilos, il prit le temps de dessiner une image dans sa tête. Quelque chose à quoi se raccrocher.

Ce quelque chose, c'était le lac. Chaque fois qu'il sentait fuir son courage, que son ardeur vacillait, que ses jambes ne semblaient plus vouloir le supporter, chaque fois qu'il devait accomplir un effort qui lui semblait démesuré, il s'accrochait à ce paysage comme à une bouée.

Dans sa tête, c'était un lac. Même si, en réalité, ce n'était qu'un vulgaire étang échoué à quelques kilomètres de la civilisation. Cette étendue d'eau représentait ce vers quoi il tendait. La paix. L'équilibre. La sérénité. Le bien-être. Là-bas, il avait l'impression d'appartenir à un territoire, aussi banal fût-il. Au bord de cet étang, il respirait mieux, comme si les mâchoires de l'étau qui lui comprimait les poumons se desserraient peu à peu.

Il immobilisa sa barre à bout de bras puis la laissa retomber sur le sol. Ce qu'il cherchait, ce vers quoi il tendait en s'évertuant à retrouver sa mère biologique, c'était un peu ça. Une détente bienheureuse comme celle qu'il éprouvait sur les berges de l'étang tout au bout de la piste cyclable. Une libération. Il était persuadé que cette femme qu'il devait retrouver l'aiderait à comprendre qui il était et quelle était sa place dans ce monde. Elle l'aiderait sans même essayer, sans même le vouloir ou s'y appliquer, par sa simple présence. Il avait terriblement besoin de donner un corps, un visage, une personnalité, des croyances, des goûts à ce fantôme qui l'avait enfanté. Il en avait besoin pour savoir à qui il ressemblait, comme le petit canard du conte. Pour définir le lieu auquel il appartenait. Pour ne plus se sentir si mal assorti et si affreusement seul au monde.

Il ne lui restait plus qu'un dernier lever. Un épaulé-jeté. Gabriel allait se pencher pour empoigner la barre, mais il se ravisa. Demers lui avait recommandé de viser cent quinze kilos à l'épaulé-jeté au moment des qualifications. Or, il en manquait encore cinq sur sa barre. Gabriel promena un regard autour de lui. Demers avait quitté la salle, sans doute pour aller s'acheter un café à la machine distributrice au bout du corridor. Gabriel sentait qu'il pouvait lever une barre de cent quinze kilos. Mais il avait besoin de le vérifier. Non seulement pour être assuré de participer aux championnats juniors mais parce qu'il devait absolument réussir à lever encore plus lourd et à évoluer encore plus rapidement.

Demers ne semblait pas avoir compris qu'il n'était absolument pas question de se contenter d'une participation. Ses performances devaient nettement dépasser quatre-vingt-quinze à l'arraché et cent quinze à l'épaulé pour décrocher une troisième place. Combien Gabriel devait-il viser? Demers ne pouvait connaître la réponse exacte, mais il avait sûrement une idée. L'entraîneur connaissait tous les athlètes en âge de participer. Combien levait le champion dans sa catégorie de poids? Et qui le talonnait? Demers possédait ces informations, Gabriel en était persuadé, mais il les gardait pour lui.

Gabriel gardait les yeux rivés sur la barre à ses pieds. Sa technique était moins maîtrisée à l'épaulé-jeté. Il en était conscient. C'est là qu'il risquait de louper son coup. Or, les championnats juniors avaient lieu dans dix-neuf jours. Et Guillaume Demers n'avait pas encore organisé la compétition maison où Gabriel devait réussir l'épreuve de qualification. Peut-être le jugeait-il incapable? Gabriel hésita encore une fraction de seconde avant d'ajouter deux poids à la barre sous le regard mi-amusé mi-inquiet de Jeff Scott, qui avait très bien saisi son manège.

L'adolescent frotta un peu de craie entre ses paumes, puis il s'installa derrière la barre et se concentra en gardant les yeux fixés sur l'objet de torture. Au dernier moment, il ferma les yeux et inspira profondément. Il visualisa les hautes herbes, le bouquet de bouleaux, les bosquets d'églantiers, les nuages moutonneux qui n'en finissaient plus de se métamorphoser et la nappe d'eau sombre incendiée de lumière en fin d'après-midi. Pendant qu'il s'imprégnait de ce paysage, Gabriel sentit le désir monter en lui. Il avait besoin d'accéder à ce bien-être. Il devait réussir.

Il ouvrit les yeux, épaula, maintint la barre à hauteur du torse, plongea dans le lac et projeta la barre à bout de bras. Elle vacilla dangereusement avant de s'immobiliser. Il avait réussi. La barre rebondit sur le sol alors qu'un immense bien-être l'envahissait. Il prit le temps de savourer l'euphorie de cette petite victoire. Il avait appris à anticiper ce moment, ce brusque accès non pas de joie mais de félicité, cette décharge d'adrénaline qui fouettait son sang et électrisait son cerveau. C'est alors qu'il sentit une main dans son dos.

— Comme ça, t'as décidé que t'étais prêt?

Le ton était cinglant. Gabriel se retourna. Demers avait assisté à l'épaulé. Et il était furieux. Il lui en voulait de ne pas avoir suivi ses instructions. C'était à lui, l'entraîneur, de statuer sur les poids.

— O.K. Veilleux. T'as décidé que le temps était arrivé? Que c'était toi qui le savais? On va faire comme tu veux. Les qualifications, c'est maintenant.

D'un coup, Gabriel devint livide et une brusque panique s'empara de lui. C'était fou, malade, insensé. Après deux heures d'entraînement intensif, avec en plus ce dernier effort pour battre son record, il était littéralement épuisé. Mort. En miettes. Complètement lavette.

Il aurait voulu éprouver de la colère, mais il n'en avait pas la force. Alors le découragement prit toute la place. Un peu plus et il se mettait à chialer comme un veau, là, devant la barre, dans cette salle surchauffée, saturée d'odeurs d'espoir et de ferveur. C'est dans ce gymnase qu'il passait presque tout son temps libre depuis un mois. C'est là qu'il s'arrachait le cœur pendant au moins deux heures, souvent plus, six fois par semaine. Tout ça dans le but de décrocher une bourse qui lui permettrait de déclencher l'enquête qui le mènerait à la femme qui était sa mère de ventre et de sang.

Jeff Scott n'avait rien manqué de la scène. Il ouvrit la bouche pour protester, mais au dernier moment il eut peur de jeter de l'huile sur le feu. Demers jouait les coqs offensés. Soit. Mais sa décision mettait en péril les chances de Power Boy de participer aux championnats juniors. L'adolescent n'avait jamais encore «levé sous pression». Nul ne savait comment il réagirait. Demers avait sans doute eu raison d'attendre au dernier moment pour organiser l'épreuve de qualification. Veilleux devait être bien préparé et au meilleur de sa forme pour compenser le stress. Aux yeux de Scott, Power Boy faisait partie de ces athlètes «à risque» chez qui l'élément psychologique peut tout faire basculer.

L'adolescent était doué, mais il n'était pas simplement une bonne machine, un assemblage particulièrement heureux de muscles et de volonté. C'était un jeune homme à fleur de peau, inquiet et vulnérable, de ceux qui, en compétition, peuvent surprendre tout le monde en échouant lamentablement. Ou en triomphant.

Le regard de Demers croisa celui de Scott. L'entraîneur baissa les yeux. Il avait agi sous l'effet de la colère. Pourquoi diable était-il si dur avec Veilleux? Pour son bien? Parce que l'adolescent devait apprendre à se conformer à une certaine discipline et accepter de s'en remettre à son entraîneur pour avancer dans ce sport? Sans doute. Mais il y avait autre chose, Guillaume Demers le savait bien. Et il en avait honte.

Gabriel Veilleux possédait ce talent brut dont il avait lui-même rêvé. C'était un «naturel». Son corps avait été conçu pour pratiquer l'haltérophilie. Dès ses premiers essais, malgré le peu de maîtrise technique, le jeune athlète réussissait des arrachés avec une sorte de grâce dans l'effort. La mécanique était belle, le mouvement coulant et la puissance formidable. Gabriel Veilleux était le meilleur candidat qu'il avait eu entre les mains.

Pendant un moment, l'entraîneur considéra l'idée de faire marche arrière. Mais c'était dangereux. Il créerait ainsi un précédent et affaiblirait son autorité alors même que l'adolescent ne lui avait pas encore accordé son obéissance ni sa confiance. C'était comme amorcer une construction sur une fondation instable. Mais en même temps, s'il le forçait à lever maintenant et que Gabriel ratait les qualifications, il risquait de le perdre à jamais. Des deux maux, le pire semblait évident.

Guillaume Demers n'avait toujours pas bougé. Gabriel non plus. Une inspiration soudaine traversa l'esprit de l'entraîneur. C'était casse-cou, mais ça valait la peine d'essayer.

— Prends trente minutes, Veilleux. Bois un peu d'eau, repose-toi. On t'attend.

Il y eut un mouvement dans la salle. Tous les regards étaient braqués sur Gabriel. Il y avait Scott mais aussi Jobin, ex-médaillé du Commonwealth, Lacasse, un poids lourd d'expérience, Gagné, un habitué, persévérant mais peu performant, et Larivière, la nouvelle recrue féminine, vingt-cinq ans et prometteuse, transfuge d'un club de la Rive-Sud. Un courant de sympathie émanait du groupe, mais Gabriel était trop angoissé pour en éprouver les bienfaits. Il se dirigea vers le petit banc où il avait abandonné son sac à dos, vida trop rapidement une boîte de jus de fruits qu'il avait apportée et quitta le gymnase.

Il revint exactement trente minutes plus tard, moins pâle et le pas plus ferme. Sinon, vu de l'extérieur, rien n'avait changé. Et pourtant, Gabriel Veilleux savait qu'il n'était plus le même.

Il s'installa derrière la barre, inspira profondément puis, au lieu de fermer les yeux pour appeler les images qui symbolisaient le mieux ce vers quoi il tendait, il fouilla les visages devant lui, s'arrêta plus longuement sur celui de Demers et se laissa submerger par l'émotion nouvelle qui montait en lui.

La fureur de vaincre. C'était un moteur puissant, violent. Il n'était plus simplement tendu vers un but ultime. Il n'avait pas seulement envie d'arracher la barre pour accéder à autre chose. Il avait besoin de relever ce défi comme une bête a besoin de rugir, de déchirer et de mordre. Par instinct. Pour ne pas mourir. Cet appétit enragé se propageait en lui comme un poison. Il devait l'expulser de son corps avant de s'intoxiquer. Et il n'y avait qu'un remède : lever la barre et la hisser à bout de bras au-dessus de sa tête avant de la laisser retomber dans un bruit d'enfer.

Lorsque la barre heurta une dernière fois le sol après qu'il eut réussi, coup sur coup, au premier essai, l'arraché de quatre-vingt-quinze kilos et l'épaulé de cent quinze, Gabriel sentit son estomac se révulser et le sol se dérober sous ses pieds. Il se mordit sauvagement l'intérieur des joues pour rester alerte. Puis, sans dire un mot, sans entendre les applaudissements et les encouragements du petit groupe et sans même jeter un regard à Demers, il quitta à nouveau la salle, marcha lentement vers les toilettes et vomit tout ce qu'il avait dans l'estomac.

Lorsqu'il revint dans le gymnase après s'être longuement aspergé le visage, le cou et le torse d'eau froide, il prit son manteau et son sac à dos sans remarquer que tous les autres étaient partis et que Demers l'attendait. En franchissant la porte du gymnase, Gabriel eut l'impression d'avoir vieilli de vingt ans.

◆

Après le départ de Power Boy, l'entraîneur alla s'installer sur le banc de bois à côté de la porte. Veilleux était encore plus fort et plus résistant qu'il ne l'avait cru. Et cent fois plus féroce. Peut-être aurait-il dû l'encourager à avancer plus vite, le pousser davantage. Il avait préféré jouer prudemment afin d'éviter les blessures et l'épuisement mais sans abandonner l'objectif que s'était fixé l'adolescent : décrocher une troisième place.

Demers avait obtenu l'information qu'il désirait. Il savait maintenant qu'il avait affaire à un véritable athlète. Mais il l'avait découvert à quel prix ? Désormais, la table était mise pour toutes les surprises. Et l'adolescent lui en voulait à mort.

Chapitre 17

L'édifice était méconnaissable. Seule la pierre de la façade avait été préservée. La petite fenêtre du « un et demi » au troisième, là où elle avait étudié pendant plusieurs années, avait disparu. De chics condos aux larges baies vitrées avaient remplacé les tristes studios. Les arbres en pot qui bordaient plusieurs rues du ghetto McGill avaient disparu également, de même que le dépanneur au sous-sol d'un édifice à bureaux où elle s'achetait parfois en hâte un bagel au saumon fumé, une spécialité du quartier étudiant, entre deux cours.

Marie-Lune arpentait les rues de Montréal depuis des heures déjà. Elle avait quitté Saint-Jovite hantée par le souvenir de Jean avec cette fille, sans trop savoir où elle allait, mais bien décidée à ne pas rentrer au lac. Elle avait besoin de rouler en voiture en s'éloignant des lieux qu'elle fréquentait habituellement. Fuir ? Sans doute, mais aussi effectuer un retour dans le passé, un peu comme, à dix-huit ans, elle avait quitté Montréal pour rouler en vélo jusqu'au lac après avoir appris la mort tragique d'Antoine. Cette fois, elle faisait le trajet en sens inverse, mais elle était animée par un même sentiment d'urgence. Marie-Lune savait qu'elle avait atteint un carrefour, un point de non-retour.

Elle avait garé sa voiture rue Peel, puis elle avait marché, marché et marché encore, sillonnant les rues du ghetto McGill en quête de souvenirs, comme si cette incursion dans une autre époque pouvait l'inspirer ou l'aider à démêler les sentiments qui l'agitaient. Elle avait voulu revenir en arrière, jusqu'à ces années d'avant Jean, pour se retrouver et faire le point. Mais elle avait beau additionner les pas puis les kilomètres, sauter dans un métro pour pousser l'aventure jusqu'au Jardin botanique, attirant les commentaires amusés des passants avec son petit chien tantôt en laisse, tantôt sous le bras ou même caché dans son sac à bandoulière, ce pèlerinage dans le passé ne parvenait pas à l'émouvoir. C'était comme si la clé, cette fois, appartenait au présent.

Le jour commençait à décliner. Marie-Lune décida de s'aventurer rue Sainte-Catherine où l'excitation de fin d'après-midi commençait à s'estomper. Il y avait déjà moins de gens et sans doute couraient-ils un peu moins vite, mais l'atmosphère était encore frénétique. Les vitrines défilaient sous ses yeux : sex-shop, hot dogs, piercing, pizzas, chaussures, sushis, souvenirs, vêtements, articles de mode, *smoked meat*, livres, disques, *shish taouk*... Et puis soudain, un mendiant. Début quarantaine, ses jambes maigres allongées sur le trottoir, frileux, silencieux, le regard morne, les cheveux hirsutes, un seau d'enfant sur les cuisses pour recueillir les aumônes.

Marie-Lune se rappela la première fois qu'elle avait vu un mendiant, vingt ans plus tôt. Elle était venue à Montréal avec sa mère pour acheter des vêtements chez Eaton. Fernande lui tenait la main, elles allaient entrer dans l'édifice lorsque la fillette avait aperçu le mendiant. Marie-Lune se souvenait encore de son indignation et de son plaidoyer vigoureux pour secourir le pauvre individu. Comment sa mère pouvait-elle abandonner un homme gisant sur le sol? Fernande avait tenté de lui expliquer qu'il n'y avait rien à faire, mais Marie-Lune se souvenait aussi de l'hésitation dans la voix de sa mère, comme si, malgré tout, les propos de sa fille l'avaient ébranlée.

Marie-Lune fouilla dans sa poche et déposa une pièce dans le seau. Fernande avait sans doute raison. Il n'y avait probablement rien à faire. Mais elle avait besoin de manifester sa solidarité. À l'instar de ce miséreux qui semblait avoir atterri par erreur devant la vitrine lumineuse d'une bijouterie, elle avait l'impression de ne pas être à sa place dans ce centre-ville. Et il lui semblait que la fillette de jadis avait raison de s'offusquer.

Au coin de la rue, elle héla un taxi qui la déposa quelques minutes plus tard à deux pas de sa voiture. Malgré tout, elle n'était pas prête à rentrer. Alors elle repéra un téléphone public à l'entrée d'un restaurant japonais et déposa un message à l'intention de Jean dans leur boîte vocale, au lac. Elle était partie jouer les touristes à Montréal et rentrerait peut-être tard. Ne pas s'inquiéter. Silence sur la visite-surprise avortée.

Annie avait sûrement mentionné à Jean sa visite. Et quelqu'un avait bien dû trouver le sac rempli de victuailles abandonné sur le sol. Jean parviendrait-il à reconstituer la scène? Et quelle scène? Elle avait paniqué, littéralement et comme jamais auparavant, en découvrant Jean avec une autre femme dans un climat d'intimité. Si c'était ça la jalousie, alors c'était une bien vilaine créature, songea Marie-Lune. Au fond, elle ne soupçonnait rien de bien grave entre Jean et cette jeune stagiaire. Et pourtant, le souvenir de cette scène restait douloureux.

Au cours des dernières semaines, pour la première fois en dix ans de vie commune, ils avaient évoqué la possibilité de rompre leur union, chacun offrant à l'autre de reprendre sa liberté pour chercher le bonheur auprès d'un nouveau partenaire. Or, le simple fait que Jean pose une main ou même un regard sur cette fille la bouleversait. Ce regard de Jean qui semblait fleurir lorsqu'il se posait sur elle s'épanouissait-il pareillement à la vue de cette fille? Aujourd'hui, pour la première fois, Marie-Lune avait réussi à imaginer Jean avec une autre femme. Concrètement. Et en un seul fulgurant instant, elle avait découvert combien cette perspective était intolérable.

Elle récupéra sa voiture, fila sur René-Lévesque et s'engagea rue de la Montagne, direction nord : le mont Royal, la forêt en ville. Si Jean avait été là, il aurait, elle en était sûre, emprunté exactement la même route. Après s'être mêlé à la foule, après s'être saoulé, comme un enfant, beaucoup trop rapidement, de bruit et de gens, il aurait eu, lui aussi, besoin d'arbres et d'espace.

La lune était presque pleine et la nuit déjà froide avec de brusques coups de vent bien mordants. Autour du lac aux Castors, le sentier était désert. Marie-Lune releva le col de son manteau et grimpa la petite pente jusqu'au chemin Olmsted. Sous la lumière blafarde des lampadaires, la route paraissait grise et triste, jonchée de feuilles boueuses et de petites flaques de neige durcie et sale. Adossés à un vieil érable, deux adolescents s'embrassaient fougueusement. Marie-Lune se surprit à les dévorer du regard, baissa les yeux et accéléra le pas. Un peu plus loin, elle détacha Poucet avant de s'engager sur l'un des sentiers étroits qui se faufilaient discrètement entre les arbres. Sitôt libéré, le petit chien partit à la chasse aux écureuils avec un enthousiasme féroce.

Ils atteignirent le belvédère sous un ciel un peu couvert qui s'étoilait timidement. Marie-Lune s'accouda au parapet pour contempler la ville. Vue d'en haut, la métropole semblait réduite à une taille plus humaine et sa rumeur si envahissante un peu plus tôt n'était plus qu'un écho, un grondement lointain. Ce paysage n'en constituait pas moins un territoire étranger à ses yeux.

Une phrase s'imposa dans l'esprit de Marie-Lune. Des mots de Jean, prononcés longtemps auparavant. Des paroles qu'elle avait reprises dans son roman parce qu'elles faisaient intimement partie de son histoire, de sa vie. Jean lui avait un jour confié : « Mon pays, c'est le lac. » Et en l'entendant, elle avait eu l'impression de prendre racine. Ils partageaient le même univers. Ils habitaient pareillement l'espace. Elle aurait souhaité que Jean soit là. Ici. Maintenant. Tout de suite.

Elle avait fui, comme si elle avait eu besoin de kilomètres de distance entre eux et pourtant, c'est sa présence qui lui manquait cruellement ici. Elle aurait eu besoin de son regard, de sa force tranquille et de son écoute patiente pour donner un sens à ce pèlerinage. C'est avec lui qu'elle aurait voulu revisiter le passé.

Elle amorça la descente par un autre sentier, encore plus caché et particulièrement à pic, avec l'impression d'avoir réalisé une percée, de s'être approchée de la vérité. À mi-chemin, elle fut prise d'un étourdissement et découvrit qu'elle n'avait rien avalé depuis le petit-déjeuner. Trois quarts d'heure plus tard, elle poussait la porte de Soup'soupe, un bistro de la rue Duluth qu'elle avait repéré un peu plus tôt en patrouillant la ville, un peu hésitante avec son chien sous le bras. La patronne, une femme solide, à la mi-trentaine, le cheveu trois tons, une pleine collection d'anneaux aux sourcils, un tablier blanc impeccable sur les hanches, la toisa sans sourire.

— Si ça vous embête… je comprends, commença Marie-Lune en désignant Poucet. Mais il fait trop froid pour que je le laisse dans la voiture… Et j'ai faim !

— Je n'ai rien au menu pour cette chose à poils, mais on devrait pouvoir vous nourrir, répondit la patronne, toujours placide mais l'œil espiègle.

Marie-Lune étudiait le menu avec gourmandise lorsque la dame revint avec un minuscule bol d'eau et un autre rempli de petits croûtons. Elle les déposa sur le sol près du mur avant de se diriger vers Poucet, installé dans les bras de sa maîtresse.

— Tu peux te promener, espèce de bibitte. Mais à la condition expresse de ne pas bouffer de client. Et si la porte s'ouvre, ne te sauve pas, parce que ça circule vite dans le coin et je n'ai pas de recette pour apprêter les restes de chien.

Marie-Lune la remercia chaleureusement puis elle commanda un grand bol de potage aux carottes et à l'orange parfumé au gingembre avec du pain et du fromage de chèvre. Elle dévora tout avec plaisir et appétit pendant que Poucet séduisait un à un les autres clients en quêtant des caresses avec un sans-gêne inouï. Marie-Lune dut protester lorsqu'un vieux monsieur à moustache, très digne dans son veston de tweed, entreprit de partager son sandwich avec lui. La gourmandise de son petit chien avait déjà valu à celui-ci quelques indigestions.

En sortant du bistro, Marie-Lune sentit que le vent était moins cru et la nuit plus accueillante. Elle marcha jusqu'à sa voiture, Poucet sous le bras, absorbée par une gestation secrète. Elle avait l'impression de voir plus clair. Enfin. De grandes nappes de brouillard s'étaient dissipées quelque part en elle. Elle savait ce qu'elle devait faire. La vérité s'était imposée tout doucement. Il n'y avait pas eu de grande révélation.

Pendant toute la journée, elle s'était posé la même question : qu'est-ce que je veux au fond ? La réponse avait commencé à prendre forme au sommet du mont Royal. Elle ne réglait pas tout, mais elle constituait un lieu d'ancrage fondamental.

— J'aime Jean, murmura Marie-Lune en démarrant la voiture.

Cette certitude éclatait tel un printemps en elle. Dix ans plus tôt, elle avait choisi Jean, et aujourd'hui, elle le choisissait à nouveau. Si lui-même doutait, elle était prête à le reconquérir. Malgré les fantômes cachés et l'absence d'espoir d'une maternité.

La Subaru Forester filait maintenant sur Décarie en direction de l'autoroute des Laurentides.

— J'aime Jean, répéta Marie-Lune comme si elle reprenait simplement la conversation là où elle l'avait abandonnée alors même qu'une foule de questions, de désirs et d'émotions se bagarraient dans son ventre.

C'est avec lui qu'elle avait envie de poursuivre ce périple atroce et merveilleux et fou qu'est la vie. C'est avec lui qu'elle avait envie de rire, de mordre, de crier, de danser, de chanter, de pleurer. Et de mourir un jour. Ils étaient de la même race, du même pays, comme ces grands arbres que la tempête secoue, qui s'agitent et ploient sous le vent mais ne meurent pas. Elle aimait Jean parce que ses racines plongeaient creux dans le ventre de la terre et que ses branches étaient toujours tendues vers le ciel. Elle aimait Jean parce que dans l'eau noire de ses yeux brillait toute la bonté du monde.

Elle n'avait jamais cessé de l'aimer, mais la peur, la honte, le doute, la culpabilité avaient brouillé sa vision. L'avaient fait hésiter. Douter même. La peur est le pire ennemi, songea Marie-Lune. Une bête sournoise qui nous grignote les tripes jusqu'à ce qu'on ne sache même plus qui on est et pourquoi on existe.

— J'aime Jean, répéta encore Marie-Lune en apercevant le mont Saint-Sauveur au loin. J'aime Jean et j'ai le droit d'être heureuse.

Les derniers mots s'étranglèrent dans sa gorge.

— J'aime Jean et j'ai le droit d'être heureuse enfin, dit-elle en appuyant sur le dernier mot.

Elle avait atteint la fin de l'autoroute des Laurentides. Dans une dizaine de minutes, elle quitterait la 117 pour prendre le chemin menant au lac. Un dernier sursaut de peur monta en elle, mais elle refusa de se laisser envahir. Sa décision était irrévocable. Elle avait droit au bonheur maintenant.

Elle avait abandonné un enfant. Au plus profond d'elle-même, c'est ainsi qu'elle avait toujours formulé cet épisode de sa vie. Et le poids de ce geste l'avait écrasée pendant tellement d'années qu'elle jugeait maintenant avoir suffisamment expié. Surtout qu'après, la vie l'avait encore bien assez éprouvée.

— C'est assez. Ça suffit, lança Marie-Lune d'une voix extraordinairement assurée.

Au même moment, elle aperçut le lac, le ciel, les montagnes et s'engagea sur le chemin à droite. Pendant des années, la culpabilité l'avait maintenue à ras de sol. Le temps était venu de déployer ses ailes pour foncer enfin vers ce ciel.

Elle continua jusqu'à la maison blanche au bord de l'eau, là où la cheminée fumait encore et quelques fenêtres étaient restées éclairées. Elle sortit de voiture et marcha vers le lac gelé, une fine croûte de neige crissant sous ses pas. Marie-Lune s'avança sur le lac. La glace était lisse et ferme. Elle tendit l'oreille pour épier les fourmillements du lac, ce concert grave et mystérieux de bruissements, de craquements et de gargouillements qui emplissait la nuit. Puis elle leva la tête. Le ciel était brouillé, mais derrière ce voile laiteux sommeillaient des étoiles.

Marie-Lune ferma les yeux.

— Il est plus que temps de rallumer les étoiles, murmura-t-elle.

Sous ses pieds, dans les sombres profondeurs glacées, un chant de remuements secrets lui répondit. Marie-Lune resta un long moment immobile, abandonnée à l'enchantement. Puis elle marcha lentement vers la maison, suivie d'un chien minuscule, entra, se débarrassa en hâte de son manteau, monta l'escalier et trouva Jean encore éveillé, un livre à la main. Marie-Lune se dévêtit en silence et se glissa sous les couvertures.

Elle avait tant à dire. Mais les mots lui semblèrent soudain trop légers. Il n'existait qu'un langage suffisamment puissant. Alors elle laissa son corps dire à Jean que c'était avec lui qu'elle voulait rire, danser, chanter, pleurer, crier.

Ils firent l'amour, glorieux et affamés, brusques et tendres, gauches et infiniment délicats, renouant d'abord avec des gestes souvent répétés avant d'en inventer d'autres encore. Ils s'aimèrent jusqu'à l'épuisement, jusqu'à ce que leur plaisir éclate dans un bonheur triomphant.

Chapitre 17

L'aube se levait dans un éparpillement d'or, de pêche et de rose lorsqu'ils s'endormirent enfin, rassasiés et heureux, le corps gorgé de promesses.

Chapitre 18

François consulta son réveil. Cinq heures. Il aurait pu dormir encore une bonne heure, mais il n'en avait pas envie. Il s'extirpa des couvertures en prenant soin de ne pas réveiller Claire, enfila un vieux survêtement et d'impossibles pantoufles surmontées d'une tête de monstre, héros célèbre d'un dessin animé dont il avait oublié le nom, et que Christine lui avait offertes à Noël.

Il avait rêvé à Gabriel. Et étrangement, alors même que leur relation n'avait rien de glorieux, c'était un très beau rêve. Gabriel devait avoir environ cinq ans. Il portait un de ces pyjamas à longues pattes avec une queue de lapin à hauteur des fesses. Ils étaient tous les deux assis au pied d'un énorme sapin et Gabriel poussait des cris de joie en déballant le cadeau que lui avait donné François : une ménagerie qu'il avait lui-même sculptée dans le bois. Toutes les créatures de l'univers semblaient y être réunies, toutes les bêtes du ciel et de la mer, des jungles, des steppes, des forêts et des déserts.

Or, ce rêve n'était pas si éloigné de la réalité. François avait commencé à fabriquer des jouets de bois à Gabriel avant même sa naissance, alors que Claire et lui l'attendaient en comptant fiévreusement les jours avant la date prévue d'accouchement. Au début, il avait pris ses modèles dans des revues et des livres spécialisés, mais peu à peu il s'était mis à en inventer et à en dessiner. Claire avait remisé tous ces jouets dans une boîte afin que Gabriel puisse les montrer un jour à ses propres enfants.

Elle les avait tous rangés, sauf un. Un animal. Un lion. Le roi des animaux, une bête que François admirait pour tout ce qu'elle évoquait de noblesse, de sagesse, de courage et de force réunis. L'animal avait la taille d'un poing. Il l'avait lui-même remisé dans une caisse où il conservait des traces de sa vie à lui : un sac de billes, quelques photos, un vieil ourson, un nœud papillon, un écusson, un ancien bulletin et la silhouette imprécise d'un lion dont les pattes étaient grossièrement taillées et la crinière encore vague parce qu'il avait amorcé ce projet, à la demande de Gabriel, quelques jours avant l'accident qui lui avait fauché un doigt.

François alluma la cafetière. Claire préparait toujours tout la veille. Sa tasse était donc déjà sur le comptoir, prête à remplir. Il sortit le lait, seule tâche qui restait, déposa le carton sur le comptoir et étendit les bras devant lui pour mieux contempler ses mains. La gauche, normale, et l'autre, bousillée. Il approcha la main à quatre doigts de son visage et l'observa longuement, le regard sévère. Puis il prit sa tasse, y versa du café, ajouta du lait et, au lieu de s'asseoir à sa place habituelle, il descendit à la cave et fouilla longtemps parmi les patins, les pots de peinture, les vélos et les boîtes remplies de décorations de Noël avant de trouver la caisse de plastique rouge où il avait rangé quelques reliques de son existence. Le lion inachevé était encore là, tout au fond.

Il s'était départi de tous ses gros outils, mais il avait gardé la table de bois sur tréteaux et le matériel de base : scies, ciseaux, colle, rabot, papier émeri… Il déposa sa tasse de café et le lion informe sur l'établi puis, de sa main mutilée, il caressa le bois, du pin blond de belle qualité, comme s'il flattait l'animal pour l'apprivoiser.

◆

Claire s'éveilla en sursaut, le front moite, le cœur affolé. Ce n'était qu'un mauvais rêve, une déformation insensée de la réalité. Mais il lui semblait contenir un signe. Un avertissement. Dans ce rêve, elle téléphonait chez Marie-Lune Dumoulin-Marchand et un homme répondait. D'une voix neutre, il lui expliquait que Marie-Lune l'avait quitté. Elle avait fui quelques semaines plus tôt et n'avait plus donné de nouvelles. L'homme lui confiait que Marie-Lune ne s'était jamais remise de la perte de son fils. Claire avait alors demandé à l'homme s'il craignait pour la vie de Marie-Lune. Était-elle dans un état désespéré ? L'homme n'avait pas répondu. Il avait raccroché.

La veille, dans la vraie vie, elle avait téléphoné chez Marie-Lune Dumoulin-Marchand. Deux fois. La première, elle avait compté douze coups avant de raccrocher. La deuxième, Marie-Lune avait répondu. Sa voix était claire. Un beau bonjour, l'air un peu surprise mais le ton gai, lumineux même. Claire avait raccroché. Elle avait simplement voulu être rassurée. C'était ça, la réalité. Alors à quoi diable rimait ce cauchemar? Claire repoussa les couvertures d'un geste las. Depuis des semaines, elle avait l'impression d'avancer sur un champ miné. Comme si, à tout moment, le petit territoire protégé qu'elle habitait avec les siens pouvait exploser.

Elle avait fait des choix, discutables sans doute. Comme de refuser à Marie-Lune le contact qu'elle espérait, les informations qu'elle réclamait. Et de taire à François cette entreprise. Avait-elle également tort de tenir Gabriel loin de cette femme? Tout cela semblait tellement égoïste. Quelle horrible sorcière elle faisait! Et pourtant… Aujourd'hui encore, elle aurait sans doute pris la même décision. Pour le bien de Gabriel. Oui. Aujourd'hui encore. Parce qu'elle avait trop peur.

Claire se leva, prit une douche rapide, se sécha soigneusement et enfila son peignoir. Puis elle brossa ses cheveux, étala une crème sur son visage, une autre sur ses mains et, au lieu de descendre pour préparer le petit-déjeuner, elle s'assit sur une chaise, plus décorative que confortable, devant la fenêtre étroite. De là, elle pouvait voir la piste cyclable derrière et le parc où elle avait passé des heures à pousser la balançoire de Christine et à l'attraper au bas de la glissade pendant que Gabriel jouait au soccer ou faisait des courses de vélo avec ses amis, tout près. À portée de vue.

Cette période de sa vie l'avait totalement comblée. Ses enfants étaient heureux, en santé et riches d'un petit supplément, une sorte de brillance intérieure, une étincelle de joie qui semblait leur garantir un bel avenir. Ils étaient très attachés à elle et cet amour inconditionnel qu'ils lui vouaient l'emplissait de bonheur et lui insufflait des forces extra-ordinaires. Avec François, ils formaient une famille de rêve, aimante et unie. L'accident de François avait constitué une épreuve difficile, bien sûr, mais elle s'était toujours sentie à la hauteur. Il y avait assez d'amour dans leur petite cellule pour qu'ils puissent relever tous les défis.

Tous… sauf l'adolescence? Peu à peu, Gabriel s'était métamorphosé. Le petit garçon intelligent et intense, déli-cieusement hypersensible, s'était transformé en jeune homme ombrageux, mal dans sa peau, renfermé. Elle avait tenté de le faire sortir de son antre, de provoquer les confidences, de réinstaller leur joyeuse complicité. Gabriel restait poli mais inatteignable.

Alors, pour la première fois depuis ces deux terribles semaines où Marie-Lune leur avait confisqué Gabriel, Claire s'était sentie affreusement impuissante. Et elle avait eu peur, très peur. Peur que son fils dérape. Peur qu'il bousille son avenir, peur qu'il choisisse un autre chemin que celui qu'elle avait tracé pour lui. Antoine, le père de Gabriel, s'était enlevé la vie. Aux yeux de Claire, c'était un être faible et instable. Marie-Lune, sa mère, avait affronté avec beaucoup de lucidité et de courage des drames éprouvants, mais c'était une jeune femme à fleur de peau, beaucoup trop émotive, beaucoup trop intense. Comme Gabriel.

Elle avait seulement voulu protéger son fils. Et c'est encore ce qu'elle voulait faire. Parce que la protection, c'était sa spécialité. Et elle en avait peu d'autres. Protéger, consoler, nourrir, bercer, réconforter… C'est ce qu'elle avait à offrir.

Or, visiblement, Gabriel n'en voulait plus. La plupart du temps, il ne mangeait même pas à leur table. Ses horaires de fou à l'entraînement lui servaient de prétexte, comme son régime spécial hyperprotéiné, pour manger seul dans sa chambre des trucs impossibles qu'il préparait lui-même le plus souvent à base de thon en conserve, d'œufs battus et de lait en poudre. Un régime de misère. Une vie de misère. Alors même que le bonheur était tout près.

Claire se leva, s'étira un peu en prenant de grandes inspirations et quitta la chambre pour aller préparer le petit-déjeuner. Du pain doré, tiens, pour faire plaisir à Christine qui commençait à s'assombrir dans ce climat trop tendu. Au moment de descendre l'escalier, elle s'arrêta, prise d'un rare vertige. Une peine sans nom. Elle aurait voulu s'asseoir au sommet de l'escalier et pleurer, pleurer pour sortir toute cette peine qui l'étouffait et qui avait un sale goût d'échec.

◆

Christine verrouilla la porte de la salle de bain, ouvrit la lumière du plafonnier et celle de la rampe au-dessus du miroir puis s'approcha pour mieux voir. Pour mieux se voir. Elle. La seule fillette aux traits asiatiques de sa classe. La seule aussi de son niveau. Rien d'étonnant : elles étaient deux dans toute l'école ! Et l'autre était une puce de maternelle qui ne s'embêtait pas encore avec des questions comme celles qui taraudaient Christine depuis peu.

Elle aurait tout donné pour que quelqu'un lui dise la vérité. Suis-je belle ? aurait-elle demandé. C'était ÇA, l'ultime question. Claire lui avait répété au moins mille fois qu'elle était ravissante, croquable, craquante, adorable. Mais Claire vivait dans un autre monde. Elle ne savait pas à quoi ressemblait la vraie vie dans une vraie école primaire où Sara Legendre se faisait traiter de coquerelle, Benjamin Moreau de fif et Frédéric Gauthier de grosse patate.

Elle-même, Christine Veilleux, n'avait jamais été la cible de quolibets. Jusqu'à hier. Hier, Noémie Leduc et Mélanie Rioux l'avaient traitée de Chop Suey devant tout le monde. Et pour la première fois de sa vie, elle avait eu honte d'être elle-même, honte d'être différente. Pour la première fois de sa vie, elle avait commencé à penser que Claire lui racontait des histoires. Qu'elle avait tout faux. Depuis toujours, Claire lui répétait qu'elle était unique. Que la plupart des enfants n'avaient pas, comme elle, une boîte à trésors témoignant de leur appartenance à un lointain pays qu'ils visiteraient un jour. Que la plupart des enfants ressemblaient beaucoup aux autres enfants. Que peu d'enfants avaient été aussi ardemment désirés, etc. Toutes les histoires de Claire incorporaient le mot plus. Elle n'avait rien en moins, beaucoup en plus. Voilà. Et pourtant, quand Noémie et Mélanie l'avaient montrée du doigt, l'avaient traitée de ce nom idiot et s'étaient esclaffées comme si c'était la blague la plus drôle de l'année, elle s'était sentie moins. Et lorsque d'autres avaient ri, elle s'était sentie encore plus moins. Tellement qu'elle n'avait pas eu le courage de jeter un regard de côté pour voir si Johan Rouy, son beau chevalier, le garçon le plus mignon et le plus gentil de la Terre, se moquait d'elle lui aussi.

Christine ferma les yeux, découragée. Et puis soudain, elle eut une idée. Son grand frère lui dirait la vérité. Il habitait dans la vraie vie, lui. Il avait fréquenté la même école. Il savait comment vivent et pensent les enfants. Et il était comme eux. Alors, si elle lui expliquait clairement l'extrême importance de cette question – suis-je belle? –, sûrement qu'il accepterait de lui révéler la vérité. Surtout qu'ils avaient établi ce pacte depuis l'autre jour. Gabriel lui avait fait promettre que si jamais elle avait de la peine ou que quelqu'un lui faisait mal, elle devait le lui confier. Parce que c'était son frère, son vrai frère, même s'ils n'avaient pas les mêmes mères « biologiques », comme il disait. Ils étaient des vrais frère et sœur parce qu'ils venaient de la même planète, celle des enfants adoptés.

Christine courut jusqu'à la chambre de Gabriel. Le lit était vide et défait. En bas, Claire lui confirma que Gabriel avait déjà quitté la maison.

◆

Gabriel avait été surpris de ne pas trouver son père dans la cuisine. D'habitude, il y avait le matin ce quart d'heure inévitable où ils étaient contraints d'échanger quelques mots. François avait fini par comprendre que tous les sujets intimes ou d'intérêt – l'école, l'haltérophilie, les amis de Gabriel, ses opinions sur la vie – étaient interdits, alors il s'embourbait dans des lieux communs, le temps qu'il faisait, les gros titres du journal, ce qu'un confrère de travail qui avait un fils du même âge avait dit de son fils ou fait avec lui. Gabriel écoutait sans répondre en distribuant juste assez de réponses – un grognement, un hochement, un mmouiii – pour permettre à François de garder la face et de faire comme s'il n'y avait pas ce gouffre de plus en plus béant entre eux.

Gabriel avait résolu de taire sa colère et son mépris. Il en voulait à ses parents, mais il ne le leur dirait pas. C'était sa façon à lui de se protéger, de préserver son énergie. Il avait peur parfois d'éclater soudain et de se répandre, de se liquéfier et de se vider d'un seul coup de toutes ses forces vitales. Il était trop fatigué depuis trop longtemps et sa vie était trop morne, trop sèche depuis trop longtemps aussi. Mais il était, comme ces combattants chargés d'une mission, totalement orienté vers son but, parfaitement attelé à sa tâche ultime.

Ce matin, François n'était pas dans la cuisine et pourtant, il n'avait pas quitté la maison, puisque sa mallette de travail était encore dans l'entrée. Par curiosité, Gabriel était descendu au sous-sol en prenant bien soin de ne pas faire de bruit et c'est là qu'il avait découvert son père. Des copeaux de bois gisaient sur le sol et François maniait un ciseau ! Penché sur une pièce de petite taille, visiblement très absorbé par sa tâche, François travaillait gauchement, avec effort, un peu comme un enfant.

Gabriel remarqua que son père tenait le ciseau tantôt de la main droite tantôt de la gauche. Mais le plus étonnant, c'était son intensité. Depuis son poste d'observation dans l'escalier, Gabriel n'arrivait pas à distinguer ce que François tenait dans ses mains, mais le visage de son père, plissé par l'effort, était animé d'une ferveur inhabituelle. Si bien que Gabriel se surprit à penser que cet homme qui travaillait le bois avec tant d'ardeur ressemblait bien peu au père qu'il croyait connaître. Il lui ressemblait presque à lui-même, Gabriel Veilleux.

Il avait mangé en vitesse et il avait quitté la maison avant même que Claire ou Christine ne descendent. Il étudierait ses maths à la bibliothèque. Il devait étudier ses maths à la bibliothèque parce que l'avertissement de Pageau avait fait mouche.

— Tu coules, Veilleux. Si tu ne te reprends pas en mains, et vite, bye bye cégep, on se revoit ici l'an prochain.

Le coup avait porté. Gabriel avait d'autres scénarios pour l'année à venir. Il n'avait pas réalisé que ses performances scolaires étaient aussi désastreuses. Il devait remonter suffisamment la côte pour sortir de cette école et aussi de cette maison au plus vite.

— Eh Louis Cyr ! T'es pas venu samedi ? T'as manqué tout un party. La prochaine fois, force-toi un peu… C'est pas juste en travaillant tes muscles dans un gymnase que tu vas rencontrer la femme de ta vie.

Zachary avait rejoint son ami dans le corridor. Gabriel se surprit à en éprouver un certain plaisir. Il y avait quelque chose de réconfortant dans l'amitié toute simple, sans grandes attentes ni exigences de Zac. Et puis, Zac avait cette capacité extraordinaire de nourrir une conversation à lui seul.

— Il paraît que PP nous attend avec une autre de ses activités pas possible. La classe de Zoé… J'ai passé la soirée avec elle samedi, ajouta Zac en marquant astucieusement une pause pour pavoiser un peu. Enfin… la classe de Zoé y a goûté vendredi. Et tout le monde n'a pas apprécié.

Quelques minutes plus tard, Paule Poirier dévoilait les détails de sa dernière trouvaille. Comme toujours, avant d'expliquer les grandes lignes de l'exercice, elle prit le temps d'exposer ses objectifs.

— Chaque être humain est un peu un personnage de roman à un moment de sa vie, commença-t-elle. Pour certains, c'est à dix ans, pour d'autres à trois ans ou à cinquante-trois ans. Nous vivons tous des drames terribles ou encore il nous arrive des trucs bêtes ou drôles, un peu comme dans cette émission, *Drôle de vidéo*, je crois, à la télévision. Nous avons tous des passe-temps ou des loisirs qui sortent de l'ordinaire, des rêves immenses, des dons particuliers, des expériences de vie hors du commun. C'est ce que je vous invite à découvrir en échangeant ce matin, dans la classe, avec un autre élève que vous connaissez moins. Interdit de s'associer à son meilleur ami. L'idée, c'est de se mettre à l'écoute de quelqu'un pour l'aider à découvrir ce qu'il a d'unique.

L'intervention de PP souleva un concert de grognements.

— Bon, c'est très charmant tout ça, mais ça donne *quoi* et c'est *quoi* le rapport avec le cours de français s'il vous plaît? demanda Cédric Leclerc en exprimant ainsi l'avis de plusieurs.

— Excellente question! le félicita PP, qui semblait sincèrement ravie d'accueillir cette protestation à peine déguisée. Ça donne beaucoup! Et c'est très lié, non pas à la langue, j'en conviens, mais à la littérature. Tous les grands écrivains font ce parcours, vois-tu ? Ils ne le font pas systématiquement et pas nécessairement en échangeant avec quelqu'un dans une salle de classe, mais ils le font. Ils se demandent qui ils sont et ce qu'ils ont de particulier à partager. Ça ne signifie pas qu'ils vont tous se mettre à raconter leur vie mais, dans bien des cas, le premier roman a une saveur autobiographique plus prononcée. Écrire de la fiction, c'est raconter la vie en choisissant un éclairage, en privilégiant un angle, une vision. Et pour ça, bien souvent, il faut commencer par se découvrir, par comprendre qui on est et ce qu'on aurait envie d'explorer.

C'était la force de PP. Tout ce qu'elle imaginait, aussi farfelu l'exercice puisse-t-il sembler, était motivé. Elle avait des réponses à tout. Cédric tenta quand même sa chance :

— Le problème, c'est que nous, on n'est pas des écrivains. Il n'y a pas un chat dans cette classe qui se dit « moi, plus tard, je vais être un écrivain ».

— Qu'en sais-tu ? À mon avis, il y a au moins deux ou trois élèves dans cette classe qui ont non seulement le talent mais aussi le désir d'écrire autre chose que des listes d'épicerie dans leur vie. De toute manière, l'idée n'est pas de former des écrivains mais de vous faire vivre des expériences qui vous aideront à mieux comprendre la littérature et la vie. Cet objectif passe-t-il la rampe ?

En l'absence d'autres commentaires, Paule Poirier précisa les consignes et tout le monde entreprit de s'associer à un autre élève qui n'était ni son meilleur ami ni son pire ennemi.

Gabriel allait se lever, préférant observer la scène en retrait, avec un peu de distance, quitte à tomber sur le dernier élève à ne pas avoir été choisi. Il allait se lever lorsqu'une main atterrit sur son épaule. Surpris, il se retourna aussitôt.

La princesse chiante! Emmanuelle Bisson. Ils avaient réussi à s'éviter à peu près parfaitement depuis l'échange cinglant au bord de l'étang et voilà qu'elle venait vers lui.

— Accepterais-tu d'être avec moi? demanda-t-elle d'une voix un peu étranglée.

Il eut envie de protester. Cette fille était dangereuse. Il le sentait. Il valait mieux ne pas frayer avec elle, se tenir loin, trouver une raison, une excuse, n'importe laquelle. Mais aucun son ne sortit de sa bouche, alors Emmanuelle Bisson s'installa sur la chaise vide à côté de la sienne et elle posa son regard sur lui.

Il aurait souhaité parvenir à baisser les yeux. Mais c'était impossible. Il y avait trop de vert tendre, trop de vert mousse, trop d'ombre et trop de lumière dorée dans le regard de cette fille. Gabriel était captivé.

— Qui commence? demanda-t-elle en s'efforçant de paraître légère et gaie alors même que des troupeaux d'éléphants lui piétinaient la poitrine.

Gabriel haussa les épaules, l'air de dire que cela lui était égal, sans pour autant parvenir à quitter la forêt de ses yeux. Alors il l'entendit dire, d'une voix encourageante et douce :

— Vas-y. Je t'écoute.

Gabriel déglutit. Dans quel bourbier venait-il de s'enfoncer ? Comment mettre un terme à cet échange impossible ?

— Je suis désolé, dit-il. Je ne veux pas être désagréable. Mais, sincèrement, je n'ai rien à raconter.

Elle battit des paupières. Tous les arbres disparurent. Puis refirent surface. Ses lèvres s'étirèrent délicatement pour esquisser un léger sourire, un sourire qui lui aussi disait : « Allez ! Vas-y ! Je t'écoute… »

— Tu te rends souvent là-bas, au bord de l'étang ? finit-elle par demander en guise d'ouverture.

La réponse était oui. Mais il ne pouvait répondre, il ne pouvait s'aventurer sur cette voie parce que l'étang était en zone interdite. L'étang, le canard, la fiche d'information sur ses antécédents biologiques, sa quête actuelle, tout cela appartenait à un même territoire où lui seul avait le droit de pénétrer. Gabriel entreprit de trouver des mots pour expliquer à cette jeune fille qui ne connaissait rien au malheur et à la douleur – ou si peu, corrigea-t-il, en la revoyant soudain, en larmes, au bord de l'étang – qu'il n'était pas en guerre contre elle, mais que cette conversation n'irait nulle part à moins peut-être qu'elle ne prenne la relève. Oui. Qu'*elle* parle et que *lui* écoute.

Il eut un mouvement pour amorcer son discours, allongeant les bras et offrant ses paumes, parce qu'il avait cette habitude, lorsque les mots venaient difficilement, de commencer avec un geste déclencheur en espérant que les paroles suivraient mieux après. Ses paumes étaient bousillées, dégueulasses. Il en fut frappé. À force de lever des barres plusieurs heures par jour, six jours par semaine, deux fois le samedi désormais, il avait les mains couvertes de callosités et à plusieurs endroits la peau avait crevé en laissant des plaies ouvertes qui guérissaient mal. Il allait retirer ses mains lorsque Emmanuelle déposa trois doigts sur sa paume gauche, la plus abîmée. Gabriel ferma les yeux. La douceur de cette maigre caresse l'emplit tout entier. Il lui sembla qu'il n'y avait rien au monde de plus dangereux que les doigts de cette fille sur sa peau. Mais pour rien au monde il n'aurait voulu retirer sa main. Il ne craignait ni les regards curieux ni les quolibets éventuels, rien d'autre ne comptait que ces ailes de papillon sur sa paume meurtrie.

Alors il lui abandonna ses mains – elle avait laissé ses longs doigts minces immobiles sur sa peau – puis d'une voix rauque, hésitante, et pourtant impossible à faire taire, il lui raconta ses séances d'entraînement, la douleur constante, la fatigue parfois effroyable et le désespoir souvent parce qu'il lui restait si peu de temps avant de jouer le tout pour le tout devant des spectateurs – ce qui le terrifiait – dans l'espoir de décrocher une médaille de bronze, une troisième place, et une bourse, merde. Oui, un chèque. Tout ça pour un chèque.

Emmanuelle était restée silencieuse. Elle avait écouté, ses grands yeux verts s'illuminant et s'assombrissant au gré de son récit à lui. À quelques reprises, il avait hésité, mais chaque fois il avait puisé du courage dans son regard. Et maintenant, il en avait trop dit. Elle allait bientôt lui demander : pourquoi ? Il aurait fallu éviter de mentionner la bourse. Faire comme s'il était un simple athlète en quête de gloire. Il avait trop insisté sur la bourse, ce qui provoquerait nécessairement des questions, et pourtant elle continuait à le contempler sans rien dire et elle ne semblait pas avide de réponses ou de précisions. Alors, pour la remercier, parce que les mots fuyaient à nouveau, il esquissa un maigre sourire, un peu triste mais rempli de gratitude, et il caressa sa main, non pas du bout des doigts, mais en laissant glisser doucement sa paume sur le plat de sa main qui lui sembla aussi douce qu'un duvet d'oiseau.

La cloche sonna. Gabriel eut honte. Il avait pris tout le temps. Elle-même n'avait rien dit. Et c'était fini.

— Excuse-moi, réussit-il à marmonner. Je ne t'ai pas laissée parler. Je suis désolé…

Elle n'eut pas le temps de répondre. Gabriel ramassa maladroitement ses livres, puis il se leva et disparut.

En fin d'après-midi, à la sortie des classes, Emmanuelle Bisson inventa le prétexte d'une visite chez le dentiste tout près de l'école pour se débarrasser de Judith, Maryline, Chloé, Frédéric et Jean-Christophe. Elle avait absolument besoin d'être seule. Il lui semblait totalement impossible de faire semblant de s'intéresser à une conversation qui sautillerait du plus récent vidéo de Born Brave au nouveau fard à paupières jaune citron de Kaf Kaf en passant par le bulletin météorologique des couples de la semaine. Que Josef Wilkon soit en brouille avec Mélodie Trépanier et Zachary Renaud en train de marquer des points auprès de Zoé Rémillard lui importait peu. Le seul baromètre digne d'intérêt lui aurait indiqué ce que ressentait Gabriel Veilleux pour elle à cet instant précis.

Dans sa tête, Emmanuelle relut la lettre de Marie-Lune Dumoulin-Marchand. C'étaient ses mots qui lui avaient insufflé du courage, ses mots qui l'avaient aidée à taire son orgueil pour faire les premiers pas. Et elle ne le regrettait pas. Depuis leur rencontre catastrophique au bord de l'étang, Emmanuelle Bisson avait le sentiment que Gabriel Veilleux n'était pas comme les autres l'imaginaient. Dur, froid, intouchable, insensible, suffisant, imbu de lui-même... Il n'était pas du tout comme ça. Et il n'était pas si différent d'elle. Il souffrait lui aussi. Et il transportait un fardeau, comme elle.

Comme Marie-Lune Dumoulin-Marchand. Les confidences de son idole l'avaient étonnée. Dans sa lettre, Marie-Lune lui avait avoué que son histoire, celle du roman, était maquillée. Elle n'avait pas simplement changé son nom. Elle avait travesti des personnages, falsifié des événements. Elle disait que la réalité est parfois plus cruelle que la fiction et qu'elle portait aujourd'hui encore le poids des drames de son adolescence.

Emmanuelle se récita quelques phrases de la lettre de Marie-Lune qu'elle avait apprises par cœur. «Il ne suffit pas de tenir bon, de rester droit. Il faut aussi avoir le courage d'aller au bout de sa route et plus loin encore en écoutant la petite voix au fond de soi.» Emmanuelle savait parfaitement ce que lui dictait sa petite voix. Elle devait aller chercher Gabriel Veilleux dans sa forteresse. Le faire sortir de là pour découvrir qui il était vraiment. Et pour le forcer à la découvrir, elle. Pour qu'il comprenne une fois pour toutes qu'elle n'était pas la princesse chiante qu'il avait imaginée.

Elle devait absolument revoir Gabriel Veilleux. Et pas dans une salle de cours cette fois. Elle avait besoin de lui parler. Et peut-être aussi d'effleurer du bout des doigts ses paumes massacrées en espérant qu'il oserait à nouveau poser une de ses grandes mains sur la sienne pour qu'elle se laisse pénétrer par sa chaleur.

◆

— Je te sers une grosse ou une moyenne portion ? demanda Claire.

Gabriel eut l'impression d'émerger d'un songe. Il était assis à la table de la cuisine en compagnie de sa sœur et de son père, qui l'observaient avec de grands yeux ronds.

— Moyenne… Euh… Non. Grosse.

Christine éclata de rire.

— On dirait que t'es pas normal, Gabi, osa-t-elle.

— En tout cas, on est contents que tu sois là, risqua François.

Claire déposa une assiette fumante devant lui. Quiche aux petits légumes, betteraves au beurre, patates douces. Gabriel comprit soudain d'où lui venait cette sensation d'étrangeté. Il était resté totalement muet. Depuis quand ? Pendant tout l'entraînement en tout cas. Et avant, pendant les cours. Et depuis qu'il était rentré, tout à l'heure. Claire, François et Christine avaient sûrement fait exprès de l'attendre. Ce n'était pas la première fois, d'ailleurs. Mais ce soir, il n'avait pas eu le courage de se défiler. De se préparer une gibelotte à haute teneur protéinique qu'il avalerait dans sa chambre. Alors, il s'était assis avec eux, sans émettre le moindre son, la tête vide, l'esprit complètement ailleurs.

Peu à peu, au cours du repas, le brouillard dans lequel il flottait depuis des heures s'était dissipé. Claire s'était enhardie. Elle s'était mise à l'interroger. À tenter de se réintroduire dans sa vie. François aussi. Gabriel répondait par monosyllabes. Il se sentait piégé et songeait à quitter la table avant même d'avoir tout avalé. Et puis soudain, il eut une idée. Au lieu de s'embourber dans cet interrogatoire, il s'accrocha à ce qui lui semblait de plus solide à cette table : Christine. Il se mit à lui poser une foule de questions. Sur ses amis, sur sa maîtresse qui parlait trop fort, sur la directrice qu'elle adorait parce qu'elle avait un pot d'oursons en gelée sur son bureau et des solutions pour à peu près tout. Et lorsqu'il eut l'impression d'avoir épuisé ces sujets, il lui demanda un truc qui le chicotait depuis longtemps : pourquoi aimait-elle tant la fée Éliza ?

Christine hésita. Comme si c'était une question d'importance capitale. Au bout d'un moment, elle répondit, songeuse :

— Parce qu'elle est gentille.

Puis elle ajouta, d'une voix étrangement vibrante :

— Et belle !

Sitôt le repas expédié, Gabriel monta à sa chambre et ferma la porte rapidement, poussé par un sentiment d'urgence. Il avait besoin d'être seul. Pour mettre un peu d'ordre dans sa tête. Et dans son cœur. Et dans le reste de son corps encore ébranlé par l'effroyable et fabuleuse secousse sismique du matin.

Emmanuelle Bisson.

T'es idiot, Veilleux ! se reprocha Gabriel. Tu n'as rien à craindre. Et rien à espérer. T'es épuisé, c'est tout. À bout. Alors tu t'imagines des trucs impossibles. Tu t'égares, tu fabules, tu dérapes.

La fille t'a écouté. C'est tout. Et puis elle t'a tripoté la main. Méfie-toi, espèce de grand nono. Elle connaît son pouvoir. C'est la même princesse chiante qui joue les vedettes depuis qu'elle est arrivée à l'école, il y a deux ans. Maxime dit qu'elle s'est fait mettre à la porte du collège Laurentien. À peu près en même temps que Sébastien Francœur d'ailleurs. Son prince consort parfait. Des tas de rumeurs circulent sur les causes de l'expulsion, mais une chose est claire : cette fille-là est dangereuse. Tiens-toi loin, Veilleux.

Quelqu'un frappa à la porte de Gabriel. Trois coups. Pas très forts. Ça pouvait être Claire. Ou Christine. Normalement Gabriel aurait su en écoutant les pas. Mais il n'avait rien entendu. Alors, parce qu'il était étourdi de fatigue et parce qu'il ne pouvait envisager une conversation avec Claire, il annonça d'une voix faussement endormie :

— Je dors !

Derrière la porte, des pas de souris glissèrent sur le plancher. Christine. Gabriel hésita un moment.

Une heure plus tard, Gabriel transportait sa sœur jusqu'à sa chambre de petite princesse, surpris de la découvrir si légère. Il l'avait laissée monter dans son lit où elle s'était endormie blottie contre lui, frêle petit animal, après lui avoir posé une question idiote qui semblait la tourmenter réellement. « Suis-je jolie ? » Voilà ce qu'elle avait demandé d'une voix très grave, comme si la suite de sa vie en dépendait. Il n'avait pas répondu tout de suite. Simplement parce qu'il était trop surpris. Mais bien sûr qu'elle était jolie !

Gabriel s'était demandé si cette nouvelle inquiétude de Christine n'était pas liée à cette fillette qui avait si bien réussi à la troubler l'autre jour, mais il n'avait pas osé s'informer. Sa sœur n'en finissait plus de l'étonner. Il découvrait qu'il la connaissait mal et qu'il l'aimait beaucoup.

Chapitre 19

Une soixantaine de paires d'yeux étaient braqués sur elle. Des regards de fauve. Marie-Lune se demandait quelle erreur elle avait bien pu commettre pour en arriver là.

Nathalie Dozois, responsable de l'animation scolaire, l'avait accueillie à l'entrée de la polyvalente. Début trentaine, accent français fabriqué, vêtements distingués, souliers à pointes et talons fins, visage très maquillé, parfum trop prononcé. Elle lui avait tendu une main molle et s'était répandue en gentillesses excessives. Quel honneur! Quelle joie! Les élèves se mouraient de rencontrer leur auteure préférée. La participation au concours avait été fa-bu-leuse. C'est elle qui avait lancé l'événement dans l'école et visiblement elle en était extrêmement fière. Madame Dumoulin-Marchand avait-elle eu du mal à trouver l'emplacement de l'école?

Marie-Lune la remercia, un peu étourdie. Oui, les indications étaient excellentes. Et puis soudain, le ton avait changé.

— Vous avez sûrement remarqué que nous ne sommes pas situés dans le quartier le plus huppé de Montréal, commença Nathalie Dozois en invitant Marie-Lune à la suivre dans un dédale de corridors à peu près déserts.

L'animatrice scolaire en profita pour expliquer que le cours numéro quatre, du jour sept, de l'horaire sur neuf jours venait tout juste de commencer. Marie-Lune se demanda si elle n'aurait pu dû arriver plus tôt, consulta sa montre et découvrit qu'elle était parfaitement à l'heure. Nathalie Dozois poursuivit son monologue :

— C'est formidable que vous ayez accepté d'être la marraine de ce concours et de rencontrer des élèves comme les nôtres…

Marie-Lune attendit, vaguement inquiète. Qu'avaient-ils donc de particulier ? Trois yeux ? Deux têtes ? Nathalie Dozois s'arrêta un moment pour donner plus d'importance à son propos.

— La majorité de nos élèves proviennent de familles à bas revenu, expliqua-t-elle sans pouvoir réprimer un pincement de lèvres légèrement dédaigneux. Leurs parents n'ont jamais lu rien d'autre que les grands titres du *Journal de Montréal*. Et encore… Imaginez ! C'est déplorable. Nous continuons d'acheter des livres pour la bibliothèque scolaire, mais, bien sûr, ils restent sur les rayons. À mon avis, c'est du gaspillage. De l'argent perdu ! ajouta-t-elle sur un ton de confidence en se penchant vers Marie-Lune.

Nathalie Dozois reprit sa marche, avançant à petits pas précipités en faisant claquer les minuscules talons de ses souliers. Elle s'arrêta finalement devant une porte derrière laquelle les discussions semblaient bien animées. À mi-hauteur, un petit écriteau indiquait : entrepôt.

— La bibliothèque était déjà réservée pour une période de devoirs, aussi j'ai pensé que la rencontre se déroulerait bien dans un local plus… intime. Ce n'est pas une salle de conférences, bien sûr, mais il faut faire avec ce qu'on a. Voilà, dit Nathalie Dozois en ouvrant la porte.

Marie-Lune fut frappée par le vacarme. Le local, de taille effectivement réduite et sans aucune fenêtre, était bondé d'élèves. Et pour tout dire, c'était la pagaille. Des élèves criaient, d'autres discutaient, un couple s'enlaçait au fond, une fille se faisait les ongles, une autre tressait les cheveux de sa copine, quelques drôles se lançaient une pochette de crayons et un grand jeune homme, le visage auréolé d'une épaisse tignasse dorée, jouait avec une balle de aki.

Le bruit diminua d'un cran lorsque la responsable de l'animation se dirigea vers l'avant où l'on avait disposé une table un peu bancale, une chaise et un verre d'eau.

— Votre attention s'il vous plaît, commença-t-elle d'un ton ampoulé pendant que Marie-Lune, de plus en plus angoissée, enlevait son manteau et déposait son porte-documents sur la table. Nous avons l'immense honneur d'accueillir aujourd'hui l'écrivaine populaire et marraine du concours Lettre à mon écrivain, madame Marie-Lune Dumoulin-Marchand.

Le discours de l'animatrice déclencha un enthousiasme sauvage, un mélange de cris, de sifflements et d'applaudissements effrontés. En clair, l'accueil exubérant signifiait que les élèves se fichaient éperdument de la visiteuse annoncée.

Nathalie Dozois continua de sourire comme si elle n'avait pas saisi le manège.

— Bonne rencontre! lança-t-elle d'une voix neutre.

Puis elle se dirigea vers la porte, s'arrêtant au passage pour glisser à Marie-Lune :

— Je vous laisse avec eux. Les enseignants profitent de cette petite heure pour corriger des travaux. Ils sont débordés. Si vous avez besoin de quoi que ce soit, un élève viendra m'avertir, mon bureau est tout près.

Marie-Lune déglutit. C'était sa première rencontre avec des adolescents dans le cadre du concours. Elle avait longuement anticipé ce moment, craignant de ne pas être à la hauteur, de ne pas trouver les mots ou la manière, de se découvrir sans talent et trop fragile devant ces jeunes qui avaient l'âge de son moustique. Or, c'était pire que tout ce qu'elle avait pu imaginer. L'attitude des élèves, leur désintérêt total, lui rappelait cruellement qu'elle ne connaissait rien aux adolescents, qu'elle n'avait aucun lien privilégié avec eux. Elle s'était bêtement enhardie avec quelques lettres comme celle d'Emmanuelle, mais la vérité la rattrapait : elle n'avait rien à faire ici. Ces élèves n'avaient pas plus envie de l'entendre parler de son roman que de faire une dictée ou de récurer les cuves des toilettes avec une brosse à dents. Et pourtant, selon l'organisation du concours, seules les écoles où la participation avait été massive étaient retenues pour le tirage. En gros, si l'école avait été sélectionnée pour recevoir l'écrivaine porte-parole, c'est parce que les élèves avaient déjà démontré un intérêt pour la lecture et l'écriture. Sinon, pourquoi se seraient-ils donné la peine d'écrire une lettre à un écrivain ?

La clameur montait. Marie-Lune songea que la meilleure solution était de partir. Reprendre son porte-documents, tourner les talons et fuir. Elle ne connaissait rien aux adolescents. La veille, elle avait pris le temps de préparer un petit discours qui lui avait semblé sympathique, de simples notes réunies sur des cartons, mais maintenant qu'ils étaient là, devant elle, Marie-Lune doutait fort que ses propos sur l'écriture et l'édition puissent les intéresser.

Elle était bien décidée à les débarrasser de sa présence, mais avant elle avait besoin de comprendre.

— Puis-je demander à ceux qui ont participé au concours de lever une main ? risqua-t-elle.

Elle eut l'impression qu'ils la redécouvraient. La plupart des élèves levèrent nonchalamment une main.

— Et à qui avez-vous écrit ? s'enquit-elle, un peu surprise.

— Jésus-Christ ! répondit l'adolescent qui pratiquait son aki, celui dont les cheveux étaient aussi blonds que ceux d'Antoine jadis.

L'intervention déclencha quelques rires et moqueries. Marie-Lune s'en voulut d'avoir amorcé cet interrogatoire. Elle se répéta qu'elle devait partir, prétexter une migraine, une rage de dent, une appendicite aiguë, n'importe quoi. Pourtant, elle restait là, à scruter bêtement leurs visages. Son regard revint à l'adolescent trop blond et, du coup, elle comprit. Malgré ses intentions louables, sa bonne volonté, malgré tous ses efforts pour tourner la page, elle ne pouvait s'empêcher d'imaginer qu'un de ces jeunes hommes pouvait être son moustique.

Où était-il? Que faisait-il? Avait-il un écrivain préféré? Avait-il participé au concours? Lisait-il beaucoup? Comment aurait-il réagi s'il avait été ici, devant elle?

Le niveau de bruit dans la pièce continuait de monter. Les deux amoureux, au fond, s'embrassaient à pleine bouche et la partie de volleyball avec un étui à crayons menaçait de dégénérer en bousculade. Et pourtant, elle restait là, les bras ballants, l'air ébahie, comme une demeurée. Marie-Lune comprit qu'il était trop tard. Elle ne pouvait plus partir.

Cette rencontre, aussi impossible fût-elle, était ce qui ressemblait le plus à un rendez-vous avec son fils. Elle s'était crue capable de crever la bulle, d'apprivoiser la réalité, de se débarrasser de ses vieux fantasmes de retrouvailles, mais c'était raté. Au fond d'elle-même, dans les replis secrets de son âme, elle avait continué, follement, d'espérer. En tournant les talons maintenant, elle serait condamnée à vivre avec un sentiment d'échec encore plus affreux. À défaut de communiquer avec son fils, elle devait parvenir à entrer en relation avec ces élèves. Sinon, elle aurait l'impression que le gouffre entre elle et son moustique s'était approfondi, que ce vide en elle, cette absence si cruelle, était encore plus béant. Elle ne pouvait accepter de rentrer bredouille. Il lui fallait trouver un moyen de les atteindre.

Elle plongea en elle, fouillant désespérément ses dernières réserves de courage et d'aplomb, mais sans guère trouver d'inspiration. Alors elle lança, comme on jette une bouteille à la mer :

— Et les autres ? À qui avez-vous écrit ? en haussant la voix pour se faire entendre.

Plusieurs élèves répondirent en même temps. Un nom émergeait de la foule. Madonna.

— La chanteuse ?

— Elle a aussi écrit des livres pour enfants, expliqua gentiment une jeune fille dans la première rangée.

— Et vous les avez lus ?

L'adolescente raconta à Marie-Lune que la plupart des élèves avaient écrit une lettre à Madonna sans même avoir jamais vu un de ses livres. Nicolas Proulx avait trouvé cette information par hasard sur le Net. L'idée d'écrire à Madonna leur était alors apparue comme la meilleure façon de se débarrasser d'une « production écrite obligatoire » embêtante sous forme de lettre à un écrivain. Du coup, Marie-Lune comprit l'origine de la méprise. Ils avaient tous été forcés de participer au concours !

Et puis soudain, l'adolescent qui s'était vanté d'avoir écrit à Jésus-Christ l'interpella.

— Et vous, qu'est-ce que vous avez écrit ? demanda-t-il.

Marie-Lune l'observa un peu mieux. Ses yeux étaient trop sombres, son nez trop épaté. À part ses cheveux, d'un blond si radieux, il n'avait rien d'elle ni d'Antoine. Ce grand adolescent ne pouvait être son fils. Le jeune homme semblait simplement curieux. Il n'avait rien d'un fauve, mais il restait sur ses gardes, avec un petit air crâneur en guise de protection. Elle fourragea dans son porte-documents, sortit un exemplaire de son roman et le montra au groupe.

— Ça parle de quoi? s'enquit l'amoureuse au fond de la salle en gardant la tête appuyée contre l'épaule de son copain.

— Ça parle de moi, répondit Marie-Lune avec mille hésitations dans la voix.

Le bruit diminua. Tous les regards étaient braqués sur elle. Alors elle poursuivit.

— J'ai vécu un drame… un drame assez terrible… quand j'avais votre âge. Je suis tombée amoureuse…

— C'est pas si dramatique, ça! lança une voix.

— Peu après, ma mère est morte, continua bravement Marie-Lune. Je ne m'y attendais pas. C'est pire, je crois… Quelques années plus tard, j'ai vécu un autre deuil. Une séparation atroce. Et après, encore… J'ai commencé à écrire mon histoire parce que sinon j'allais éclater. C'était devenu trop lourd à porter.

Ils étaient tous accrochés à ses lèvres, l'air de dire qu'ils comprenaient, qu'eux aussi, avec le bagage de leurs seize ans, avaient déjà été éprouvés par la vie.

— J'avais besoin de raconter mon histoire, mais en même temps j'étais gênée. C'est toujours un peu difficile de parler de soi. Alors j'ai décidé de me déguiser. Ce n'est pas compliqué! Il suffit de changer de nom. J'ai changé d'autres choses aussi, j'ai modifié des personnages, des événements, mais en gardant intactes toutes les émotions. Pour l'essentiel, c'est mon histoire à moi.

Une main était levée. Un petit bout de femme aux yeux de sable.

— Lisez-en un bout, pour voir, suggéra-t-elle.

Marie-Lune balaya le groupe du regard. En gros, ils semblaient d'accord, et elle avait l'impression que c'était l'acte le plus logique à accomplir dans les circonstances. Alors, elle ouvrit le livre et amorça la lecture à haute voix.

C'était la première fois qu'elle lisait un passage de son roman devant public. Il y eut du bruit au début, quelques plaisanteries aussi, mais peu à peu le silence se fit. Alors elle prit de l'assurance, les mots se mirent à couler plus naturellement, si bien qu'elle ne s'arrêta qu'à la fin du chapitre.

Pendant quelques secondes, il n'y eut aucun son. Marie-Lune n'osait pas lever les yeux. Et puis soudain, quelqu'un se mit à applaudir et bientôt toute la salle applaudissait. Alors, seulement, Marie-Lune osa regarder ses auditeurs. Ils applaudissaient de bon cœur, sans ironie, c'était leur façon de dire merci. Sans doute n'avaient-ils pas tous apprécié également cette lecture, mais ils étaient heureux d'avoir vécu l'expérience d'une incursion pas trop douloureuse dans l'univers mystérieux d'un roman. Un roman lu par l'écrivaine qui l'avait écrit.

Les questions se mirent à fuser, plutôt anecdotiques au début. Ça gagne combien un écrivain ? Qui a dessiné la page couverture ? Quelqu'un corrige-t-il vos fautes ? Marie-Lune répondait sans hésitation. Le ton était amical, l'échange sympathique. Puis vint une question plus sérieuse. La grande Juliette au fond de la salle, le corps toujours collé à celui de son amoureux, demanda :

— Ça prend quoi pour pouvoir écrire ?

Sa voix était empreinte de curiosité, peut-être même de désir. Marie-Lune prit le temps de réfléchir. Elle n'était pas sûre de connaître la réponse.

— Ça prend… quelque chose à dire, commença-t-elle. Et l'envie de le raconter.

— Et ça donne quoi ? s'enquit un jeune homme qui portait ses cheveux bleus hérissés sur la tête.

Marie-Lune eut un petit sourire navré. Comment expliquer ? Elle se revit, assise à sa table de travail pendant les longues journées d'écriture, seule et pourtant tellement entourée, habitée par tous ces personnages, occupée à vivre ou à revivre les scènes, à visiter ou à revisiter les lieux. Des heures et des heures et des heures à écrire, puis à recommencer, à récrire et récrire encore, dans le silence, l'isolement, l'immobilité, alors que seuls les doigts courent sur le clavier. Des heures et des heures et des heures encore à bâtir un monde, juste avec des mots.

— Ça donne du bonheur, s'entendit-elle répondre. Un bonheur pas nécessairement joyeux… mais une sorte de… plénitude. Oui. Je crois bien que c'est le mot juste. Quand j'écris, j'ai l'impression d'être au meilleur de moi-même. C'est là que je me sens le plus fabuleusement vivante.

— C'est *cool*, commenta celui qui avait posé la question.

— Oui. C'est vraiment *cool*, comme tu dis, approuva Marie-Lune.

— Mais si c'est si tripant, pourquoi avez-vous écrit juste un roman ? s'enquit Roméo à l'arrière avec un scepticisme évident.

Marie-Lune encaissa la question.

— Hum… Je ne suis pas sûre… Peut-être parce que je manque de foi … en moi.

La cloche avait sonné avant la fin de sa phrase. Le cours était terminé. Il n'y eut pas de ruée vers la sortie. Les jeunes se levèrent sans trop de hâte et plusieurs vinrent la saluer avant de quitter le local. À la fin, il ne restait plus qu'un seul élève. L'adolescent qui avait prétendu avoir écrit à Jésus-Christ. Celui qu'elle avait imaginé être son fils.

Il s'avança vers Marie-Lune, la tête un peu baissée, leva les yeux vers elle au dernier moment et lâcha :

— Moi aussi… j'écris.

Puis il disparut en hâte, un peu comme s'il venait de lancer une bombe.

Chapitre 20

— La réponse était « glucide » et non « gaz carbonique »,
précisa Joffe. La chlorophylle sert à fixer le gaz carbonique…

L'enseignant n'eut pas le temps de terminer sa phrase.
La cloche venait de sonner. Gabriel poussa un soupir de soulagement qui semblait sourdre du fond de ses entrailles. Ils
avaient passé tout le cours à corriger l'examen qu'il venait
de couler. Le pire, c'est qu'il aurait pu décrocher une note
à peu près correcte sans même étudier. Sa copie d'examen
était bourrée de fautes idiotes.

— Je peux te voir un moment ?

Gabriel sursauta. Joffe s'était approché de lui pendant
qu'il ramassait ses affaires.

— À moins que tu ne sois pressé… Si quelqu'un t'attend,
on peut prendre rendez-vous à un autre moment, proposa
l'enseignant.

— Non. Ça va, répondit Gabriel.

Ils attendirent que la classe se vide. Gabriel songea que ce qui le pressait le plus, c'était de finir sa journée. De survivre à un autre entraînement, de manger, de s'écraser dans son lit et de dormir. Il aurait pu ajouter que Joffe perdait son temps à l'entretenir de l'examen raté. Il s'était déjà suffisamment sermonné lui-même.

Joffe avait repoussé quelques piles de documents sur son bureau afin de pouvoir s'y asseoir. Il avait plus que jamais l'air d'un gros père Noël plutôt bon enfant. Gabriel s'installa sur un pupitre devant l'enseignant. Joffe paraissait nerveux. Il jouait avec ses mains, frottant l'une puis l'autre avec vigueur comme pour les débarrasser de saletés invisibles. Gabriel décida d'abréger la rencontre :

— Je sais que mes notes ne sont pas terribles. Et je n'ai pas envie de couler mon année. Je vais… m'y mettre. C'est compris.

— Voilà d'excellentes nouvelles, le félicita l'enseignant. Mais je voulais t'entretenir d'un autre sujet.

Joffe attendit un moment avant de continuer. Ce qu'il s'apprêtait à dire lui coûtait visiblement beaucoup d'énergie ou peut-être même de courage, songea Gabriel en l'observant avec plus de curiosité que d'appréhension.

— Ton professeur de français, Mme Poirier, et moi, nous nous réunissons de temps en temps autour d'un café pour échanger sur nos élèves dans le but d'intervenir de manière plus efficace. Ça fait quelques fois qu'on parle de toi. De tes notes. Mais pas seulement de ça…

Chapitre 20

Gabriel entendit une petite voix intérieure l'avertir d'un danger à l'horizon.

— Récemment, je lui ai montré tes plus récents travaux et ton dernier examen. Elle m'a présenté quelques devoirs et deux examens. J'ai pu constater que tes notes ne chutaient pas seulement en bio. J'ai aussi lu ta production écrite. Les sept secrets...

Gabriel eut un mouvement de recul et son dos se cambra comme pour accuser le coup. Il s'en voulait déjà tellement de s'être confié à un prof! Quel con! Et PP avait fait circuler son texte. Il amorça un geste pour se lever. D'une main, Joffe pressa doucement son épaule afin de l'inciter à rester calme.

— Je me doutais bien que ça te fâcherait. Je suis désolé. Comprends-moi bien! Ton texte avait beaucoup touché Mme Poirier. Tu y parlais d'imprégnation et tu mentionnais mon nom. C'est ce qui l'a incitée à m'en parler. Par la suite, j'ai insisté auprès d'elle pour lire ton texte. Je me sentais coupable... Je vous avais parlé de Lorenz et du phénomène d'imprégnation lors d'un cours. Et ce jour-là, si tu te souviens, je n'avais pas eu un comportement très glorieux. Disons que je me sentais responsable...

Gabriel hocha la tête un peu mécaniquement, mais il y avait tellement de franchise dans les petits yeux brillants de Joffe qu'il ne se sentait plus le courage de décamper en le laissant en plan.

— Je t'ai demandé de rester un peu parce que je voudrais te raconter une histoire. Rien ne t'oblige à l'écouter. Ça dépasse incontestablement mon mandat de prof et tes obligations d'élève. Sans compter que je suis peut-être complètement à côté de la plaque. Disons qu'en agissant ainsi, je me fie simplement à mon intuition…

Il marqua une pause pour donner à Gabriel le temps de réfléchir avant de répondre. L'adolescent leva les yeux vers Joffe et attendit. Alors l'enseignant entreprit de raconter cette fameuse histoire qui était la sienne :

— La veille de mon entrée à l'école, mes parents m'ont annoncé que j'étais adopté. Sur le coup, ça ne m'a pas trop ébranlé. J'étais enfant unique, mes parents étaient merveilleux et ils m'adoraient. Ils n'ont d'ailleurs jamais cessé de m'adorer, mais un jour, juste comme j'allais monter en sixième année, ils m'ont annoncé cette fois qu'ils allaient divorcer.

Le regard de Joffe s'égara un moment, emporté par une vague de souvenirs. Il n'avait confié ces événements qu'une seule fois auparavant, et cela lui semblait faire des siècles déjà.

— Sur le coup, j'ai assez bien accueilli la nouvelle, poursuivit-il. Mes parents se sont séparés de manière très civilisée et ils sont restés en excellents termes, sans doute un peu pour moi, mais aussi parce que, honnêtement, ce sont des gens très corrects. Et puis un jour – j'étais un peu plus vieux que toi, j'avais presque dix-neuf ans – j'ai eu l'impression que le ciel me tombait sur la tête. Je n'ai aucune idée de ce qui a pu déclencher ça. C'est comme si une minuterie interne avait sonné en moi. C'était une sorte de prise de conscience à retardement. Il m'a semblé tout à coup que plus rien ne tenait. Qu'il n'y avait plus rien de sûr, rien de stable autour de moi. J'avançais sur des sables mouvants. J'avais l'impression de ne plus même savoir qui j'étais.

Joffe s'accorda une brève pause pour raffermir sa voix. Gabriel se surprit à penser qu'on ne connaît jamais vraiment les gens. Combien d'élèves auraient pu imaginer leur prof de bio aussi fragile et aussi émouvant ?

— Je n'arrêtais pas de penser que si mes parents s'étaient laissés, ils auraient très bien pu aussi, à la place, m'abandonner, moi. Comme mes parents biologiques avaient fait. Tu comprends ?

Cette fois, Gabriel ne se contenta pas d'un signe de tête.

— Oui, parfaitement, répondit-il d'une voix rauque.

— J'ai entrepris des démarches pour retrouver mes parents biologiques. Ne me demande pas quel lien logique il y avait entre mes craintes face à mes parents adoptifs et cette décision soudaine. Je pense que j'avais besoin d'une sorte de filet de sécurité, comme si désormais mes parents adoptifs n'étaient plus suffisants. À l'époque, c'était encore plus difficile qu'aujourd'hui de mener à terme une telle enquête...

Gabriel amorça un début d'objection en songeant à ce qu'il devait endurer pour amasser la somme nécessaire afin que son dossier soit traité, mais Joffe l'interrompit.

— Crois-moi! l'assura-t-il, d'un ton qui n'admettait pas de réplique. J'avais l'impression de mener une mission impossible. Et c'est devenu une véritable obsession. On aurait dit que toute ma vie tenait à ce fil-là. J'y ai investi toute mon énergie, tous mes désirs, toutes mes craintes, toutes mes frustrations. Je n'ai jamais été marié. Je n'ai jamais eu d'enfants. Pour une foule de raisons, parmi lesquelles cette folle mission qui m'accaparait totalement et me rendait si triste parce que je n'essuyais que des refus. Pendant une grande partie de ma vie, cette hantise m'a retenu dans le passé, elle m'a empêché d'aller de l'avant.

Gabriel aurait voulu protester. Il devinait ce que Joffe tentait de lui faire comprendre et, même s'il sympathisait avec lui, il n'était pas du tout d'accord. Le raisonnement de Joffe était faussé. Gabriel en était sûr, mais quelque chose dans l'extraordinaire conviction de son prof de bio ou peut-être dans sa vulnérabilité encore si souffrante le retenait d'exprimer ses objections. De toute manière, il avait besoin d'entendre cette histoire jusqu'au bout.

— J'avais trente-huit ans lorsque j'ai rencontré mes parents biologiques pour la première fois. Ils avaient été mis au courant de ma requête dix ans plus tôt, mais ils avaient tous les deux refusé de me voir. Ils l'avaient fait séparément. Sans se consulter. Eux aussi sont divorcés. Ils ont mis fin à leur relation au quatrième mois de ma gestation. La grossesse n'était pas planifiée... Mon père a refusé de me rencontrer parce que sa nouvelle conjointe et ses quatre enfants n'avaient jamais été mis au courant de mon existence. Je crois bien que je ne représentais guère plus qu'un petit caillou dans son soulier. Un vilain caillou dont il aurait bien aimé pouvoir se débarrasser. Il n'avait pas du tout envie de me voir débarquer chez lui, même si, il me l'a avoué après, il était quand même un peu curieux de savoir à quoi je ressemblais.

Le regard de Gabriel s'était voilé. Il avait mal comme si cette histoire était la sienne.

— Ma mère n'a jamais eu d'autres enfants, mais c'est une personne très connue. Elle ne porte pas le même nom de famille… Je lui ai promis de ne jamais dévoiler son identité. Un jour, elle va crever avec son secret.

Joffe avait presque craché ces derniers mots, prononcés avec toute la rancœur du monde.

— Bref, un jour mon père a voulu me rencontrer parce qu'ils lui ont découvert un syndrome étrange, une maladie rare dont je t'épargne les détails – c'est un cours de bio en soi ! –, liée à un bagage chromosomique imparfait. Il est mort deux ans plus tard. Avant de mourir, il a voulu me rencontrer, sans doute un peu par curiosité, mais aussi pour m'avertir. Les médecins lui avaient expliqué que ses enfants devaient être soumis à une batterie de tests pour savoir s'ils avaient tous hérité du même lot de chromosomes infects.

Joffe s'arrêta un moment et un vaste sourire illumina son visage.

— J'ai été épargné, annonça-t-il triomphant.

— Et avec votre mère ? Qu'est-ce qui est arrivé ? demanda Gabriel.

— Avant de communiquer avec moi, mon père avait averti son ex-femme. Il n'a eu aucun mal à entrer en communication avec elle puisqu'il savait qui elle était ou, plutôt, qui elle était devenue… J'ai eu un entretien avec ma mère dans les jardins du Ritz à Montréal, où elle m'a finalement invité à prendre le thé. C'était vraiment très chic et magnifique. Tu devrais y aller un jour. Je n'oublierai jamais ce jardin intérieur avec des plantes, un étang, des poissons. Des oiseaux même, je crois. À moins que j'aie rêvé… Je n'y suis jamais retourné.

Gabriel détourna la tête. La peine de Joffe était éprouvante. Il y avait quelque chose d'étrange et de pathétique dans ce vieux monsieur si gentil qui au fond de lui, à cet instant précis, n'était encore qu'un enfant en mal de ses parents.

— Ma mère m'a consacré cinquante-cinq minutes de sa vie. Je ne me souviens que vaguement du contenu de notre conversation. Elle a beaucoup parlé d'elle, en faisant quand même de louables efforts pour s'intéresser un peu à moi, mais il me semblait tout à coup que je n'avais rien à dire, rien à raconter. Et puis son secrétaire particulier est venu l'avertir qu'on l'attendait ailleurs. Elle s'est levée pour me serrer la main, mais à la dernière minute elle a ramolli. Elle m'a embrassé sur la joue, la gauche, je me souviens, et après, elle a disparu. Je ne l'ai jamais revue.

Un long silence suivit. Ils avaient tous les deux besoin d'un peu de temps. Gabriel Veilleux pour mieux absorber toutes ces paroles et Pierre Joffe pour réintégrer le présent après cette longue incursion dans les souvenirs.

— Je suis désolé, murmura finalement Gabriel.

— C'est gentil. Merci. Mais ce que je t'ai raconté, c'est seulement une manière… d'introduction. C'est ce que je vais te dire maintenant qui compte vraiment, annonça Joffe d'une voix extraordinairement calme et ferme.

Ils entendirent des injures et reconnurent le bruit métallique d'un corps heurtant un casier. Des élèves se bousculaient dans le corridor, tout près. Il y eut encore des paroles dures suivies d'éclats de rire sarcastiques. Joffe attendit que le silence se réinstalle.

— J'ai sans doute étudié en biologie parce que j'étais obsédé par les notions d'héritage génétique, d'identité et d'appartenance. Je voulais comprendre la vie. Rien de moins. J'aurais peut-être dû m'inscrire en psychologie, en philosophie ou en littérature plutôt… Enfin, j'ai quand même appris quelques petites choses au fil des ans qui m'auraient aidé si je les avais comprises avant. L'étude du règne animal, comme celle des végétaux, est riche d'enseignements.

— Vous avez appris qu'un être vivant était fortement marqué par l'être vivant qui s'occupait de lui dans les vingt-neuf premières heures de sa vie, proposa Gabriel.

— Exact, admit Joffe.

Il voulut reprendre son exposé, mais Gabriel n'avait pas terminé. Et, cette fois, il avait besoin de parler.

— Moi, j'ai appris il y a quelques semaines seulement, un peu après la rédaction que vous avez lue sans ma permission, que cet être vivant, c'était ma mère biologique. Elle s'est payé des petites vacances avec moi avant de me donner à mes autres parents. C'est elle qui m'a imprégnée. Vous, c'est sûrement l'autre, celle qui vous a adopté…

— Exact, confirma Joffe. Mais l'enseignement véritable n'est pas là. La notion d'imprégnation ne nous donne pas à réfléchir seulement sur les premiers instants de la vie. Le mot même est fascinant. Imprégner, c'est pénétrer, imbiber, influencer. Et ça, mon ami, c'est l'affaire d'une vie. Ça m'a pris bien du temps avant de comprendre. Ça ne tient pas à un apport unique, aussi fort et déterminant soit-il. À mes yeux, maintenant, les découvertes de Konrad Lorenz sont fascinantes surtout parce qu'elles soulignent merveilleusement la puissance et la diversité des influences. Une oie peut suivre un humain. Un humain de race blanche peut en suivre un autre de race noire. Un chien peut suivre un loup, un humain un ours…

Gabriel était en proie à une grande agitation. Il n'était pas sûr de vouloir comprendre. Il avait peur que Joffe le détourne de sa mission, peur qu'il lui révèle que la seule lumière qu'il entrevoyait au bout de sa nuit n'était qu'une chimère. Il n'avait pas envie de voir s'écrouler ses seules certitudes. En l'observant, Joffe sut qu'il devait absolument trouver les mots justes pour bien communiquer son message.

— Tu vois, le phénomène d'imprégnation nous rappelle surtout que la présence d'un autre être vivant, quel qu'il soit, peut être encore plus déterminante que l'héritage génétique, commença-t-il d'une voix lente et appliquée. Le plus important, c'est le temps, l'énergie et l'amour que l'on accorde à quelqu'un ou qui nous sont accordés. Comme dans l'histoire de la rose et du Petit Prince. Tu connais?

« Oui, bien sûr. Je ne suis pas totalement inculte », songea Gabriel avec humeur, mais il ne dit rien.

— Et tout ne se joue pas en vingt-neuf heures, poursuivit Joffe. Ce qu'on est, chacun, constitue une alchimie unique qui ne se résume ni à un phénomène d'imprégnation ni à un code génétique.

— Vous essayez de me dire que les parents adoptifs sont plus importants simplement parce qu'ils y mettent plus de temps? demanda Gabriel sur le ton de celui qui est prêt à déclarer la guerre.

— Peut-être… répondit Joffe.

Gabriel haussa les épaules comme s'il se fichait éperdument de tout ça.

— Alors vous regrettez d'avoir retrouvé vos parents? demanda-t-il.

Joffe eut un petit sourire navré.

— Je regrette surtout d'y avoir investi autant d'énergie et de n'avoir pas compris avant que la réponse à toutes mes questions, à tous ces « qui suis-je? », n'était pas dans ces retrouvailles.

Gabriel attendait la suite. Joffe le laissa patienter quelques secondes pour bien marquer l'importance de ce qu'il allait lui révéler.

— Elle était en moi. Pendant tout ce temps, la réponse était en moi.

◆

Gabriel avait quitté la pièce depuis longtemps déjà. Et pourtant, Pierre Joffe était encore là, assis sur son pupitre dans la salle de cours. Il n'était pas sûr d'avoir réussi à transmettre son message, mais lui-même n'avait jamais eu l'impression de voir et de comprendre aussi clairement. Sans le savoir, Gabriel lui avait fait un cadeau de lucidité. C'est comme si, en se racontant, en faisant de réels efforts pour bien expliquer, il avait enfin véritablement intégré la leçon.

L'enseignant se leva lentement, découvrant du coup combien ses membres étaient ankylosés. Il marcha lourdement vers la fenêtre où il avait déposé son porte-documents tout en se promettant pour la millionième fois de perdre du poids très bientôt et de commencer à faire de l'exercice. Du badminton, tiens… peut-être. C'était le seul sport où il ne se sentait pas totalement empoté. De toute manière, son but n'était pas de devenir champion mais d'améliorer sa santé pour vivre mieux et plus longtemps.

Il avait déjà gaspillé trop d'années. Aujourd'hui, plus que jamais, il était bien décidé à vivre autrement. À changer son fusil d'épaule, comme disait son père. Le vrai. Celui qui avait applaudi ses premiers pas et signé tous ses bulletins.

Aujourd'hui, plus que jamais, il était bien décidé à profiter de la vie. Enfin.

Demain. Oui, dès demain, il allait enfouir toute sa timidité et son manque de confiance dans une valise qu'il bouclerait à double tour. Il irait voir Paule Poirier dans sa salle de classe avant le début des cours, à l'heure où elle peaufine ses stratégies éducatives de la journée, et il l'inviterait à dîner.

Oui. Demain. Sans faute.

✦

— Trajectoire, Veilleux ! Trajectoire, répétait Guillaume Demers. Tasse tes genoux, Sainte-Philomène !

Gabriel serra les dents. Son entraîneur avait raison. Il devait absolument se concentrer sur la trajectoire de la barre et maintenir une position où les genoux n'interféraient pas. Sinon, il perdait trop de puissance.

Alors il recommença, sous le regard scrutateur de Demers. Il prit un moment pour trouver son axe, debout, bien centré, les pieds d'aplomb, plia les genoux, empoigna la barre, la remonta en fixant un point mort droit devant, tout en se représentant mentalement la trajectoire idéale, la ligne droite, parfaite, jusqu'aux épaules.

— Bon. Ça y est. C'est pas trop tôt, lança Demers.

Gabriel ne put réprimer un sourire en laissant retomber la barre. Sans doute fallait-il être initié au dialecte de l'entraîneur pour saisir la force du compliment dans ces quelques mots. Il décida de mieux intégrer le mouvement en le répétant plusieurs fois. Avant de commencer, il vida la moitié de sa gourde puis il s'installa bien droit, plia les genoux, saisit la barre, la leva… et l'échappa. La barre roula sur le sol.

Elle était là. Assise à côté de son sac à dos sur le banc de bois. Elle était là et elle le regardait, lui. Emmanuelle Bisson était venue le voir. Il lui avait parlé de ses entraînements et elle était venue.

Il se dirigea vers elle. Trop tendu pour sourire.

— J'étais… curieuse. Je te dérange?

Il remua la tête pour dire non.

— Je peux rester?

Il remua la tête pour dire oui. Puis se reprit, fit signe que non. Les mots fuyaient. Il se concentra très fort pour en attraper quelques-uns.

— Euh… C'est parce que… j'ai fini.

C'était presque vrai. Elle hocha la tête, l'air navrée. Il comprit qu'elle n'était pas sûre d'être la bienvenue. Il devait absolument chasser cette idée de sa tête.

— Veux-tu marcher un peu? Dehors… osa-t-il.

✦

Le soir était tombé. Des guirlandes de lumières de Noël illuminaient joliment plusieurs maisons. Le sol était recouvert d'une mince couche de neige dure qui éclairait la nuit. Ils n'avaient encore rien dit. Il savait où elle habitait alors il avait pris cette direction, mais elle avait ralenti devant la station-service et de là, toujours sans prononcer un mot, ils avaient emprunté une rue puis une autre jusqu'à la piste cyclable. Ils avançaient depuis un moment sur le sentier désert lorsque Gabriel sentit soudain qu'il respirait mieux. Son corps s'habituait peu à peu à la présence de cette fille.

Il leva les yeux sur un ciel piqueté d'étoiles. Emmanuelle suivit son regard et songea que rien de trop terrible ne pouvait arriver tant qu'il y aurait ces myriades de petites lumières au-dessus d'eux. Ils atteignirent le parc où la piste cyclable prenait fin. De là, un étroit sentier permettait aux promeneurs de s'aventurer plus loin encore. Emmanuelle ne sembla pas hésiter, elle était prête à continuer. Gabriel s'en réjouit. Il s'était mis à espérer qu'ils poursuivraient leur route jusqu'à l'étang, malgré la neige, la nuit, le froid.

Un brusque coup de vent, très mordant, les surprit dès les premiers pas. Emmanuelle releva le col de son anorak et fourra ses mains encore plus loin au fond de ses poches. Gabriel fouilla dans les siennes, dénicha une paire de vieux gants qui y dormaient depuis le dernier hiver et les lui tendit.

Elle s'arrêta pour les enfiler, esquissa un sourire en guise de remerciement et se prépara à repartir, mais c'était impossible. Il était déjà trop tard. Pendant ce bref échange, Gabriel avait eu le temps de plonger dans ses yeux et il s'y était amarré. Emmanuelle contempla le visage de l'adolescent. Le regard presque mauve, les joues rougies par le froid, la bouche entrouverte d'où s'échappait un petit nuage de buée… Elle détourna la tête, mais ne put résister longtemps et courut à nouveau vers son visage. Alors elle inspira profondément en espérant que l'air frais briserait le sortilège, mais il n'en fut rien.

Gabriel avait l'impression que le sang n'irriguait plus son cerveau. Plus rien n'existait que cette fille avec cette forêt au milieu du visage. Il ne remarqua même pas qu'il s'approchait d'elle. Soudain, il fut si près que leurs souffles se mêlèrent. Alors, tout doucement, il l'enlaça et se pencha pour goûter à ses lèvres.

◆

Ils n'atteignirent jamais l'étang. Ils s'embrassèrent une première fois avec mille hésitations, recommencèrent aussi-tôt avec plus d'aplomb et se reprirent à nouveau parce que c'était trop bon. Ils s'embrassèrent encore et encore avec autant de tendresse que de gourmandise jusqu'à ce que Gabriel sente Emmanuelle frissonner contre lui. Il entreprit de lui frotter le dos et de la serrer très fort dans ses bras avec cette merveilleuse excuse de vouloir lui transmettre un peu de sa chaleur, mais elle continua de trembler sous son manteau trop léger. Alors ils coururent jusqu'à un petit casse-croûte pas trop loin du parc.

L'étroite salle à manger était déserte. Ils s'installèrent quand même tout au fond. Des haut-parleurs grésillants dif-fusaient de la musique de Noël. Ils commandèrent des cafés et burent à petites gorgées le liquide brûlant. Ils n'avaient pas prononcé dix mots au cours de la dernière heure et s'en étaient sentis bien aise. Mais là, c'était différent. Tout était tellement plus facile avec pour seuls témoins les étoiles.

Au bout d'un long moment, Emmanuelle commença finalement à parler, sans avoir rien prémédité, animée par un sentiment d'urgence. Elle avait soudain terriblement besoin d'être rassurée. Il fallait qu'elle soit sûre que Gabriel comprenait qu'elle n'était pas telle qu'il l'avait imaginée. La fameuse princesse chiante! Elle avait besoin de croire que ce qui leur arrivait, les débordements du cœur, les longs baisers, ce fabuleux appétit de l'autre n'étaient pas qu'une simple parenthèse qui se refermerait ce soir.

Alors elle tenta de lui raconter qui elle était vraiment. Elle commença tout à trac, sans logique, dans un beau désordre et en bafouillant souvent au début. Elle lui expliqua qu'elle était une fille ordinaire qui vivait dans une famille pas ordinaire. Une fille riche qui se sentait pauvre. Une fille très entourée qui avait pourtant si souvent l'impression d'être horriblement seule au monde. Une fille qui avait tellement peur de ressembler à ses parents qu'elle était prête à tout pour faire autrement.

Gabriel l'écouta comme elle l'avait écouté dans la classe de PP. Avec la même qualité de silence, en y mettant toute son intelligence, toute sa sensibilité. Il l'écouta sans l'interrompre une seule fois, sans acquiescer, sans murmurer d'encouragements. Et lorsqu'elle eut fini, il ne tenta pas de résumer avec des mots ou de dédramatiser. Il leva vers elle un regard violet et elle y lut qu'il comprenait.

Ils commandèrent des chocolats chauds cette fois et des rôties avec de la confiture. Gabriel refusa de voir le menu, même s'il était assez affamé pour dévorer un bœuf entier, parce qu'il se souvenait d'avoir très peu d'argent sur lui. Elle grignota un bout de pain grillé pendant qu'il expédiait le reste. Puis il parla à son tour. Pour qu'elle sache qu'il n'y avait pas que l'haltérophilie dans sa vie.

Il avait prévu ne dévoiler que des miettes, mais à mesure qu'il parlait, il avait l'impression de devenir plus léger. Et c'était bon. Tellement bon ! Alors il lâcha tout. Il confia à Emmanuelle ce qu'il n'avait jamais révélé avant, sauf un peu à cette feuille de papier dans le cadre du devoir destiné à PP. Il lâcha tout ce qu'il gardait depuis si longtemps secret, tout ce qui l'étouffait. Il lui parla de la démarche qu'il avait entreprise et du rôle des séances d'haltérophilie dans tout ça, de la bourse tant convoitée et de ce qui le motivait tant à l'obtenir. Il lui confia sa peur atroce de ne pas réussir. Il lui expliqua comment tout se jouerait en quelques secondes, le temps de lever une barre, et lui apprit que la compétition avait lieu dans dix jours. Il lui dit combien tout ça l'occupait entièrement et comment il lui semblait qu'il n'arriverait jamais lui-même à donner un sens à sa vie tant qu'il n'aurait pas au moins résolu l'énigme de ses origines.

Et puis, d'un coup, il s'arrêta, sûr d'avoir trop parlé, affolé à l'idée de s'être mépris. Emmanuelle Bisson pouvait-elle réellement comprendre l'importance de sa quête ? Avait-elle saisi qu'il devait absolument réussir parce que sinon il craignait de perdre pied et de basculer dans le vide ?

Le silence s'étira. Du bout de l'index, Gabriel déplaça quelques miettes dans l'assiette. Il manquait de courage pour fouiller son regard. Alors il restait campé dans son territoire avec le sentiment désagréable de s'être un peu naïvement mis à nu. Il songea à déposer sur la table tout l'argent qu'il avait et à partir au plus vite, mais la voix d'Emmanuelle changea tout.

— Il va falloir que je réfléchisse à tout ce que tu m'as dit, admit-elle. Je ne suis pas sûre de tout comprendre. Mais j'aimerais comprendre. Je veux comprendre. Ça me vire à l'envers, ce que tu me dis, Gabriel. J'ai de la peine pour toi parce que je sais que t'as mal… Mais c'est pas seulement ça. Ça me vire à l'envers de t'entendre dire que t'as décidé de trouver qui tu es parce que moi je ne suis pas encore rendue là. Je sais que je ne veux pas être comme mes parents. Mais c'est tout. Je n'ai pas encore osé m'aventurer plus loin… Ce que je veux te dire, c'est que t'as de l'avance sur moi, vois-tu ? Et sur bien des gens, si tu veux mon avis. Plus je t'écoute, plus il y a au moins une chose qui me semble vraiment claire…

Emmanuelle s'arrêta. Elle tendit une main vers son verre d'eau et cala le reste d'une traite. Puis elle prit un moment pour sonder le visage de Gabriel, l'eau claire, le ciel tremblant, avant de larguer les mots les plus importants :

— Je sais que le gars qui est assis devant moi, c'est quelqu'un de beau. Et de bon. Et de bien. Alors tu peux fouiller tout ce que tu veux tant que tu veux, Gabriel Veilleux, mais ça, je peux te le dire d'avance. Et j'en suis absolument sûre. Totalement certaine.

Elle avait avancé un bras vers lui. Sa main reposait tout près, à côté de l'assiette et des gobelets de confiture vides. Il prit cette main et la pressa. Alors seulement, il osa lever les yeux.

Une forêt l'attendait.

Gabriel comprit qu'il n'était plus totalement perdu.

Chapitre 21

Il ajouta un « je t'aime », trois baisers, relut le message et signa : Jean. Puis il ouvrit à Poucet qui grattait à la porte après avoir fait sa mini crotte du matin.

— Allez ! Entre, le gros ! Mais tout doux. Ce matin, tu laisses dormir ta maîtresse. Compris ?

Poucet freina son élan vers la chambre à l'étage. Il avait très envie de courir jusqu'au lit et d'en gratter les montants jusqu'à ce que Marie-Lune se penche pour le cueillir. Mais la voix de Jean signifiait clairement qu'on lui demandait de renoncer à ça. Dépité, il promena un regard morne autour de lui et alla s'allonger devant la porte d'entrée. Au moins serait-il prêt à sortir si jamais Jean avait l'heureuse idée d'aller faire un tour dehors au lieu de perdre son temps à lire le journal.

Jean avala une dernière gorgée de café, rinça sa tasse à l'évier et s'immobilisa devant la fenêtre. Les hautes falaises sombres devant lui semblaient créer une muraille contre le reste du monde et, tout autour, les sommets se dressaient telles des sentinelles. Il eut soudain l'impression qu'une menace planait. Le lac offrait pourtant un spectacle de paix absolue. Quel drame, quel danger pouvait les guetter ? Jean poussa un soupir. Il ne s'était pas senti aussi heureux depuis longtemps. Marie-Lune déployait une énergie fabuleuse pour tourner la page et ils retrouvaient peu à peu leur complicité amoureuse et leur intimité sexuelle des tout premiers instants. Il avait envie d'elle tout le temps, aussi inassouvissable qu'un adolescent.

Et pourtant, il avait l'impression qu'un orage grondait, comme si, quelque part sous la surface lisse du lac, une vague destructrice gonflait secrètement, prête à éclater. Il s'en était ouvert à sa mère, qui l'avait rassuré.

— Tu as le bonheur inutilement inquiet, mon grand, l'avait-elle gentiment houspillé. Ton père est pareil. Fais attention : ça empire avec l'âge ! Arrête d'imaginer le pire et profite donc du moment présent.

Jean se demanda si sa mère aurait été du même avis après avoir entendu Marie-Lune cette nuit. Elle s'était réveillée brusquement, paniquée et en nage. Sans doute avait-elle émis des bruits ou eu des gestes brusques pendant son sommeil, car il ne dormait déjà plus lorsqu'elle avait crié, juste avant d'ouvrir les yeux. Un cri si déchirant qu'il en avait eu l'estomac retourné.

Poucet grogna pour attirer l'attention de Jean. Il tenait une minuscule peluche entre les dents et réclamait impatiemment un partenaire de jeu.

— Ayayaye! Qu'est-ce que je vais faire avec toi, le pou? Je dois partir, vois-tu? Je travaille, moi! Et toi, tu dois rester tranquille, espèce de bandit.

Poucet s'était assis sur son arrière-train, les oreilles dressées, le regard suppliant. Il agitait la tête, comme s'il comprenait tout, sa petite queue battant la mesure sur le plancher de bois.

— Allez, viens! Je te laisse avec ta maîtresse, mais à condition que tu ne bouges pas. Entendu?

Jean cueillit le petit chien, puis il prit le billet qu'il avait laissé sur le comptoir et monta à la chambre. Marie-Lune dormait comme une enfant, roulée en boule, les poings fermés, enfoncée dans un sommeil profond. Il laissa le billet sur la table de nuit puis installa Poucet sur le lit. Le petit chien fila droit vers sa maîtresse, se lova au creux de son cou parmi ses cheveux épars, poussa un soupir exprimant son entière satisfaction d'être là, ferma les yeux et s'endormit aussitôt. Jean ne put réprimer un sourire. Il gratta affectueusement la tête de l'animal, puis déposa un baiser sur le front de son amoureuse.

En route vers la clinique, Jean se répéta le dernier conseil de sa mère.

— Attrape le bonheur quand il passe. Encourage-le à rester là au lieu d'inventer des scénarios d'horreur.

Il continua de rouler tranquillement, dépassa le lac Carré puis Saint-Faustin. Un délicieux projet prenait naissance en lui. Il savoura lentement l'idée, de plus en plus emballé.

Il fallait faire vite, mais c'était tout à fait possible. Oui. Noël à Paris! Il avertirait l'éditrice de L'achillée millefeuille dès aujourd'hui, mais ne dirait rien à Marie-Lune, pour lui ménager la surprise. À la clinique, il n'aurait pas trop de difficultés à refaire l'horaire. Depuis un an, il s'était associé à un autre vétérinaire, ce qui lui offrait une souplesse d'horaire dont il n'avait pas encore profité. Marie-Lune n'avait jamais visité Paris, une ville que lui-même avait appris à aimer lors de son séjour d'études en France. Il n'avait pas eu un coup de foudre immédiat pour la Ville lumière comme tant de touristes, mais peu à peu, à chaque visite, il avait succombé à ses charmes pour finir par s'avouer séduit. Marie-Lune lui avait raconté son pèlerinage à Montréal après sa visite-surprise à la clinique, le jour où elle était partie en abandonnant un sac d'épicerie. Elle avait peu apprécié son périple dans les rues du passé. Elle était trop seule, trop triste. Il avait envie d'effectuer un pèlerinage lui aussi. Et le sien serait réussi. Il le ferait avec elle. À Paris.

Jean glissa un disque des Beatles dans le lecteur de sa voiture et augmenta le volume. Les premiers accords de *Here comes the sun* achevèrent de le mettre en joie. Solange avait raison. Il fallait courtiser le bonheur. Ardemment et assidûment. Il s'imaginait déjà sur les quais avec Marie-Lune, puis au Louvre, sur les Champs-Élysées, au jardin des Tuileries, son préféré… Ils iraient aussi à Montpellier, où il présenterait Marie-Lune à ses vieux copains d'université avec qui il n'avait cessé de correspondre.

Et si, par chance, elle avait le coup de foudre pour une de ces villes, s'il la sentait heureuse là-bas, il lui confierait son rêve d'un Centre de zoothérapie inspiré du modèle européen. Alors peut-être retourneraient-ils en France pour un plus long séjour, le temps de structurer le projet, d'établir un protocole de recherche afin d'obtenir du financement, de se faire des alliés stratégiques… Et aussi de prendre une distance avec tous ces drames qu'ils avaient vécus et qui agitaient encore Marie-Lune la nuit.

✦

Marie-Lune déposa le billet sur la table de chevet, frotta les oreilles de Poucet et allongea une main pour consulter le réveille-matin. Neuf heures ? Pas possible ! Elle se souvint d'avoir été la proie d'un vilain cauchemar et d'être longtemps restée éveillée par la suite. Jean l'avait entendue crier. Il l'avait longuement serrée dans ses bras puis il s'était assoupi. Elle avait compté les brebis pendant un bon moment avant de trouver le sommeil, mais elle s'était reprise ce matin.

— Bon. Allez, ça suffit, fainéant ! lança-t-elle à Poucet.

Le petit chien ouvrit un œil, puis l'autre, s'étira mollement à la manière d'un chat puis referma les yeux et se roula en boule, l'air de dire que tout était trop bien pour changer quoi que ce soit. Marie-Lune se surprit à songer que Poucet avait parfaitement raison. Elle avait terriblement envie de paresser ce matin et de s'offrir de petites gâteries, en commençant par un grand café au lit !

Dix minutes plus tard, elle calait trois oreillers dans son dos et se réinstallait au lit avec un bol de café au lait fumant et un livre, *Confidences d'écrivains*, celui que Léandre lui avait offert à son anniversaire. Elle l'ouvrit avec l'impression de commettre une merveilleuse tricherie. Lire au lit, le matin, au beau milieu de la semaine, c'était comme écouter un film très tard quand on est enfant ou engloutir des choux à la crème au petit-déjeuner.

Une heure après, elle referma l'ouvrage. Elle avait à peine touché au café, qui avait refroidi sur la table de nuit. Elle se leva, s'habilla chaudement et sortit, suivie de Poucet. Après une semaine de grand froid suivie de quelques jours de redoux, la dernière nuit avait été glaciale et le lac s'était transformé en vaste patinoire à ciel ouvert. Marie-Lune se dirigea vers l'île, Poucet à ses trousses, en réfléchissant à la troisième confidence d'écrivain, celle qui l'avait le plus marquée. Un auteur canadien-anglais, plus populaire que Margaret Atwood mais beaucoup moins connu parce qu'il écrivait pour les enfants, y racontait comment il était venu à l'écriture pour vivre un deuil.

L'histoire était troublante. Sa compagne et lui avaient perdu un enfant, victime du syndrome de la mort au berceau. Sa femme s'était lentement remise de l'épreuve, mais lui-même n'y parvenait pas. Jour après jour, il restait pétrifié de douleur. Il avait consulté un bataillon de médecins, de psychologues et de psychiatres, sans grand succès, jusqu'à ce que l'un d'eux lui propose une étonnante thérapie. Ce médecin lui conseillait de faire revivre son enfant dans ses pensées, de l'imaginer en train de grandir et de l'accompagner ainsi dans la vie avant d'accepter qu'il meure. Alors l'homme écrivit une comptine pour son fils décédé et soir après soir, pendant des semaines, il la lui chanta, assis dans une berceuse, les bras

306

vides mais la tête remplie de tendres illusions. Pour finir, il en fit une histoire, un récit pour enfants qui, étrangement, ne parlait pas tant de mort que de vie.

Marie-Lune s'arrêta à mi-chemin entre la berge et l'île pour se gorger d'arbres et de ciel. Ces confidences d'écrivains lui rappelaient que tout était possible. Qu'avec des mots, on pouvait réinventer la réalité et parfois même prendre une revanche sur le passé. Le témoignage particulier de cet écrivain durement écorché par le décès de son bébé semblait vouloir lui indiquer une voie.

Le cri d'un geai perça le silence. Le vent fit ployer les branches des sapins sur la berge. Elles s'agitèrent pendant un moment avec de grands battements d'ailes. Puis, plus rien. Tout redevint immobile. Marie-Lune entendit alors les remuements secrets du lac sous la glace, mi-plainte, mi-prière. Une émotion intense lui serra la gorge. Elle savait qu'elle vivait un moment béni. Du regard, elle embrassa les falaises, les sommets, l'île, les berges, le lac miroitant.

Elle avait l'impression de participer à un chant du monde. Elle n'était pas simplement émue par la majesté du spectacle, elle y contribuait. Elle était citoyenne de cette planète d'eau, d'air et de terre. Une toute petite créature qui avait sa toute petite place dans l'univers. Et quelque part sur cette même planète, son moustique, cet enfant qu'elle n'avait pas vu grandir, se débattait sans doute pour trouver lui aussi sa propre petite place dans ce même univers.

Marie-Lune ferma les yeux. Parviendrait-elle, un jour, à apprivoiser la disparition du moustique, à guérir cette plaie béante et à s'affranchir de la douleur ? Elle aurait tant voulu pouvoir aider son fils. Lui parler, l'encourager, l'accompagner, le guider. Lui montrer les falaises de l'autre côté du lac et les grands sapins devant la maison. L'aider à découvrir les humeurs du vent et de l'eau, lui apprendre le nom des constellations, voir le jour apparaître et la lune se lever avec ce grand bout d'homme à ses côtés.

Chapitre 22

Emmanuelle éteignit son ordinateur. Elle avait consulté tous les sites possibles. Toujours le même texte insipide sur le lieu de naissance de l'auteure, ses études et son travail actuel dans le domaine de l'édition. Rien de plus pour nourrir sa thèse. Et si elle avait tout imaginé? C'est en relisant le roman de Marie-Lune, pour la centième fois peut-être, mais la première depuis les confidences de Gabriel, que l'étincelle avait jailli. Marie-Lune racontait en très peu de mots l'accident de voiture qui avait tué son enfant. Le passage le plus émouvant était celui où elle décrivait son départ de l'hôpital de Sainte-Agathe après le constat de décès. Or, Gabriel lui avait raconté qu'il était né à l'hôpital de Sainte-Agathe.

Il suffisait de remplacer le mot « accident » par « accouchement ». Marie-Lune avait perdu un fils. Mais cet enfant n'était peut-être pas mort à l'hôpital de Sainte-Agathe comme dans l'histoire de Marie-Soleil. Marie-Lune Dumoulin-Marchand l'y avait peut-être laissé afin qu'il soit adopté.

Elle prit le roman et contempla à nouveau la photo sur la couverture arrière. Elle ne détenait que peu d'indices mais il y avait aussi cette photo. Les yeux surtout. Et la lettre que

Marie-Lune lui avait écrite. Ses confidences sur la part d'autobiographie et de fiction dans son roman. Elle s'était inspirée de sa vie mais en modifiant des événements et des personnages, « par pudeur, pour ne déranger personne et sans doute aussi pour me protéger, moi, parce que malgré toutes les années, la douleur était encore trop grande », avait-elle écrit.

Comment en avoir le cœur net ? Emmanuelle ne pouvait quand même pas lui poser directement la question : Chère Marie-Lune, est-ce possible que le gars dont je vous ai parlé, celui qui m'avait insulté, soit votre fils par hasard ? Non. Elle devait la rencontrer. Parce qu'elle en rêvait depuis longtemps. Parce qu'elle avait envie de se rapprocher d'elle et de Marie-Soleil. Et parce que c'était la seule façon de savoir si ses intuitions étaient totalement farfelues ou pas.

Emmanuelle élabora rapidement son plan. Elle devait agir vite avant de se trouver ridicule et de perdre son aplomb. Obtenir l'aide de PP, faire la demande, la promotion… Tout cela prendrait beaucoup de temps. Et encore fallait-il que Marie-Lune accepte.

◆

— Tête de noix ! lança François à l'intention du chauffeur de camion qui venait de s'engager brusquement dans sa voie en l'obligeant à freiner brutalement.

À la hauteur de Saint-Jovite, la route 117 était de plus en plus achalandée et dangereuse depuis que la région était la cible d'une frénésie touristique sans précédent. Heureusement, son travail ne l'obligeait à se déplacer aussi loin qu'une ou deux fois par mois. Les condos et les complexes hôteliers poussaient comme des mauvaises herbes, les promoteurs n'en finissant plus de gruger la montagne. Bientôt, il ne resterait qu'un monstrueux échafaudage de constructions en série. Et dire qu'il participait à cette folie, puisque l'usine où il était contremaître produisait les fenêtres de la plupart de ces nouveaux bâtiments.

Il avait hâte de rentrer à la maison, hâte aussi que la soirée soit plus avancée afin de descendre tranquillement au soussol pour poursuivre son projet. Combien d'heures avait-il déjà investies? La moitié des pièces étaient achevées. La veille, il avait terminé l'ours. L'ensemble constituait déjà une impressionnante ménagerie dont il était plutôt fier, mais il aurait préféré offrir à Gabriel des mots. Des paroles éloquentes. Malheureusement, il n'était pas doué pour les discours.

Il avait renoué avec son métier en espérant que Gabriel saisirait la valeur de son geste. Douze ans plus tôt, il lui avait promis un lion. Au lieu de simplement tenir sa promesse, il allait lui offrir tous les animaux de l'arche de Noé. Son fils ne jouerait jamais avec ces pièces de bois, mais peut-être comprendrait-il ce que François tentait d'exprimer. Chaque geste, chaque coup de ciseau lui coûtait beaucoup d'humilité et d'effort. Cette sacrée main le rendait tellement maladroit. Il avait entrepris ce travail colossal afin que Gabriel sache ce qu'il représentait pour lui. Mais plus les jours avançaient, plus la collection grossissait et plus il redoutait d'avoir dessiné, découpé, poli et peint toutes ces petites bêtes pour rien. Et si Gabriel ne saisissait pas la signification du geste ? S'il réagissait comme Claire, hébétée par son projet ?

— Ton fils a seize ans, mon amour, avait-elle déclaré d'un ton exagérément patient et doux comme s'il ne connaissait rien aux enfants, comme s'il n'était lui-même qu'un enfant, trop candide et un peu perdu.

Il n'avait pas répliqué, mais il se souvenait d'avoir eu envie de répondre à Claire que même si Gabriel avait seize ans, ils avaient tous les deux, père et fils, beaucoup de rattrapage à faire et, pour y parvenir, ils devaient peut-être reculer jusqu'à la plus tendre enfance.

Malgré tout, ce projet était sans doute la meilleure idée qu'il ait eue depuis des années. Il avait découvert que sa main bousillée était encore capable d'arracher du sens et même de la beauté à un simple morceau de bois. Il ne parvenait pas à atteindre la même précision qu'autrefois, mais ses coups de ciseau grossiers faisaient naître des animaux aux formes plus naïves qui avaient quelque chose de touchant.

Pendant toutes ces heures où il travaillait ses pièces, il songeait souvent à ce qu'il aurait souhaité dire à Gabriel. Il y avait longuement réfléchi et, curieusement, il lui semblait parfois que les mots n'étaient peut-être pas si difficiles à trouver, que leur assemblage n'était pas si compliqué. « Je t'aime, mon grand. » Voilà ce qu'il aurait tant voulu dire.

Et s'il s'enhardissait, il ajouterait peut-être que, de toute manière, il n'y avait pas d'autre possibilité. « Je suis le seul père qui te reste, lui dirait-il encore. Tu es mon seul fils. Et je n'en voudrais pas d'autre. Je ne t'échangerais pour rien au monde. Je suis fier d'être le père de Gabriel Veilleux, ce grand adolescent torturé, talentueux, imprévisible et tellement attachant. Alors, donne-moi une chance, veux-tu? Je suis là. Je t'attends. Viens donc. Juste pour voir. Tu seras peut-être surpris. »

◆

— Tu voulais me voir, ma chérie? demanda Michelle Bisson, debout dans l'embrasure de la porte de la chambre d'Emmanuelle, avec à la main une note rédigée par sa fille.

Emmanuelle releva la tête. Elle détestait faire ce qu'elle allait faire. Mais elle ne voyait pas d'autre solution. À part s'inscrire à un championnat d'haltérophilie ou dénicher un emploi de serveuse après l'école.

— J'ai besoin d'argent, annonça-t-elle de but en blanc.

L'étonnement de sa mère l'amusa.

— Ce n'est pas pour moi, précisa-t-elle. C'est pour un projet spécial à l'école. La visite d'un écrivain. Une écrivaine en fait. Elle a écrit un roman qui touche vraiment les jeunes. Il m'a beaucoup touchée, moi... C'est le genre de livre qui aide les jeunes à développer le goût de lire, ajouta-t-elle en songeant que l'argument toucherait peut-être la fibre « politiquement correcte » de sa mère. Il existe un programme de subvention pour ça, mais l'école n'y est pas inscrite. Papa et toi, enfin... la compagnie, vous pourriez... commanditer l'événement? J'en ai parlé à ma prof de français...

— Et ça nous donnerait quoi comme visibilité corporative ?

Emmanuelle se mordit la lèvre. « C'est ça que j'haïs, maman, criait-elle silencieusement. Arrête d'être une femme d'affaires, deux secondes. Arrête d'être une compagnie, maudit. Si t'étais pâtissière, je t'aurais peut-être demandé un gros gâteau pour une fête de fin d'année. Là, je te demande du *cash*. Parce que c'est ça que tu fabriques. Et, c'est rare, avoue… mais là, j'en ai besoin. C'est vraiment important. Sinon, je te demanderais rien, ça m'écœure trop, tu le sais bien. »

Quelque chose dans l'attitude de sa fille alerta Michelle Bisson. Un peu comme s'il y avait eu un panneau clignotant affichant « danger-danger » au-dessus de sa tête.

— Bon... Ce n'est peut-être pas impossible quand même. Ce serait comme un simple don, au fond. Sans reçu de charité, mais bon... Pourquoi tiens-tu tant à rencontrer un écrivain, ma chérie ?

Emmanuelle observa sa mère. La quarantaine encore jolie, le corps « bien entretenu », comme elle disait elle-même en ajoutant que « la matière première n'était pas mauvaise », les cheveux teints avec goût, mais les traits tendus et le regard toujours un peu fuyant. Aucune magie, aucune lumière. Comment lui expliquer ce qu'elle avait ressenti en lisant le roman de Marie-Lune Dumoulin-Marchand ? Emmanuelle décida de renoncer.

316

— C'est un cadeau pour un ami. Cette rencontre pourrait... changer sa vie.

— Ah! Un rêve à réaliser? Un peu comme *Enfant Soleil* mais pour des plus grands? s'enquit Michelle Bisson, visiblement heureuse de pouvoir s'accrocher à des références claires.

— Oui, c'est ça.

— Et ça représente plus ou moins que cinq cents dollars?

— Moins, c'est sûr… la rassura Emmanuelle.

— Et ça te ferait plaisir? demanda Michelle Bisson sur un ton qui laissait filtrer l'espoir.

« Quoi? Ai-je bien entendu? Ma mère a prononcé le mot plaisir? » songea Emmanuelle, plus émue qu'elle ne voulait le paraître.

Pour toute réponse, elle hocha simplement la tête.

— Bon. C'est réglé. Appelle Nicole, ma secrétaire, demain. Je l'aurai déjà avertie. Elle fera les arrangements avec ton professeur ou ton directeur. Sinon, toi, ça va?

Emmanuelle déglutit. Décidément, elle était très à fleur de peau. Était-ce à cause de Gabriel Veilleux qu'elle réagissait avec autant d'émotivité? Mille fois déjà sa mère lui avait posé cette question : Ça va? Est-ce que ça va? Alors, ça va? Toujours à peu près sur le même ton. Celui d'une personne très occupée, peu intéressée par la réponse, mais soucieuse de s'acquitter de cette tâche jugée nécessaire. Un jour, Emmanuelle se l'était promis, elle répondrait : « Non. Je t'avoue. Ça ne va pas du tout. »

— Ouais. Ça va, s'entendit-elle répondre encore cette fois.

◆

Normalement, il préférait le silence. Il y avait tant de bruit à l'usine qu'une fois dans sa voiture, François ne songeait même pas à allumer la radio. Mais aujourd'hui, la route étant plus longue, il avait voulu se distraire. Après le bulletin météo, il avait cherché un poste intéressant. Un mot l'avait accroché au passage. Un prénom. Plutôt rare. Il avait écouté attentivement le reste de l'entrevue. Et depuis, il était assailli par un doute abominable.

Le chroniqueur culturel de l'émission de fin d'après-midi à Radio-Canada avait interviewé Marie-Lune Dumoulin-Marchand, qui avait accepté d'être la marraine d'un concours. Elle n'avait fait aucune déclaration fracassante pendant l'entrevue. Elle avait parlé de lecture et d'écriture, de son plaisir de rencontrer des jeunes dans le cadre du fameux concours. Ce qui avait tant troublé François, c'était son authenticité, son intensité, son humanité aussi. Il s'était mieux souvenu de l'adolescente qu'il avait très brièvement rencontrée. C'est Claire qui avait passé le plus de temps avec elle ce jour-là. Et pourtant, il avait l'impression de ne pas se tromper.

Cette femme qu'il avait entendue à la radio et qui avait porté Gabriel dans son ventre avait sûrement tenté de communiquer avec eux pour s'assurer que le petit être qu'elle leur avait confié se portait bien. Il lui semblait impossible qu'il en soit autrement. Claire lui avait-elle transmis leurs nouvelles coordonnées comme elle l'avait promis? Était-il possible qu'elle ait menti? qu'elle lui cache quelque chose? François se souvint de leur discussion au restaurant alors qu'elle soupçonnait Gabriel de vouloir retrouver ses parents biologiques. Il avait été surpris de la découvrir si dure, si agressive même. Une lionne défendant son petit…

Gabriel avait-il amorcé de longues et lourdes recherches pour connaître sa mère adoptive alors même que lui, son père, pouvait facilement l'aider? Rien ne l'empêchait de communiquer lui-même avec Marie-Lune Dumoulin-Marchand. Mais avant, il devait sonder le terrain auprès de Gabriel. Parce que c'était sa volonté à lui et non celle de Claire ou de Marie-Lune qui comptait.

Après, si ses craintes étaient fondées, il affronterait Claire.

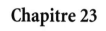

Chapitre 23

D'étranges gargouillements vinrent distraire Marie-Lune de sa lecture. Elle consulta l'horloge à l'effigie de Minnie la souris sur un rayon de bibliothèque, un vieux cadeau de Sylvie, et se leva d'un bond. Jean lui avait donné rendez-vous à l'Antipasto, à Saint-Jovite, un de leurs restaurants préférés, à midi. Dans vingt minutes ! Depuis leurs retrouvailles amoureuses, son compagnon multipliait les surprises, les invitations et les petites attentions. Jour après jour, ils se ressoudaient l'un à l'autre et Marie-Lune le sentait rayonner.

La proposition de Jean l'enchantait, mais elle avait été tellement absorbée par la lecture d'un roman, le deuxième qu'elle acceptait de piloter, qu'elle n'avait pas vu le temps filer. Carmen avait visé juste encore une fois. Marie-Lune avait été séduite par cette histoire d'amour campée dans un petit village de pêche sur les rives du Saint-Laurent à l'époque de la Deuxième Guerre et, en relisant le manuscrit, elle arrivait sans trop de difficultés à déceler les problèmes de structure, les passages mous, les répétitions, les dérapages stylistiques ou psychologiques.

En route vers Saint-Jovite, Marie-Lune manqua la sortie, dépassa le village sans même s'en apercevoir et dut faire demi-tour quelques kilomètres plus loin. Depuis quelques jours, elle était d'humeur rêveuse. Dès que son esprit n'était pas occupé par une tâche prenante, ses pensées fuyaient, vagabondaient, s'évadaient. Elle se sentait… Marie-Lune chercha le mot juste… habitée. Oui, c'était sans doute le mot exact. Elle se sentait habitée et même un peu débordante, comme si des forces mystérieuses bouillonnaient en elle.

Jean l'attendait dehors devant le restaurant sous les flocons qui s'étaient mis à tomber. Une affiche annonçait la fermeture temporaire de l'établissement en raison de travaux de rénovation.

— Poutine, pâtes ou pâté chinois ? Tu choisis le resto… offrit-il à Marie-Lune après l'avoir serrée dans ses bras en prenant le temps de s'imprégner de son parfum.

— N'importe quoi. Je meurs de faim ! déclara Marie-Lune.

— Tant mieux, se réjouit Jean en repoussant gentiment une mèche de cheveux sur le front de sa compagne.

Il l'observa un peu mieux en songeant qu'à cet instant précis, elle ressemblait beaucoup à l'adolescente qui l'avait ensorcelé quinze ans plus tôt. Une lueur fébrile dansait dans ses yeux. Elle n'était pas simplement gaie mais lumineuse et frémissante.

— Ça va ? demanda-t-il, un peu par habitude.

Chapitre 23

Marie-Lune acquiesça, le sourire large.

— Tu m'as l'air un peu… différente. Très laide, comme toujours, mais… délicieusement différente, dit-il en enfonçant ses mains dans l'épaisse tignasse de son amoureuse qu'il ébouriffa avec un plaisir évident.

Marie-Lune le repoussa en riant.

— J'ai tellement faim que je mangerais une cuisse de diplodocus. Ou un gros hamburger tout garni avec une montagne de frites.

— Hum! Accepteriez-vous, chère dame, de m'accompagner à la Pataterie? C'est à deux pas…

— J'en serais fort aise, répondit Marie-Lune en jouant les précieuses.

Le casse-croûte était bondé. Ils durent attendre un bon moment avant qu'une serveuse débarrasse leur table des restes de club sandwich des clients précédents et leur apporte un menu. Jean raconta sa matinée. Zéro suprise. Que de la routine. Il avait castré deux chiens, administré quatre vaccins, euthanasié un bon vieux labrador qui n'arrivait plus à marcher, prescrit une diète à une chatte obèse et réévalué la médication d'un caniche royal souffrant d'arthrite.

Marie-Lune offrit un sourire compatissant. Jean en profita pour lui confier qu'il n'avait plus vraiment envie de soigner les petits animaux.

— Ils sont mieux traités que les humains dans les hôpitaux. Ça finit par poser un problème d'éthique.

Il préférait s'occuper des grosses bêtes ou, mieux, poursuivre ses expérimentations en zoothérapie. Il en avait assez des consultations à la clinique.

— Et moi, si j'allais dans ton cabinet, tu me ferais quoi? demanda Marie-Lune, espiègle.

Jean lui offrit un sourire rempli de tant de délicieux sous-entendus qu'elle rougit. La serveuse mit fin à l'échange silencieux. Elle était prête à prendre les commandes. Après son départ, Jean parla à Marie-Lune d'un entretien téléphonique qu'il avait eu en matinée avec un vieux copain de Montpellier, passionné comme lui par la zoothérapie. Le copain, Jean-Bernard, s'apprêtait à partir pour Paris au moment de leur entretien. Jean en profita pour improviser un petit aparté sur les charmes de Paris à cette époque où la ville, désertée par les touristes, respirait à un autre rythme. Il épiait les réactions de Marie-Lune. Elle semblait l'écouter attentivement et, pourtant, il aurait juré que son esprit était occupé ailleurs.

D'énormes assiettes atterrirent brutalement devant eux. Jean attaqua son hamburger avec appétit pendant que Marie-Lune savourait tranquillement le sien avec une modération étonnante pour une femme prête à engloutir une cuisse de diplodocus. Le restaurant s'était à moitié vidé pendant qu'ils attendaient d'être servis. La bousculade de l'heure du lunch tirait à sa fin. Jean reprit la conversation en suggérant qu'ils devraient peut-être s'accorder un peu de vacances prochainement. Ils travaillaient trop tous les deux. Marie-Lune approuva en hochant la tête un peu mécaniquement. Jean décida alors d'en avoir le cœur net.

— Que dirais-tu d'une balade à dos de dinosaure en Russie? demanda-t-il, enthousiaste, en scrutant attentivement le visage de Marie-Lune.

Elle acquiesça, sans rien relever de farfelu dans son discours, mordit distraitement dans son hamburger, cueillit une frite puis la reposa dans l'assiette avant de répéter le manège avec une autre.

— À quoi songes-tu? demanda Jean, amusé.

Marie-Lune sembla se souvenir subitement qu'elle n'était pas seule. Il la vit faire un effort pour retrouver le fil de ses pensées. Son visage s'éclaira soudain et elle se mit à lui résumer, de manière un peu décousue, une lecture récente. Une confidence d'écrivain puisée dans le livre que Léandre lui avait offert à son anniversaire. Jean l'écouta très attentivement. Marie-Lune parlait rapidement, avec une sorte d'urgence dans la voix. La sonnerie du cellulaire de Jean l'interrompit soudain.

— Désolé, ma belle, s'excusa Jean en prenant l'appareil.

Il grogna quelques mots, fronça les sourcils, marmonna des salutations, puis rangea le téléphone.

— Une brebis qui n'arrive pas à mettre bas. C'est à cinq minutes d'ici, mais ça pourrait durer un moment. Gilles est à l'extérieur, c'est dommage. Je dois malheureusement vous quitter, ma jolie…

Il se pencha pour l'embrasser, lui mordilla gentiment l'oreille pour le plaisir de l'entendre glousser et glissa un «je t'aime» au passage.

Après le départ de son compagnon, Marie-Lune resta un long moment immobile. La serveuse vint lui proposer un café, qu'elle refusa. Elle en profita pour réclamer l'addition, apprit que Jean s'en était chargé, resta encore quelque temps à réfléchir puis quitta le restaurant.

◆

Elle avait l'impression qu'il était là. À ses côtés. Tout près. Il était là et il attendait. Des images surgirent. Une scène du quotidien comme celles que décrivait Sylvie.

C'était l'heure d'aller au lit, mais son fils n'en avait pas envie. C'est normal, tous les enfants du monde sont ainsi. Alors, il lui réclamait un rituel pour l'heure du dodo. Il ne souhaitait pas qu'elle le berce, il était trop grand déjà. Et il ne suffisait pas qu'elle le borde, qu'elle l'embrasse et qu'elle lui souhaite bonne nuit. L'instant était trop précieux.

Son fils réclamait un chant d'amour avant de s'endormir.

Elle contempla le lac à sa fenêtre, puis les montagnes, le ciel, et retrouva l'émotion qu'elle avait éprouvée la dernière fois qu'elle s'était aventurée sur le lac gelé. Une sorte d'enchantement, l'impression de communier avec l'univers.

Alors elle s'installa à sa table de travail, prit une feuille, un stylo.

L'histoire s'imposait déjà. Celle d'une maman à qui son fils demande d'endormir la planète avant qu'il ferme les yeux.

Un récit d'eau et de ciel, de jungle et de désert, de grands oiseaux et de graves bêtes.

Un monde mis en mots.

Comme un cadeau.

Pour ce petit être qu'elle avait enfanté. Dans l'espoir qu'un jour il réciterait lui-même ce chant du monde à ses enfants.

Chapitre 24

Gabriel arriva au 609, rue Laflèche, au pas de course, exténué et en nage. Heureusement, il n'avait pas d'entraînement aujourd'hui. Même si c'était jeudi. Ce jeudi, pour la première fois depuis des mois, il avait congé d'haltérophilie après s'être entraîné la veille, un mercredi, exceptionnellement. Guillaume Demers l'avait lui-même conduit dans un autre gymnase, à Laval, pour qu'il s'arrache le cœur une dernière fois avant la compétition. Il ne restait plus que deux cases sur son calendrier avant la date fatidique encerclée plusieurs fois au feutre rouge. Les championnats juniors du Québec avaient lieu le surlendemain.

Il avait couru comme un fou parce qu'il avait oublié ses chaussures de course à la maison et André Vaillancourt, le prof d'éducation physique, avait piqué une crise d'hystérie au dernier cours parce que trois élèves n'avaient pas «leur équipement». Il avait menacé de coller une retenue à tous ceux qui ne se présenteraient pas avec une «tenue conforme» la prochaine fois.

La voiture de Claire n'était pas dans l'entrée. Tant mieux. Malheureusement, ses chaussures de course étaient introuvables. Claire avait souvent répété qu'un bon nettoyage leur ferait du bien. En avait-elle profité en les découvrant dans sa chambre ce matin ? Gabriel descendit en courant au sous-sol où Claire étendait parfois des vêtements longs à sécher. Il vit des peluches de Christine pendues par les oreilles à une corde de nylon, ce qui semblait confirmer que sa mère était dans une de ses phases compulsives de grand ménage. Il trouva effectivement ses chaussures de course encore humides accrochées entre un ourson rose affublé d'un tutu et une robe de poupée.

Gabriel décrocha ses chaussures avec un grognement de mauvaise humeur. Il s'apprêtait à remonter en quatrième vitesse lorsque son regard se posa sur la table où il avait vu son père travailler le bois quelques semaines plus tôt. L'ouvrage qu'il avait amorcé était dissimulé sous une toile. Gabriel s'approcha, curieux, et souleva le tissu.

Il avait tout naturellement imaginé son père besognant sur un objet utile et voilà qu'il découvrait une collection d'animaux. Le résultat était impressionnant. Chacune des bêtes un peu grossièrement taillée dans le bois avait sa personnalité propre. L'ours était gentiment balourd, le phoque délicieusement paresseux, la girafe un peu hautaine et fière. Et le lion… superbe.

Gabriel ne put se retenir de le prendre dans ses mains et de caresser sa crinière alors que les souvenirs affluaient. Il revit les blocs de couleur, le bilboquet, le cheval de bois, le petit canard sur roulettes qui dodelinait de la tête en avançant et il se souvint également d'un lion magnifique dans un grand livre illustré et de la promesse que lui avait faite son père. Il allait sculpter l'animal dans un morceau de bois. Gabriel se rappelait avoir souvent réclamé son lion par la suite. Il devinait maintenant que cette époque devait coïncider avec celle où son père avait été victime d'un accident.

Gabriel reposa le roi de la jungle sur la table de bois. Pendant qu'il rabattait doucement la toile par-dessus, un chant de merle l'alerta. Claire avait reçu en cadeau une horloge qui marquait les heures avec un chant d'oiseau. Et le merle chantait à treize heures. Il allait devoir sprinter jusqu'à la poly pour ne pas être en retard. Il balança ses chaussures de course sur son épaule et entreprit de gravir l'escalier en sautant plusieurs marches.

À mi-hauteur, il perdit pied. Sans raison, comme s'il avait été victime d'un sortilège. Au lieu de prendre appui sur le degré, son pied droit glissa sur l'arête. Gabriel débuta plusieurs marches, atterrit sur un bras et ressentit une violente douleur au poignet. Il poussa un cri rauque, roula encore un peu et s'immobilisa sur le plancher de ciment.

◆

Trois fois, pendant la nuit, il avait allumé sa lampe de chevet pour comparer ses poignets. Le droit était encore très enflé et extrêmement douloureux malgré les nombreuses applications de glace et les comprimés anti-inflammatoires qu'il continuait d'avaler aux quatre heures. Il entreprit d'enrouler des bandes élastiques autour de ses poignets comme il avait fait la veille. Pour protéger le droit et pour éviter les questions.

Personne ne savait qu'il s'était blessé. Personne ne savait qu'il risquait de performer misérablement à la compétition. Pas même Emmanuelle. Il avait failli le lui raconter. Au lieu de ça, il lui avait dit, comme à tout le monde, qu'il portait ces bandages pour renforcer ses poignets. Il ne lui avait pas raconté sa chute dans l'escalier parce qu'il avait craint de faiblir en s'ouvrant à elle, de craquer, de hurler de souffrance et de rage et de se mettre à chialer comme un gamin.

Il devait absolument tenir le coup. Ne pas ramollir. Encaisser la douleur. Être plus fort qu'elle. La veille, en soirée, il s'était exercé à soulever des caisses au sous-sol. Pour vérifier ce qu'il était capable d'endurer. Il avait rapidement démissionné. Pas parce que la douleur était insoutenable, pas parce qu'elle lui coupait le souffle et lui vidait l'esprit, mais parce qu'il sentait, en plus, que son poignet risquait de lâcher. Il préférait l'épargner jusqu'à la compétition.

Sa chute dans l'escalier lui faisait l'effet d'une malédiction. Pourquoi lui ? Pourquoi maintenant ? Alors qu'il était à un saut de puce d'une victoire. Il avait obtenu les résultats des athlètes de sa catégorie lors des dernières compétitions et ses chances de décrocher une troisième place étaient excellentes. À condition d'être en forme et d'égaler ses meilleurs levés.

Gabriel sortit du lit, s'habilla, prit son sac d'haltérophilie et descendit au rez-de-chaussée. Claire et François n'étaient pas au courant des championnats. Depuis qu'il savait qu'ils lui avaient caché des informations importantes sur sa vie, il n'était pas revenu sur sa décision de couper les ponts. Il avait failli confier à Christine qu'il se préparait pour une compétition, mais le risque était trop grand. Sa sœur était une adorable petite pie.

Il avala un demi-verre d'eau devant l'évier de cuisine pendant que François terminait son omelette jambon-fromage avec pommes de terre poêlées, un rituel du samedi. Christine et Claire étaient occupées à établir la liste des ingrédients à acheter pour leur grand projet du week-end : la confection de biscuits de Noël. Gabriel avait prévu ne rien avaler d'autre avant la pesée des athlètes dans quelques heures afin de maximiser ses chances de remporter une médaille. À performance égale, l'athlète le moins pesant l'emporterait. Il marmonna un bonjour à l'ensemble de la maisonnée, ajouta un petit sourire à l'intention de Christine et fila vers la porte. Guillaume Demers devait le prendre à la poly. Les championnats avaient lieu au Centre Gadbois à Montréal. Jeff Scott, qui avait gentiment accepté d'y être chargeur bénévole, était sans doute déjà rendu.

Gabriel enfila son manteau et se pencha pour reprendre son sac d'haltérophilie lorsqu'il sentit une main sur son épaule. Il se retourna. Son père était devant lui. Il l'enveloppait d'un regard bienveillant. Gabriel ne put s'empêcher de penser à la ménagerie de bois sous la toile au sous-sol.

— J'aimerais ça te parler, parvint à dire François. À ton retour ou un peu plus tard. Bientôt, si possible... Veux-tu ?

Gabriel hocha lentement la tête et quitta la maison. Il avait l'impression d'échapper à un piège. Pendant un bref moment de pure folie, il avait eu envie de se jeter dans les bras de son père.

✦

En entrant dans la salle de réchauffement après la pesée, Gabriel fit une découverte très surprenante : il n'avait pas levé de barre depuis plus de quarante-huit heures et cet effort lui manquait. Il avait envie d'arracher des poids à bout de bras. Et pas juste pour gagner. Pas seulement parce qu'il avait besoin de cette sacrée bourse. Ou pour faire taire les bêtes dans son ventre. Il avait envie d'empoigner une barre parce qu'il aimait ça. Tout simplement. Il rangea cette révélation au fond de son cerveau en se promettant d'y réfléchir plus tard.

Pour épargner son poignet, il avait prévu modifier ses exercices d'échauffement en ne levant les barres qu'à mi-hauteur, ce qui lui permettait d'éviter les rotations du poignet, le mouvement le plus risqué et le plus douloureux dans son état actuel. Si Guillaume Demers continuait d'être sollicité par une foule d'autres entraîneurs et d'athlètes, Gabriel avait des chances de s'en tirer sans trop d'esclandre. En le voyant arriver à la poly avec les poignets bandés, l'entraîneur avait fortement réagi :

— Sainte-Philomène ! Qu'est-ce qui se passe ? Te prends-tu pour un arbre de Noël ?

L'affaire avait failli mal tourner. Demers voulait qu'il enlève tous ces « rubans » qui lui donnaient un air de « femme-lette ». Gabriel avait refusé en alléguant que ça lui donnait confiance en lui. Heureusement, Guillaume Demers avait connu toutes sortes de superstitions d'athlètes dans sa carrière, aussi avait-il décidé de passer l'éponge.

Gabriel avait pris le temps d'acheter une barre énergétique entre la pesée et le réchauffement, mais après deux bouchées, il avait senti son estomac se soulever. Jeff Scott, qui l'observait à distance, était venu l'encourager.

— Te force pas, Power Boy. *It's okay.* C'est normal d'avoir l'appétit coupé avant une compétition. *Relax! Everything is going to be fine.*

Après avoir survécu à un semblant d'échauffement, il avait eu envie d'utiliser ce qui lui restait de monnaie pour téléphoner à Emmanuelle, lui confier l'accident et lui demander de penser à lui dans la prochaine heure, mais au dernier moment, Demers s'était approché.

— Prépare-toi pour la présentation des athlètes et après, isole-toi et pense à tes mouvements en attendant qu'ils t'appellent.

Une demi-heure plus tard, Gabriel sentit son cœur rater quelques battements. Il avait beau être assis à méditer en n'attendant que ça, la voix du commentateur annonçant son premier levé l'avait saisi.

— Concentre-toi sur la trajectoire de la barre et tout va bien aller. T'es capable! l'avait encouragé Guillaume Demers alors qu'il quittait les coulisses pour avancer vers la barre.

Le nombre de spectateurs était beaucoup plus impressionnant qu'il ne l'avait imaginé. Gabriel se sentit écrasé par le poids de cette foule dans laquelle il ne connaissait personne.

«Gabriel Veilleux, premier levé, cent quinze kilos», répéta une voix dans les haut-parleurs.

✦

— Bravo, Power Boy! le complimenta chaleureusement Jeff Scott pendant que la foule applaudissait.

— On lâche pas! l'avertit Guillaume Demers en guise de félicitations.

Il avait réussi cent kilos à l'arraché. Une progression parfaite. Aucun raté. Sans ce satané poignet, il aurait sûrement pu pousser davantage, mais c'était trop risqué. Lors du troisième essai, au moment où la barre remontait de la taille aux épaules, une douleur fulgurante lui avait incendié tout le bras et il avait craint d'échapper la barre.

Gabriel prit une grande gorgée d'eau de sa gourde et se dirigea vers les toilettes où il s'enferma dans un cabinet. Il avait besoin d'être seul pour se préparer à la prochaine épreuve. Il avait obtenu le deuxième total à l'arraché. En poursuivant sur cette lancée, il décrocherait une médaille d'argent. Il pourrait régler les frais de l'enquête pour retrouver sa mère et faire quelques folies en plus. Il achèterait un cadeau de Noël à Emmanuelle. Et à Christine aussi, tiens.

Et si sa mère biologique l'accueillait comme celle de Pierre Joffe? Si elle refusait de le rencontrer? Peut-être découvrirait-il qu'ils n'avaient aucune ressemblance, aucune affinité? qu'il s'était leurré et qu'elle n'avait rien à voir avec les questions qui le tourmentaient? Gabriel repoussa ces pensées. Il avait besoin de s'accrocher à la certitude que la femme qui l'avait porté dans son ventre avait envie de le rencontrer et pouvait l'aider.

En sortant du cabinet, il découvrit qu'il ne sentait plus son poignet, un peu comme si la douleur avait fini par l'anesthésier. Ou l'intoxiquer, songea-t-il.

L'attente avant le début des essais à l'épaulé-jeté lui parut interminable. Et puis soudain, enfin, il entendit le commentateur prononcer son nom. Guillaume Demers lui prodigua ses dernières recommandations alors qu'il se dirigeait vers la barre, mais Gabriel n'enregistra rien. Son cerveau ne pouvait plus capter d'informations. Il aurait fallu abolir la pause entre les deux épreuves. Dans l'intervalle, la douleur était revenue. Plus intense, plus virulente, plus intolérable et plus détestable. Elle occupait toute la place.

Il avança comme un automate, regarda la foule sans la voir, distingua la barre à ses pieds. La voix du commentateur officiel annonça :

— Gabriel Veilleux, cent quinze à l'épaulé-jeté, une minute.

Il lui restait soixante secondes. Il se pencha, enroula lentement ses doigts autour de la barre, ferma les yeux et tenta d'imaginer les traits de sa mère. Mais il avait beau se concentrer, elle demeurait cruellement invisible. Alors il songea au lac. Revit le ciel, les hautes herbes, le huard. Et Emmanuelle.

Il souleva la barre. Faillit tomber à genoux tant la douleur était foudroyante.

Tenir le coup. Ne pas s'effondrer. Survivre à cet enfer. Et porter la barre plus haut encore, à bout de bras, jusqu'au-dessus de sa tête. Il avait beau visualiser le mouvement, ses membres refusaient d'obéir. Il parvenait tout juste, en déployant des efforts titanesques, à maintenir la barre écrasée contre son cou.

Gabriel scruta la foule silencieuse. On aurait dit que tous les spectateurs avaient cessé de respirer.

Et puis soudain, plus rien. Tout disparut. Il n'y eut plus que du noir.

Et un bruit sourd.

Chapitre 25

Jean referma la porte derrière lui pendant que Poucet lui faisait la fête comme s'ils ne s'étaient pas vus depuis des lustres et pourtant, il ne s'était absenté que quelques heures. Avant d'accrocher son manteau dans le vestibule, il retira d'une de ses poches l'enveloppe qu'il était allé cueillir à Saint-Jovite en prétextant une urgence vétérinaire.

— Devine ce qu'il y a à l'intérieur? avait-il demandé à sa mère quelques minutes plus tôt.

Après une certaine stupéfaction – « Quoi? Vous partez demain! » – suivie d'un aveu de tristesse – « Vous ne serez pas avec nous à Noël! » –, Jean avait réussi à rallier Solange à son projet. Lui-même aurait préféré partir quelques jours plus tard, à la fin de la semaine, mais tous les vols étaient complets pendant les vacances de Noël. L'agent de voyages l'avait même convaincu qu'il était très chanceux de pouvoir réserver deux sièges pour le lendemain, ce qui avait fini de dissiper son hésitation. De plus, en partant aussi tôt, il pourrait rencontrer Jean-Bernard à Paris et discuter de plusieurs projets grandioses et fous.

Gilles, son associé à la clinique, avait un peu bronché en apprenant la date de départ, mais Carmen Blanchet, l'éditrice patronne de Marie-Lune, l'avait gentiment rassuré :

— Prenez le temps qu'il faut. On n'a qu'une vie. Les manuscrits attendront, c'est tout. Et puis, les changements d'air, c'est toujours bon pour l'inspiration…

— Paris ! C'est tellement romantique ! Ça vous fera comme un voyage de noces, avait concédé Solange. Mais avant, il faudrait vous marier, avait-elle ajouté, espiègle, histoire de lui rappeler pour la millième fois qu'elle aurait bien aimé assister à une telle cérémonie.

Solange Lachapelle s'était arrêtée un moment, songeuse, avant de reprendre.

— À ton retour, tu me diras si c'est encore aussi beau que tu me racontais. Parce que moi, c'est sûr, je n'y mettrai jamais les pieds. Le jour où je réussirai à convaincre ton père de prendre l'avion, les coqs auront du poil et les vaches des plumes. Tu es chanceux d'avoir une compagne qui aime voyager.

Il avait dû expliquer à sa mère que Marie-Lune n'était au courant de rien.

— C'est une surprise ! J'ai tout organisé en secret. J'ai inventé un souper avec mon associé à la clinique et sa conjointe, demain. Il est au courant. Au cas où, sait-on jamais, Marie-Lune le croiserait. J'aurai fait nos valises. D'ailleurs, si tu voulais me donner un coup de main pour celle de Marie-Lune… Je vais la cueillir au lac, demain, en fin d'après-midi.

Elle a une journée bien remplie : un truc dans une école et une rencontre avec sa patronne aussi. Nos valises seront déjà dans le coffre de ma voiture. À l'intersection de la route 117, au lieu de tourner vers Saint-Jovite, je vais filer vers Montréal, enfin, Dorval. J'ai hâte de voir sa réaction. Je devrais peut-être enregistrer la conversation en cachette.

Solange avait promis de lui donner un coup de main pour les valises le lendemain, à midi. Il était resté un peu à bavarder et en avait profité pour poser à sa mère plusieurs questions sur sa santé et celle de son père.

— Mais qu'est-ce qui te prend ? On dirait la grande Inquisition ! Depuis quand t'inquiètes-tu comme ça ? J'ai l'air malade ou quoi ? C'est quasiment insultant ! s'était-elle défendue d'un ton faussement exaspéré.

— Tu as l'air dangereusement en forme, la rassura Jean. Si j'étais ton mari, je t'enfermerais sous clé de crainte de me faire voler.

— Espèce de chanteur de pomme ! Allez, ouste ! avait-elle lancé en gloussant de plaisir alors qu'il se préparait à partir.

Jean sourit en se remémorant la scène. Solange avait réussi à le tranquilliser. Cette angoisse récente qui le taraudait, l'impression saugrenue d'une catastrophe imminente, l'avait amené à s'enquérir de la santé de ses parents. « Je suis bête », songea-t-il. Il avait sans doute simplement un peu de mal à se résoudre au bonheur. Pendant des mois et des mois, il avait « gardé le fort » pendant que Marie-Lune semblait rendre les armes. Il était resté présent, alerte, solide, fidèle et droit. Il avait repoussé la peur, l'abattement. Et alors même que les envahisseurs semblaient avoir enfin déserté, alors même qu'il retrouvait la joie et la paix avec Marie-Lune, il se découvrait une fragilité nouvelle. Il n'y avait pas d'autre explication. Il n'y avait pas de menace à l'horizon, que des peurs sans fondement.

Il fourra prestement l'enveloppe contenant les précieux billets sous sa veste en entendant des pas. La porte s'ouvrit brusquement derrière lui. Marie-Lune arrivait d'une course autour du lac, les joues rouges et mouillées de neige, l'air un peu canaille avec ses cheveux en bataille et son survêtement trempé. Elle passa en coup de vent devant son compagnon, courut jusqu'à la cuisine pour vérifier l'heure et déclara, rayonnante :

— Quarante-quatre minutes ! Le mois dernier, j'étais à quarante-huit. C'est formidable, non ?

Quelque chose dans le regard de Jean l'arrêta. Une sorte de ferveur nouvelle et grave. Elle se leva sur la pointe des pieds, déposa un baiser sur ses lèvres, plongea dans ses deux lacs noirs et murmura avec une tendresse émue :

— Je t'aime, Jean Lachapelle.

Et presque aussitôt, elle ajouta :

— Je meurs de faim ! Pas toi ?

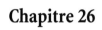

Chapitre 26

D'une main sûre, Claire pressa l'emporte-pièce pour bien découper la pâte.

— Voilà ! À ton tour, dit-elle en offrant le moule en forme de sapin à Christine.

Les sourcils froncés, le regard grave, Christine pressa à son tour l'emporte-pièce, un peu trop légèrement au début, elle le sentit, alors elle appuya davantage, souleva délicatement le moule et poussa un cri de joie en découvrant l'arbre bien découpé. Elle le détacha avec mille précautions et le déposa sur la plaque à biscuits en poussant un énorme soupir.

Claire éclata d'un rire joyeux, mais son visage s'assombrit presque aussitôt lorsqu'elle entendit la porte de la chambre de Gabriel s'ouvrir. Depuis vingt-quatre heures, il restait enfermé entre ces quatre murs, s'échappant seulement pour aller aux toilettes. Blessure à l'entraînement, avait-il simplement annoncé en rentrant la veille, le bras droit soutenu par une écharpe et le visage très pâle.

— T'es inquiète pour Gabriel ? demanda Christine en faisant la moue.

Claire sursauta légèrement comme si elle avait été prise en flagrant délit. Gabriel était au centre de ses soucis, mais elle s'évertuait à faire comme si tout allait encore pour le mieux dans le meilleur des mondes au 609, rue Laflèche. Pourtant, personne n'était dupe. Pas même Christine.

— Un peu, admit-elle en s'efforçant de sourire.

La petite main de Christine vint frotter son dos. Claire sentit qu'elle pourrait fondre en larmes à n'importe quel instant. Elle avait de plus en plus de difficulté à garder son calme et à rester fonctionnelle. Elle grimaça légèrement alors que la paume chaude de Christine s'attardait sans le savoir sur une ecchymose près de son épaule. Ce qu'elle pouvait être gauche et gaffeuse depuis quelque temps! À preuve, ces deux autres taches bleues, l'une à l'avant-jambe, l'autre sur la cuisse. Elle trébuchait, se cognait, butait contre tout. Il lui sembla soudain qu'elle avait totalement perdu la maîtrise de sa vie. Que même ces fragiles bulles de bonheur qu'elle parvenait encore à créer avec Christine allaient bientôt éclater. Déjà, François semblait plus distant. Quant à Gabriel…

Lorsqu'elle l'avait vu la veille, blessé et muet, quelque chose en elle s'était brisé. Elle était prête à tout réévaluer désormais. Si Gabriel voulait absolument retrouver sa mère biologique, alors elle l'aiderait. Pour ne pas le perdre. Parce que, visiblement, c'est ce qui était en train de se produire. Son fils lui glissait entre les doigts. Il s'éloignait chaque jour davantage, peut-être irrémédiablement.

Si Gabriel voulait entrer en communication avec cette femme qui l'avait porté dans son ventre et qui pouvait se réclamer du titre de mère, elle l'aiderait. Parce qu'elle l'aimait trop pour accepter de le voir souffrir. C'est ce qui l'avait fait craquer. La douleur de son enfant. Le bras en écharpe n'était pas si alarmant. Ce qui se tramait dans son cœur, dans sa tête, dans son ventre, l'était bien davantage. Elle savait qu'il souffrait depuis des mois déjà, même si elle avait mis du temps à l'admettre. Elle le savait dans sa chair, depuis le début, parce qu'elle était sa mère et qu'elle l'aimait comme aime une mère.

— Je suis sûre que ton grand frère va être très content de pouvoir goûter à tes biscuits, dit-elle d'un ton faussement enjoué pour réconforter Christine.

Le visage de la fillette se fendit aussitôt d'un large sourire et elle se remit à la tâche.

◆

Emmanuelle composa le numéro pour la dixième fois au moins. Et comme chaque fois, juste avant que le signal soit transmis, avant d'entendre la toute première sonnerie, elle raccrocha. Gabriel connaissait son numéro et il avait promis de l'appeler après la compétition. Elle avait d'ailleurs offert d'y assister, mais il n'avait pas relevé la proposition. Peut-être en avait-il déjà assez d'elle. Peut-être avait-il rencontré quelqu'un. Une haltérophile, tiens. Il y en avait sûrement de très jolies.

Elle alluma la télé dans sa chambre, l'éteignit presque aussitôt avec un mouvement d'humeur, enfila un survête-ment pour aller courir et se rappela ce jour pas si lointain où elle avait engueulé Gabriel au bord de l'étang parce qu'il avait été témoin de sa crise de rage et de larmes. Elle lui avait prêté des intentions peu louables. À tort.

Emmanuelle composa à nouveau le numéro et laissa sonner. Un coup, deux coups…

✦

Christine était en route vers la chambre de Gabriel, une assiette de biscuits encore tièdes à la main, bien décidée à guérir son grand frère avec ses petits arbres sucrés, lorsqu'elle entendit Claire appeler :

— Gabriel ! Téléphone…

✦

Gabriel reposa le combiné. Emmanuelle n'avait sans doute pas compris. « Je suis taré », voilà ce qu'il aurait dû lui dire clairement. Il avait quand même tenté de lui démontrer comment la malédiction s'acharnait sur lui afin qu'elle comprenne combien c'était idiot de s'attacher à un gars comme lui. Mais Emmanuelle voulait simplement savoir pourquoi il se terrait. Alors il avait fini par tout lui raconter. La chute dans l'escalier, les bandages pour camoufler, la compétition, son total à l'arraché et puis le trou noir. Lorsqu'il avait repris conscience, un médecin de service était à son chevet. Il lui avait expliqué qu'en appuyant trop longtemps la barre sur son cou, il avait coupé l'afflux sanguin au cerveau. L'erreur était assez fréquente chez les néophytes. Par chance, il ne s'était pas blessé.

Et puis soudain, ils s'étaient tous intéressés aux bandages à ses poignets. Ils les lui avaient retirés. Guillaume Demers avait sacré en découvrant son poignet droit horriblement enflé avec la main qui pendouillait bizarrement. Le médecin avait diagnostiqué des trucs brisés. Des tendons ou des ligaments, Gabriel ne s'en souvenait plus. En voiture, alors qu'il le reconduisait chez lui, Guillaume Demers l'avait longuement sermonné. Folie, inconscience, absence totale de discernement, mensonge, etc. Le diagnostic de l'entraîneur était encore plus élaboré et accablant que celui du médecin. Mais à mesure qu'ils approchaient, le ton avait changé.

— T'es une sacrée machine, Veilleux. Si le bon Dieu existe, il t'a créé pour lever des poids. C'est archi-clair. Si tu rêves d'une médaille, t'inquiète pas, tu vas en récolter un jour. Et pas juste dans des championnats juniors, crois-moi !

Emmanuelle l'avait écouté sans broncher. Et après, comme souvent, il avait paniqué. Il aurait voulu ravaler tous ces mots. Mais alors même qu'il se demandait ce qui lui avait pris de tant se répandre, elle avait comblé le silence en l'électrocutant presque avec un « je t'aime ». Le premier à être prononcé.

Il aurait voulu répondre « moi aussi », mais c'était impossible. Il n'était pas simplement hésitant ou timide. Il était incapable non seulement de prononcer ces mots, mais de ressentir ce qu'il aurait dû ressentir. Son cœur était congelé. Il aurait fallu qu'il puisse expliquer à Emmanuelle que pour l'aimer, elle, il devait d'abord s'aimer, lui. Mais ses pensées n'étaient pas assez claires, alors il lui avait simplement souhaité bonne nuit en espérant qu'elle entendrait toute la tendresse dans sa voix.

✦

François avait déjà cogné deux fois à la porte de son fils. Il devait absolument lui parler, il avait des choses importantes à lui dire, mais Gabriel refusait de le laisser entrer. Pour s'encourager, François se répétait que Gabriel ne lui en voulait pas seulement à lui. Il en voulait au monde entier.

La veille, François avait réussi à intercepter Guillaume Demers alors que celui-ci redémarrait sa voiture. Ils avaient longtemps parlé. Ce qu'il avait appris de l'entraîneur l'avait fortement ému tout en renforçant sa décision d'aider son fils. Gabriel s'était entraîné pendant des mois dans le but précis de remporter un championnat, et ni lui ni Claire n'étaient au courant. Quelles autres quêtes menait-il secrètement? Seul? Sans aide?

À quoi servent les pères? s'était demandé François après le départ de l'entraîneur. Sont-ils condamnés à un rôle de simple pourvoyeur? N'ont-ils pas été inventés pour aider, appuyer, accompagner? Aux yeux de François, la réponse était claire. Il ne lâcherait pas prise. Gabriel Veilleux allait découvrir qu'il n'était pas seul. Et que son père pouvait être aussi entêté que lui.

François rangea le caribou qu'il avait fini de peindre en attendant que la maisonnée soit bien endormie. Il prit un moment pour apprécier le réconfort du silence puis entreprit de monter tranquillement, sans faire de bruit, jusqu'à l'étage. Il s'arrêta devant la porte de la chambre de Gabriel, l'ouvrit et avança à pas feutrés jusqu'au lit.

Gabriel dormait, roulé en boule sur le côté, le poing gauche fermé, l'autre entrouvert. François resta longtemps immobile à contempler son fils endormi. Avant de partir, il se pencha et déposa un baiser sur son front, comme il l'avait fait des milliers de fois jadis. Gabriel remua un peu, sa main s'ouvrit légèrement et François eut l'impression que l'ombre d'un sourire éclairait son visage. Comme jadis.

Chapitre 27

Marie-Lune referma la porte sur Poucet, qui jouait avec brio son rôle de petit chien piteux, les oreilles basses, le regard implorant, avec en prime quelques grognements désespérés, alors que sa maîtresse quittait la maison sans lui. Pendant un moment, elle avait pensé l'amener. Il aurait été parfaitement heureux de participer à l'événement, à condition qu'un élève le prenne sur lui et lui gratte un peu les oreilles de temps en temps. Mais il ne fallait pas trop forcer la chance. Après une première rencontre un peu épique, tous ses entretiens avec des groupes d'adolescents s'étaient admirablement bien déroulés. Elle avait hâte maintenant, à la veille d'un de ces événements, et déplorait qu'il n'en reste que trois dans le cadre du concours. Mais peut-être y aurait-il d'autres initiatives d'enseignants ou d'élèves, comme pour ce rendez-vous d'aujourd'hui ?

Elle avait reçu l'appel trois jours plus tôt. Paule Poirier, une enseignante de la polyvalente des Sources, souhaitait l'inviter à rencontrer ses élèves. L'école n'avait pas été retenue dans le cadre du concours, mais plusieurs élèves lui avaient écrit et l'une d'elles, Emmanuelle Bisson, était prête à remuer mer et monde pour la faire venir à l'école. Elle avait déjà obtenu des commanditaires pour payer le cachet de la rencontre et c'est elle qui avait trouvé son numéro de téléphone dans le bottin de l'Union des écrivains.

— J'espère que vous ne m'en voudrez pas trop d'oser vous importuner avec ma demande, s'était excusée l'enseignante.

La voix était chaleureuse, le ton enthousiaste. Emmanuelle lui avait parlé de son prof de français dans sa deuxième lettre.

— J'accepte avec joie, avait répondu Marie-Lune. Je serais vraiment très heureuse de rencontrer Emmanuelle. Et vousmême, et vos élèves, bien sûr, avait-elle ajouté, craignant d'être malpolie.

Noël approchait à grands pas. Paule Poirier s'attendait à ce que Marie-Lune leur propose une rencontre en janvier ou en février. Celle-ci l'avait surprise en annonçant que le prochain lundi, elle avait un rendez-vous à Montréal dans l'après-midi avec l'éditrice de L'achillée millefeuille. En route, elle passait presque devant la polyvalente. La rencontre pouvait-elle avoir lieu à la fin de la matinée? Paule Poirier semblait plus qu'enchantée par cette proposition. Un petit spécial, tombé du ciel juste avant Noël! Elle s'arrangerait avec le directeur pour réunir tous les élèves du deuxième cycle au gymnase à la dernière période du matin. Onze heures, ça irait? Et le cachet?

— C'est un cadeau, avait répondu Marie-Lune. Pour Emmanuelle.

Une brusque rafale fouetta le visage de Marie-Lune alors qu'elle s'engouffrait dans sa voiture. Il avait neigé toute la nuit, puis le mercure avait chuté et des vents d'enfer s'étaient mis à balayer la neige en tous sens. Marie-Lune glissa l'*Adagio d'Albinoni* dans le lecteur de disques de sa voiture. La polyvalente des Sources était à moins d'une heure de route de chez elle et elle avait tout son temps. Elle se promit de conduire lentement. Si la route était trop mauvaise, elle remettrait son rendez-vous avec Carmen et rentrerait directement au lac après la visite d'école. Marie-Lune se réjouit en songeant qu'elle pourrait bientôt mettre un visage sur le nom d'Emmanuelle. Elle éprouvait beaucoup d'affection pour cette jeune fille et souhaitait vivement poursuivre leur échange épistolaire.

« Votre livre rend heureux. Il aide à mieux vivre. » Marie-Lune se répétait les paroles d'Emmanuelle lorsqu'un camion impatient de la dépasser surgit à sa gauche. Elle ne l'avait pas vu approcher. Presque aussitôt, elle aperçut en sens inverse une petite berline qui émergeait d'une vilaine courbe. Pressé de regagner sa voie pour éviter la collision, le camion tangua dangereusement avant même d'avoir complètement dépassé Marie-Lune. Horrifiée, elle freina brutalement, donna un brusque coup de volant pour éviter d'être emboutie et perdit totalement le contrôle du véhicule.

✦

Dix heures quarante et la ligne était toujours occupée. Emmanuelle avait guetté l'arrivée de Gabriel à son casier jusqu'à ce que sonne la cloche du premier cours. Avant le cours suivant, elle avait accroché Maxime Dupré, qui lui avait confirmé que Gabriel était absent. Alors elle avait couru à l'entrée pour lui téléphoner, mais la ligne était occupée. Et maintenant encore !

Emmanuelle fonça vers son casier, attrapa son manteau et fila vers la sortie sans tenir compte des avertissements de Brutus, le préfet de discipline, qui lui intimait de présenter une permission écrite avant de quitter l'édifice.

Dix minutes plus tard, la mère de Gabriel, visiblement très surprise, lui ouvrait la porte. Elle tenta d'expliquer que son fils était souffrant, qu'il avait été victime d'un petit accident, mais Emmanuelle lui coupa la parole.

— Il faut que je lui parle, annonça-t-elle d'un ton si décidé que Claire n'eut pas le choix de laisser cette tornade rousse courir jusqu'à la chambre de Gabriel.

Trois minutes plus tard, la tornade ressortait en courant toujours et Gabriel courait avec elle.

En apercevant l'écrivaine, Paule Poirier comprit qu'il était arrivé quelque chose. Marie-Lune s'excusa de se présenter à l'école quelques minutes seulement avant le début de la rencontre.

— Vous allez bien ? s'enquit l'enseignante d'une voix chaude dans laquelle perçait un réel souci.

Marie-Lune poussa un soupir, secoua la tête, hésita un peu et lui confia finalement qu'elle avait bien failli ne jamais se présenter ici ni nulle part ailleurs. Elle venait d'éviter de justesse un terrible accident. Elle décrivit la séquence d'événements jusqu'au tête-à-queue final au cours duquel elle avait traversé la voie inverse pour s'immobiliser sur l'accotement comme si elle avait simplement changé de direction.

Paule Poirier insista pour qu'elle s'assoie un moment au salon des enseignants, le temps de reprendre ses esprits. Tout irait bien. Les élèves pouvaient attendre quelques minutes.

◆

Ils atteignirent la polyvalente au pas de course. Emmanuelle sentait que Gabriel la suivait parce qu'il n'avait pas vraiment le choix. Elle lui avait présenté l'affaire comme une faveur immense. Elle avait besoin qu'il soit là, à ses côtés, pendant la rencontre. Parce que Marie-Lune Dumoulin-Marchand était très importante à ses yeux. Elle avait déjà parlé à Gabriel de cette auteure à qui elle avait écrit. Il devait accepter de l'accompagner…

En apercevant Brutus derrière la porte d'entrée, Emmanuelle eut soudain l'impression de s'être engagée dans une aventure impossible. Mais au moment où le préfet de discipline allait ouvrir la bouche pour leur servir un sermon assorti d'une sentence, le directeur de la polyvalente, Jean-Luc Beaudoin, sortit en vitesse de son bureau et repéra au passage les deux adolescents dans l'entrée. Son regard s'attarda quelques secondes sur Emmanuelle. Paule Poirier l'avait mis au courant des démarches de l'élève pour organiser la rencontre avec une écrivaine.

— Allez! Ouste! Au gymnase! déclara-t-il sans rien perdre du soulagement sur le visage d'Emmanuelle Bisson, une adolescente qu'il avait appris à apprécier.

◆

En route vers le gymnase, Paule Poirier expliqua à Marie-Lune qu'elle n'avait rien promis mais qu'Emmanuelle serait enchantée de la rencontrer seule à seule pendant une minute ou deux à la fin de l'entretien.

— J'en serais ravie, l'assura Marie-Lune en ajoutant qu'elle avait prévu formuler elle-même cette demande dès son arrivée, mais les événements de la dernière heure l'avaient tellement ébranlée qu'elle en avait oublié d'aborder ce sujet.

L'enseignante enveloppa Marie-Lune d'un regard plein de sollicitude.

— Tout va bien aller, déclara-t-elle d'un ton ferme et réconfortant en tapotant gentiment l'épaule de Marie-Lune.

Elle entreprit ensuite d'expliquer rapidement le déroulement de la rencontre. Après le mot du directeur, Marie-Lune aurait carte blanche. Étant donné la taille de l'assistance, tous les élèves du deuxième cycle étant réunis, elle avait prévu un projecteur spécial afin que Marie-Lune puisse présenter ses documents sur un écran géant. Était-ce bien ce qu'elle souhaitait? Marie-Lune la remercia. C'était parfait.

Au fil des rencontres, elle avait découvert l'intérêt des élèves pour ses quelques documents d'archives. Les diverses versions de son manuscrit surtout. Les étudiants étaient heureux d'apprendre qu'elle aussi devait travailler dur avant d'arriver à une version correcte. Ils étaient également impressionnés par le nombre de coquilles et d'erreurs relevées par le réviseur dans la version finale et par les épreuves où l'on repérait encore des fautes.

Aujourd'hui, elle leur parlerait peut-être aussi de son travail de directrice littéraire à L'achillée millefeuille. Et si la confiance régnait, si le climat était bon, elle les entretiendrait de ses nouveaux projets d'écriture.

◆

Emmanuelle sortit le roman de son sac à dos et le refila à Gabriel en lui montrant la couverture arrière.

— C'est elle! annonça-t-elle en désignant la photo de l'écrivaine. Elle est... sympathique, non?

Gabriel jeta un rapide coup d'œil. Il se fichait éperdument de cette écrivaine comme de sa photo. La présence d'Emmanuelle à ses côtés emplissait tout l'espace. Il avait suffi qu'elle surgisse dans sa chambre à l'improviste pour que son horizon s'éclaire. Il s'était découvert heureux, malgré tout, de savoir qu'elle tenait tant à partager un moment important avec lui.

Autour d'eux, les élèves étaient bruyants, comme toujours lorsqu'ils étaient réunis en grand groupe, mais lorsque Paule Poirier monta sur l'estrade et s'avança vers le micro, elle parvint sans trop de difficultés à obtenir un silence à peu près poli. Le directeur vint prononcer quelques mots, glissa une blague qui fut bien accueillie mais que ni Gabriel ni

Emmanuelle ne saisirent tant leur esprit était occupé autrement. Puis une jeune femme gravit d'un pas léger les marches menant à l'estrade, s'avança vers le micro, observa la foule, offrit un sourire un peu timide qui s'épanouit avec les applaudissements et, d'une voix émue, salua les élèves avec des mots simples qui semblaient venir du cœur.

Emmanuelle ne put s'empêcher d'épier Gabriel. Bêtement, elle avait espéré qu'il la reconnaîtrait. Même si c'était parfaitement ridicule, puisqu'il ne savait rien d'elle. Emmanuelle était presque sûre de ne pas se tromper maintenant. Au cours de leur échange téléphonique, la veille, elle avait trouvé le moyen d'obtenir la date de naissance de Gabriel. Il était né le 1er juillet. C'était aussi la date de l'accident dans le roman. L'accident qui avait emporté le fils de Marie-Soleil.

Marie-Lune continua de parler. Au bout d'un moment, Emmanuelle découvrit que Gabriel semblait maintenant absorbé par le discours de l'écrivaine. Que s'était-il produit? Était-il simplement intéressé par ce qu'elle racontait ou bien un détail avait-il éveillé ses soupçons? Elle-même n'avait pas très bien écouté; elle avait de la difficulté à se concentrer. Elle était trop obsédée par la pensée que Gabriel était si près de sa mère alors même que, depuis son échec à la compétition, il semblait avoir perdu espoir de la retrouver.

Gabriel resta ainsi très attentif, le cou tendu, les sourcils légèrement froncés. Marie-Lune leur confia son bonheur d'écrire et sa peur aussi de ne pas être à la hauteur. Elle leur parla de son adolescence, des drames qu'elle avait vécus. Et puis soudain, Emmanuelle leva la main.

Gabriel l'observa, déconcerté. Emmanuelle semblait elle-même surprise de son geste, peut-être même apeurée. Et pourtant, elle s'était levée. Elle se tenait debout maintenant. Le roman reposait sur son siège. Gabriel en profita pour étudier à nouveau la photo de l'écrivaine.

Marie-Lune s'était tue, visiblement surprise d'être ainsi interrompue en pleines confidences alors même qu'elle avait annoncé qu'il y aurait une période de questions et d'échanges après une brève présentation. Emmanuelle commença par dire son nom, comme on leur avait appris à le faire au cours de telles rencontres. Son nom, puis sa classe. Emmanuelle Bisson, cinquième secondaire. Elle parlait d'une voix forte, un peu trop sans doute, un signe de nervosité, songea Gabriel. En écoutant sa question, il sentit son cœur battre comme un dingue.

— Dans votre roman, vous racontez la mort de votre mère et l'accident qui vous a fait perdre votre bébé, un premier juillet, il y a seize ans. Cela s'est-il vraiment passé comme ça?

Emmanuelle savait que Marie-Lune l'avait reconnue. Et qu'elle était déçue. C'était écrit sur ses traits. Emmanuelle avait triché. Le sujet qu'elle venait d'aborder devant tous ces élèves relevait nettement du domaine intime. Dans ses lettres, Marie-Lune lui avait livré des petits morceaux de sa vie en lui faisant confiance. Et Emmanuelle avait trahi cette confiance.

Un doute affreux fit vaciller la jeune fille. Et si elle avait fabulé? Si ces dates, par exemple, n'étaient que coïncidence?

Il y eut un long silence. Quelques élèves remuèrent sur leurs chaises, impatients.

— Dans ce roman, j'ai raconté ma vie, répondit Marie-Lune d'une voix blanche. J'ai changé des noms, des faits aussi. Je n'ai rien voulu cacher. J'ai confié ce que je me sentais capable de confier. C'est tout. Le reste m'appartient.

Emmanuelle aurait voulu pleurer tant elle se sentait moche. Elle n'avait rien prémédité. Un sentiment d'urgence l'avait incitée à se lever et à poser cette question. Elle avait soudain eu l'intuition qu'elle devait agir tout de suite. Maintenant. Pour Gabriel.

Une voix la fit sursauter. Celle de Gabriel à ses côtés. Tous les regards étaient braqués sur lui. Qu'Emmanuelle Bisson prenne la parole en public n'avait rien de bien extraordinaire, mais que Gabriel Veilleux, l'espèce de sauvage, le grand ténébreux, se lève ainsi pour poser une question à une écrivaine !

— Gabriel Veilleux, dit-il en appuyant sur le nom de famille. Cinquième secondaire.

Il fit une pause en gardant les yeux rivés sur la jeune femme derrière le micro. Ses yeux. C'est ce qui l'avait d'abord alerté. Pendant qu'elle parlait, il avait mieux étudié la photo du livre sur les genoux d'Emmanuelle. Il n'avait pas immédiatement compris ce qui le travaillait. Jusqu'à ce qu'un sentiment se précise : l'impression d'être devant un miroir. Marie-Lune Dumoulin-Marchand avait alors parlé du lac où elle habitait, près de Saint-Jovite, et il s'était souvenu des renseignements fournis par le Centre jeunesse. Il était né à l'hôpital de Sainte-Agathe, tout près de Saint-Jovite. Un premier juillet. Une date qui semblait cruciale dans le roman de Marie-Lune Dumoulin-Marchand. Ce roman qu'il n'avait jamais lu. Emmanuelle l'avait lu plusieurs fois et elle soupçonnait quelque chose. Sa question était pleine de sous-entendus. Et la réponse de Marie-Lune Dumoulin-Marchand aussi.

Avait-elle tressailli en entendant son nom? Ce qu'il était en train d'imaginer était-il possible? Si c'était bien elle, la femme qui l'avait mise au monde, celle qu'il souhaitait si ardemment rencontrer, alors elle réagirait à son nom de famille. Parce qu'elle connaissait Claire et François. Elle les avait même déjà rencontrés. Devinait-elle la bousculade féroce dans son esprit et les grands ravages dans ses entrailles à cet instant précis? Tout cela semblait tellement insensé. Et pourtant, il avait l'impression de savoir, déjà. D'être sûr même.

Il devait poser une question. N'importe quelle question, simplement pour justifier son intervention.

— Avez-vous continué à écrire depuis? s'entendit-il demander en restant debout, parfaitement figé, dans l'attente d'une réponse.

Il avait dû s'imaginer dans la peau d'un autre élève pour réussir à pondre une question. Parce que ses questions à lui, celles qui se pressaient tout naturellement à ses lèvres, étaient d'un tout autre registre. Il avait simplement voulu se nommer, se montrer. Qu'elle sache qui il était et qu'elle le voie, là, devant elle, dans la quatrième rangée. Mais les lumières étaient sans doute trop aveuglantes. Devinait-elle plus qu'une simple silhouette debout ?

Marie-Lune scruta la foule. S'arrêta sur ce grand gaillard aux cheveux bouclés couleur paille. Elle ne pouvait distinguer les traits de son visage. Mais il avait suffi d'un mot, un nom jamais oublié, pour que la terre se fissure sous ses pieds.

Elle le contempla pendant que le temps s'étirait et que les élèves s'agitaient. Elle le contempla en mesurant la distance entre eux : quelques mètres seulement. Son corps fut saisi d'un grand vertige. Elle eut peur, soudain, de s'écrouler.

Au lieu de ça, elle se pencha, fouilla dans le porte-documents déposé sur le sol, en retira quelques feuilles de papier.

— Je n'ai plus jamais écrit après, dit-elle en déployant d'immenses efforts pour prononcer chaque mot. Je n'ai plus écrit après…

Les mots, trop pâteux, restaient collés dans sa bouche. Elle déglutit.

— Je n'ai plus écrit, jusqu'à la semaine dernière. Je pensais, comme un million de fois depuis son départ, à cet enfant que j'ai… perdu. J'ai voulu imaginer qu'il n'y avait pas eu ce drame. Faire comme s'il avait grandi à mes côtés. C'était un peu une question de survie. J'avais besoin de mots pour absorber un trop-plein de souffrance. C'est un peu pour moi que j'ai écrit ce texte. Pour me faire du bien. Mais c'est aussi pour lui. C'est à lui que je pensais en écrivant ce texte.

Sa voix s'était brisée. Elle déglutit à nouveau et ajouta, en fournissant des efforts inouïs :

— Et c'est à lui que je veux le lire.

Elle ferma les yeux, inspira lentement, profondément. Elle se souvenait d'une peur folle qu'elle avait souvent eue lorsqu'elle était petite, celle de mourir avant le 25 décembre. Avant Noël. Elle avait tellement hâte à Noël, elle attendait ce jour depuis tellement longtemps qu'il lui semblait soudain, à la veille de la grande fête, que la fin du monde arriverait avant. Ou qu'elle mourrait. Allait-elle continuer de vivre ou son cœur exploserait-il avant la fin de cette rencontre ?

Gabriel Veilleux resta debout. Derrière le micro, Marie-Lune Dumoulin-Marchand commença à lire, d'une voix tremblante, le texte qu'elle avait écrit récemment. Un texte qu'elle avait fait précéder de deux petits mots simples et graves. *À toi.*

Elle continua. Sa voix, de phrase en phrase, gagnait de l'éloquence. Les mots chantaient. Ils emplissaient la salle, éclataient en tableaux.

Pour lui. Juste pour lui.

Gabriel en était parfaitement sûr.

La preuve ? Elle le regardait. Son regard volait depuis la feuille noircie de mots jusqu'à lui. Et à nouveau. Il avait l'impression d'avoir attendu ce moment toute sa vie.

Quelque part dans le ciel
entre Montréal et Paris

Cher moustique,

Ce n'est pas la première fois que je t'écris. Mais c'est la première fois que je t'écris en sachant que tes yeux se poseront sur mes mots. Un jour, je t'expliquerai d'où vient ton étrange surnom qui est pour moi porteur de tant d'affection. Sache seulement que je t'appelle ainsi depuis bien avant que tu aies poussé ton premier cri.

Tu ressembles à ton père, Gabriel. Et à moi aussi. C'est un beau cadeau de la vie. Et te retrouver enfin constitue un cadeau tellement immense que j'en suis encore tout étourdie. J'ai encore un peu peur de me réveiller pour découvrir que je t'ai rêvé. Pourtant, je sais que tu es vrai. La preuve? Depuis seize ans, j'étouffais, et voilà que soudain je t'aperçois et le ciel s'ouvre, l'horizon s'épanouit, la nuit s'illumine.

Quelle ironie ! Je te retrouve et te quitte aussitôt. Ce fut déchirant – non : affolant ! – d'accepter de partir pour ces quelques semaines, mais au fond, c'est peut-être mieux ainsi. Sinon, je risquerais d'éclater, la charge d'émotions est trop puissante. Et c'est sans doute comme ça pour toi aussi. C'est trop de bonheur, trop de promesses d'un coup. Ne trouves-tu pas ?

Tu ne peux, bien sûr, m'avoir espéré autant que je l'ai fait. Et pourtant, je sais que tu partages mon émotion. Ces paroles que tu as prononcées... Cette petite phrase magique échappée de tes lèvres chante encore en moi. Chantera toujours.

« J'avais besoin de te retrouver. »

Moi aussi, mon amour.

Il nous faudra du temps pour apprivoiser ce bonheur nouveau. Toi dans ma vie. Moi dans la tienne. Qu'en ferons-nous ? J'espère de toutes mes forces que tu accepteras de me revoir et de me faire une petite place dans ton existence.

Tu m'en veux peut-être beaucoup... Accepte que je te raconte les circonstances de ton arrivée dans ma vie et que je t'explique la décision que j'ai prise il y a seize ans.

Notre histoire reste à écrire, Gabriel. Le passé existe, bien sûr, mais le futur est vierge. Tout est encore possible. Cette histoire, nous pouvons l'écrire à quatre mains en tenant compte du passé et de tous les personnages qui existent déjà dans nos vies.

Je t'aime depuis plus de seize ans, Gabriel. Toi, au mieux, tu ne fais que commencer. N'aie pas peur. Ton bonheur est ma gouverne. Il me reste toute la vie pour y contribuer. J'essaierai d'être à la hauteur de tes espérances, mais laisse-moi tout de suite te confier que ces quelques instants où je t'ai tenu dans mes bras seront à jamais bénis.

Je ne sais pas qui tu es. Mais sache pour toujours que je t'aime depuis bien avant que tu naisses et que, quoi qu'il arrive, je t'aimerai toujours.

À tout bientôt

Marie-Lune

Marie-Lune plia lentement les deux feuilles de papier. Dans quelques heures, elle pourrait mettre l'enveloppe à la poste. À Paris. Avec un service rapide, Gabriel la recevrait dans trois jours.

Comment réagirait-il en lisant cette lettre? Que dirait Claire en trouvant l'enveloppe? Et François? Gabriel leur aurait-il déjà parlé? Jean remua dans son sommeil. Sa tête roula un peu, menaçant de tomber de son poste d'appui sur le minuscule oreiller de la compagnie écrasé contre le hublot. Pauvre Jean! Il semblait beaucoup trop grand pour le peu d'espace qui lui était alloué dans cet avion. Marie-Lune

377

rangea la lettre dans son sac à main, ferma les yeux, et revit Gabriel tel qu'elle l'avait découvert quelques heures plus tôt.

Par quel miracle avait-elle réussi à terminer la conférence puis à répondre aux questions des élèves? Pourquoi n'avait-elle pas simplement crié, comme son cœur le réclamait? « Sortez! Partez! Disparaissez! Laissez-nous, par pitié. Mon fils est là. Il m'attend. » Elle avait plutôt continué à aligner les mots, parlant comme un automate, parce qu'elle avait peur. Peur de faire un faux pas. Peur de tout gâcher.

C'est pour ça qu'elle avait attendu. Comme si le temps avait été un allié. Finalement, il y avait eu des applaudissements puis beaucoup de mouvement pendant que la salle se vidait. D'un coup, elle avait paniqué. Où était-il? Ne risquait-il pas de disparaître à nouveau?

Paule Poirier était apparue à ses côtés.

— Suivez-moi. Je vais vous présenter Emmanuelle, avait-elle dit d'une voix calme.

Et pourtant, Marie-Lune aurait juré que l'enseignante avait deviné qu'un drame ou un miracle les unissait, l'adolescente et elle.

Pour toute réponse, Marie-Lune avait murmuré son nom.

— Gabriel Veilleux…

Deux mots. Jaillis du fond du ventre. Comme une prière. Deux mots emplis de panique, d'espoir, d'interrogation, d'urgence.

Une main avait pris son coude. Délicatement. Paule Poirier l'avait guidée.

Et puis soudain, il était là. À côté de la jeune fille.

En l'apercevant, il avait reculé. Deux pas. Pourquoi?

Alors, elle avait marché vers lui. Son moustique.

Il avait gardé les yeux baissés. Emmanuelle et Paule Poirier s'étaient discrètement éloignées.

Elle avait avancé jusqu'à lui. Il était grand. Plus grand qu'elle déjà. Au dernier moment seulement, il avait levé les yeux.

Il pleurait.

Elle l'avait pris dans ses bras, l'avait serré doucement.

Il ne s'était pas abandonné. Il avait un dos d'athlète. Très musclé. Son corps était resté raide entre ses bras. Elle avait fermé les yeux pour mieux sentir son cœur à lui contre sa poitrine à elle, cognant comme un fou, et son cœur à elle contre sa poitrine à lui, cognant comme un fou.

Une poignée de mots s'étaient échappés des lèvres de Gabriel : « J'avais besoin de te retrouver. »

Des mots pesants, lourds de mille souffrances, de reproches, d'espoirs déçus, de désir inquiet, de désespoir aussi. De rancune peut-être… Des mots porteurs d'amour aussi.

Elle l'avait pressé un peu plus fort contre elle. Elle avait tant de choses à lui dire, mais les mots restaient bloqués dans sa gorge. Elle l'avait pressé un peu plus fort contre elle en souhaitant qu'il cesse de lutter. Qu'il la laisse l'accueillir dans ses bras.

Au lieu de ça, il avait étouffé un sanglot. Comme un hoquet. Et il était parti.

Emmanuelle l'avait suivi.

Marie-Lune était restée immobile, complètement sonnée. Tout à la fois heureuse et affolée.

Paule Poirier s'était approchée. Et elles avaient parlé. Longtemps. Très longtemps.

Puis elle avait conduit comme une somnambule jusqu'au lac. Jean l'attendait avec des valises. En l'apercevant, il avait eu peur.

— Marie-Lune !

Elle avait marché jusqu'à lui et s'était effondrée dans ses bras. Elle lui avait tout raconté par bribes, à mots décousus, un vrai fouillis. Il avait mis du temps à comprendre. C'était tellement inespéré. Tellement merveilleux.

Ils étaient restés de longues minutes silencieux. Puis, il l'avait exhortée à ne pas s'inquiéter, à faire confiance à la vie. Gabriel était en état de choc. Sa réserve était normale. Ça ne pouvait être autrement.

Jean lui avait montré les billets d'avion. Et il l'avait convaincue de partir. Il l'assurait que c'était la meilleure solution. Ils avaient besoin de temps pour apprivoiser ces retrouvailles, pour laisser retomber la poussière.

Elle n'avait que peu de souvenirs de l'attente à l'aéroport puis de l'embarquement. Elle n'avait rien avalé dans l'avion. Elle avait continué de vivre dans un état second. Et puis soudain, tout à l'heure, d'un coup, elle avait paniqué. C'était trop de kilomètres entre eux. Trop de temps aussi. Trop d'heures, de minutes, de secondes. Déjà.

Et si l'avion s'écrasait ? S'il arrivait quelque chose à Gabriel là-bas ? Si…

Une folle angoisse l'avait étreinte. Comme si un drame nouveau enflait dans l'ombre. Pour le conjurer, et parce qu'elle croyait plus que jamais au pouvoir des mots, elle avait écrit cette lettre que Gabriel lirait. Bientôt. Très bientôt.

Jean remua à nouveau à ses côtés. Marie-Lune inspira profondément et serra les poings jusqu'à ce que ses phalanges deviennent blanches.

Jean avait raison.

Oui. Tout irait bien.

Elle devait faire confiance à la vie. Oser y croire. Garder la foi. Et rallumer les étoiles.

Une à une s'il le fallait.

Remerciements

J'aimerais remercier chaleureusement mes précieuses lectrices : Geneviève Brière, Linda Clermont, Micheline Demers, Diane Desruisseaux, Karine Desruisseaux, Anne Guay, Fanny Aubin, Caroline Larue, Nathalie Longpré, Lucie Veillet, France Laferrière.

Un merci tout particulier à ceux qui m'ont aidée dans ma recherche : Danielle Beaupré, Harold Demers, Simon Demers-Marcil, Alexis Demers-Marcil, Immacula Dieudonnée, Diane Gravel, Jeane Lassen, Johanne Lemieux (co-auteure de l'excellent ouvrage L'enfant adopté dans le monde *aux Éditions de l'Hôpital Saint-Justine*), Andrée Poulin, Diane Primeau, Élise Rivest, Andrée Sévigny.

Sans oublier l'équipe de Québec Amérique qui m'a merveilleusement accompagnée et soutenue dans ce projet, en particulier : Anne-Marie Villeneuve, éditrice et amie à qui *je dois sans doute de ne pas avoir abandonné ce projet, Isabelle Longpré, adjointe à l'édition et lectrice exceptionnelle, et Marie-Josée Lacharité, assistante littéraire.*

Merci aussi à ma fille Marie, qui a dû supporter mes humeurs et mes absences, et à mon amoureux, Pierre Jodoin, qui m'a souvent encouragée.